영의 상속

# 영의 상속

허진희 장편소설

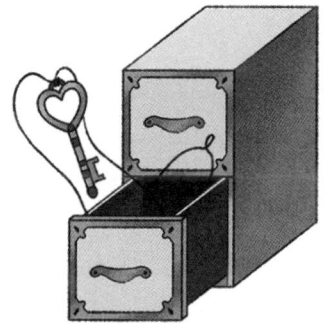

오리지널스

— 차례 —

1. 로맨스의 세계로 뛰어드는 수밖에　9

2. 마지막 페이지　30

3. 별들만 춤추리　64

4. 두 개의 폭탄　85

5. 사라진 사람　122

6. 크리스마스트리 혹은 프랑켄슈타인　150

7. 아무 일 없을 거예요　185

8. 내가 더 빨리 죽일 수 있었는데　208

9. 편폐　248

10. 발칙하라 이르니　281

11. 전지적 시점　294

범인은 저절로 드러날 것이다. 다만…….

# 1
# 로맨스의 세계로 뛰어드는 수밖에

세상에 집을 짝사랑하는 사람도 있을까. 그것도 무려 20년 가까이? 평생 단 한 번의 연애도 하지 않은 스물아홉의 여자가 오직 어린 시절 마음을 빼앗긴 남의 집에만 순정을 바칠 각오가 되어 있다니 분명 이상하고 또 이상한 일이다. 하지만 그 집이 매혹적인 장미와 탐나는 장서로 에워싸인, 오랜 시간 잘 관리된 고풍스러운 저택이라면 얘기가 다르지 않을까.

오영은 해마다 온 세상 아름다움과 대결이라도 하는 듯한 기세로 피어나는 5월의 장미가 가득한 정원에 들어선다. 신록이 넘실대는 우늬숲 근방에 자리한 저택. 벌 두 마리가 길고 날씬하게 뻗어 있는 이오니아식 기둥 사이를 왱왱 날아다닌다. 세로 홈이 고르게 파인 이 기둥은 단연 저택의 우아함을 돋보이게 하는 일등 공신이다. 기둥 위 수평으로 놓인 보에는 섬세하게 돋을새김한 장미 문양이 이어져 있어 지극한 고전미가 느껴진다. 이에 조화롭게 반하는 것은 완만한 곡선과 그에 어울리는 직선의 조합으로 이루어진 창틀이다. 부드럽게 내려앉은 박공지붕도 기품이 있되 꾸밈은 과하지 않다. 저택 곳곳에 자리한 모던한 장식물들은 오래된 집 특유의, 자칫 과하게 느껴질 법한 당대 스타일의 풍조를 부드럽게 희석한다. 덕분에 저택에 발을 디딘 자는 때때로 시간을 잊는다. 자진하여, 저택이 만든 세계 안으로 걸어 들어간다.

오영은 숨을 들이쉬며 고개를 든다. 봄날의 기운이 머무른 곳곳. 음영진 기둥과 빛이 아롱진 유리창에서 시선을 옮긴다. 정원 한편에 자리한 아담한 별채 쪽으로 때마침 살랑살랑 봄바람이 흘러간다. 그 어느 때보다 저택의 초대에 응하기 좋은 계절이라고, 오영은 생각한다. 그리고 2층 서재 창문으로 자신을 내다보는 은발의 여인에게 다정한 고개인사를 건넨다. 제갈화랑. 화랑은 오영이 이모라 부르는 이 집의 주인이자 유명 작가다. 오영에게 거절할 수 없는 제안을 건넨 사람이기도 하고.

지금부터 그 제안에 관해 이야기해보려고 한다.

넌 이 집을 가질 수 있어. 네가 원한다면 말이야.

자신의 말을 듣고 놀라 눈을 동그랗게 뜬 오영을 바라보는 제갈화랑의 얼굴에 미소가 어린다. 화랑은 오후의 빛이 길게 드리운 서재 책상을 등지고 꼿꼿이 서 있다. 시원시원한 이목구비에 진한 립스틱. 줄 잡힌 바지 정장. 옅은 하늘색의 실크 셔츠. 화려하고 깔끔하면서도 우아하다. 여기에 지적인 분위기를 더해주는 것은 화랑의 목에 걸린 줄 달린 안경. 화랑은 마르고 긴 손가락으로 명치에 놓인 은테 안경을 만지작거린다. 살집 없는 손등의 혈관이 도드라지고 손마디가 굵은 화랑의 손에 시선을 둔 오영은 문득 그 손이 자신의 등을 곧잘 쓰다듬어주곤 했던 아홉 살의 여름을 떠올린다. 눈물을 흘리는 법도 눈물을 참는 법도 몰라서 늘 어정쩡한 상태로 슬퍼했던 해. 엄마가 죽은 그해.

내 말 듣고 있니?

듣고 있다는 걸 뻔히 알면서. 화랑이 짓궂은 표정을 지으며 고개를 모로 기울인다. 환갑을 넘기고도 여전히 불가해한 매력을 풍기는 화랑 앞에서 오영은 무시로 압도당한다. 지금처럼 어디로 튈지 모르는 장난기 어린 표정을 대할 때가 가장

1 로맨스의 세계로 뛰어드는 수밖에

어렵다.

듣고 있어요.

오영은 지난 20년간 이 마성의 여인에게 휘둘렸던 순간들을 떠올리며 작게 한숨을 내뱉는다. '내가 원한다면 이 집을 가질 수 있다고? 이모가 그렇게 호락호락할 리가 없잖아.' 말이 안 된다고 생각하면서도 갈비뼈 안쪽에 커다란 파도가 일듯 마음이 출렁인다. 단 한 번도 생각해본 적 없는 일이었다. 저택을 사랑하는 마음과 저택을 가지고 싶다는 마음은 적어도 오영에게는 완전히 별개의 마음이었으니까. 이는 살면서 남의 것을 탐해본 적 없는 오영의 성품에서 기인한 바도 있지만 그보다는 이 특별한 저택을 어느 특정인의 소유물로 여기지 않았던, 저택에 대한 오영의 별난 애착 때문이었다.

듣긴 했는데…….

오영은 손목을 문지르며 입술을 달싹인다. 손목에 느껴지는 미세한 압각. 피부를 자극하는 기분 나쁘지 않을 정도의 한기. 아홉 살에 처음 저택에 발을 디뎠던 순간부터 지금까지 오영은 저택의 존재를 일종의 촉각으로 인지했다. 목덜미를 감싸안고, 발목을 스치고, 팔뚝에 스미고, 귓바퀴를 간지럽히는 그 모든 감촉. 마치 저택 안의 공기가 무게와 온감을 가지고 오영의 감각을 일깨우는 것 같은 느낌. 이렇게 이상 감각을 느끼는 것이 흔한 일이 아니라는 걸 알면서도 오영은 아무에게도, 심지어 화랑에게조차 말하지 못했다. 아니, 말하지 않았다. 말하지 않은 것은 비밀이 되고, 세월의 더께가 쌓인 비밀은 신비가 된다. 비밀과 신비로 이어진 대상은 결국 유일무이한 독자성을 부여받는 법. 흙과 돌, 나무로 이루어진 무기물과의 불가사의한 교감을 통해 오영은 성장했다. 저택의 시간을, 시간의 일부를 품고 자랐다.

제가 제대로 들은 게 맞나 해서요.

오영은 화랑이 자신을 사랑한다는 걸 잘 알지만 한편으로는 아홉 살 이후로 자신에게 마냥 다정했던 것만은 아니라는 사실도 분명히 인지하고 있다. 오영이 이를 지적하면 화랑은 분명 변명할 것이다. 영이 네가 너무 반항적이었잖아, 라고. 하지만 10대에 반항적으로 사고하고 행동하는 것만큼 중요한 게 또 뭐가 있단 말인가. 오영은 생의 필수 과정인 사춘기를 마땅한 방만과 각고의 노력을 들여 거쳤을 뿐이다. 가끔 욕설을 내뱉고, 뭐든지 반박하거나 아예 대꾸하지 않고, 일탈하는 친구들 무리에 슬그머니 껴보고, 그러다가 그 모든 것에 싫증이 나면 방문을 걸어 잠그고 자신만의 동굴에 작고 엉망

진창인 영혼을 필사적으로 가뒀다. 화랑이 당황했을 법은 하다. 자신의 손길 한 번에 무너져 내렸던, 마침내 목 놓아 울음을 쏟아내며 자신의 품을 파고들었던 가련한 여자아이를 막 마음에 들인 터이니 더욱.

뭐라고 들었는데?

몸을 움직여 책상 가장자리에 가볍게 기댄 화랑이 묻는다.

제가 원한다면 이 집을 가질 수 있다고…… 들었어요.

그럼 제대로 들었네.

이거 또 게임이에요?

화랑이 제안한 게임에 말려든 것이 한두 번인가. 오영이 서른 번의 방학을 모두 저택에서 보내야 했던 이유도 바로 화랑이 제안한 엉뚱한 게임 때문이었다. "내 신작을 읽고 범인을 맞히면 방학을 자유롭게 보내도 좋아. 원한다면 어학연수도 보내줄게. 대신 범인을 맞히지 못하면 앞으로 두 해 동안 네 방학은 내 것이야." 오영은 매번 졌다. 호승심으로 이겨보려고 한 적도 있었으나 그도 얼마 가지 않았다. 일부러라도 패배하는 것만이 저택에서 방학을 보낼 수 있는 방법이었으므로.

그래, 맞아. 꽤 솔깃한 게임이지?

오영은 이제 서른을 목전에 두고 있다. 화랑과 만나면 여전히 논쟁을 즐기다 못해 말싸움으로 번지는 경우도 심심찮게 있지만 더는 예전과 같은 방식으로 반항하지 않는다. 반항은 상당히 에너지가 드는 행위다. 오영은 이미 일상에서 에너지를 필요로 하는 많은 부분을 미련 없이 가지치기해버렸다. 그중 마지막으로 버린 것이 반항심이었다. 가장 먼저 가지치기한 것은 연애. 절대로 가지치기할 생각이 없는 것은 고양이와 책이다. 운 좋게 재택근무가 가능한 편집자 자리를 구한 오영은 서울 변두리 엘리베이터 없는 4층짜리 빌라의 꼭대기 층 원룸에서 화려한 오렌지색 털을 흩날리는 고양이 '옹이'와 함께 살고 있다. 무일푼으로 혼자 이만큼 자리 잡은 것도 다행이라 여기면서. 저렴한 가구와 다이소 집기들로 가득한 네 평 남짓한 방이지만 책을 베개 삼아 잠든 옹이를 보고 있노라면 한없는 안도감이 밀려왔다. 어쩌면 그 안도감을 위해, 그러니까 고양이와 책으로 이루어진 작은 세계를 지키기 위해 오영은 자기 인생에서 진즉 로맨스를 내쳤을 수도 있다. 우습게도, 소량의 한정된 에너지를 가진 인간이라면 대부분 자신과 같은 선택을 할 거라고, 오영은 철석같이 믿고 있다. 활자를 통해 세상을 보는 총명한 사람들이 대개 그러하듯 오영도 순

1 로맨스의 세계로 뛰어드는 수밖에

진한 구석이 있다.

당연히 솔깃하죠.

오영이 그제야 눈을 반짝인다. 옹이를 떠올린 것이다. '옹이에게 정원이 있는 집을 마련해주는 건 영원한 로망으로만 남을 줄 알았는데. 옹이와 저택에서 함께 살 수 있다면 얼마나 좋을까!' 더 나아가 오영은 옹이를 저택의 주인으로 만들어주고 싶다는 생각을 한다. 옹이가 저택 구석구석의 정취를 누리며 길고 아름다운 털을 곳곳에 뿌려놓는 상상을 하는 것만으로도 가슴이 벅차오른다.

말해주세요. 이 저택을 가지려면 뭘 해야 하죠?

이 집을 소유하고 싶다는 바람과 이 집을 얻기 위해 최선을 다하리라는 의지를 화랑에게 전달하기 위해 오영이 부러 눈에 힘을 준다. 화랑은 꾹 웃음을 참는다. 오영의 순진함은 아홉 살의 그녀를 떠올리게 한다. 자기 앞에서 무장해제 되었던 아이. 낯선 어른에게 마음을 여는 데 주저함이 없었던 아이. 하지만 종종 황당할 정도로 눈치 없고 어리석게 구는 오영은 화랑이 자신의 순진함을 미치도록 사랑한다는 것을 전혀 모른다.

딱 다섯 명이야. 내가 초대한 다섯 명의 손님이 널 좋아하게 만들면 돼.

화랑이 강조한다. 오영의 귀에는 겨우 다섯 명이 아니라 무려 다섯 명으로 들린다. 다섯 명이 모두 날 좋아하게 만들라고? 그건 어떻게 하는 거지?

할 수 있어요.

오영은 생각과는 딴판인 말을 뱉는다. 이 집을 가질 수 있다면. 이 아름다운 저택을 손에 넣어 옹이를 행복하게 해줄 수 있다면 다섯 명의 마음을 훔치는 일 정도는 어떻게 해서라도 해낼 수 있을 것만 같다. 솔직히 기회가 주어진 것만으로도 감지덕지할 일이 아닌가.

자신감은 좋지만 노력해야 할 거야. 영이 넌 연애도 한번 안 해보지 않았니.

그래서 이런 제안을 하시는 거 아니에요? 제가 우스꽝스럽게 구는 모습 구경하시려고요.

그동안 화랑은 오영에게 금전적 지원을 단 한 푼도 해준 적이 없다. 오영을 경제적으로 도와준 사람은 약소하나마 정기적으로 통장에 다소간의 돈이 들어오도록 해준 엄마와 스무 살까지 함께 살았던, 이제는 돌아가신 외할머니뿐. 그러니 오영이 화랑에게 다른 의도가 있을 거라고 생각할 만도 하다.

반은 맞고 반은 틀려.

화랑이 웃음을 터뜨리는 바람에 가슴께에 늘어진 안경이 들썩거린다. 아마도 화랑은 틀린 절반이 무엇인지 알려줄 것처럼 굴면서 좀처럼 알려주지 않을 것이다. 늘 그런 식이니까. 오영은 화랑의 그런 면이 항상 못마땅했다. 화랑이 툭툭 던지듯 써먹는 밀고 당기기의 기술에 늘 속절없이 당해버리곤 했기에.

네가 사람 마음을 얻으려고 애쓰는 모습을 상상만 해도 재미있는걸. 나는 오랫동안 네가 사랑을 경험하길 바랐어. 책 속의 사랑은 그저 안전하기만 하단다. 아무리 치열하고 절절한 사랑 이야기라도 그건 네 마음을 절반 이상도 흔들지 못해. 네 심장을 볼품없이 쪼그라지게 하고 갈가리 찢어지게 하고 썩어 문드러지게 하다가도 또 한순간 우주만큼 부풀게 할 수 있는 건 오직 네가 직접 경험하는 로맨스, 네가 직접 느끼는 연애 감정뿐이야.

알아요. 그래서 이모는 결혼을 세 번이나 하셨잖아요.

오영은 지지 않고 대꾸한다. 물론 이런 식의 대화는 수없이 해왔기에 화랑도 전혀 타격이 없다.

이혼을 세 번이나 하고도 이런 말을 할 수 있다는 게 얼마나 멋지니?

마치 트로피를 쳐다보듯, 화랑이 책장에 진열된 액자들을 쭉 훑는다. 전남편들과 찍은 사진들. 하나는 재혼했고 하나는 아프리카에 있고 하나는 죽었다. 죽은 이의 사진 대신 놓여 있는 건 아이의 사진이다. 세 번째 남편의 아이. 화랑은 아이를 낳은 적이 없다.

소설이 위험하지 않다는 말은 로맨스 미스터리 소설의 대가가 할 법한 말이 아니라고요. 책이 시시하다는 소리로 들리잖아요. 책은 절대 안전하지 않아요. 책은 충분히 위험할 수 있다고요.

화랑이 옅게 한숨을 내뱉는다. 화랑은 언제나 오영이 책 속에만 묻혀 사는 걸 안타까워했다. 두 사람의 세계는 책으로 인해 끈끈히 이어져 있지만 책 때문에 거리를 벌리기도 한다.

지금의 널 보면 그런 것도 같구나. 어쩌면 책이 네 인생을 위험하게 만들고 있는지도 모르지. 널 붙잡고 놔주질 않잖니. 하지만 오늘은 이런 얘기를 길게 하지 않을 거야.

좋아요. 그럼 이모가 초대한 손님들에 대해 알려주세요.

글쎄다…….

저를 독자처럼 대하지 마세요. 찔끔찔끔 정보를 흘려주면서, 작가의 권력을 휘두르지 말라고요.

직업병인 걸 어쩌니. 내 나이 벌써 예순하고도 둘이야. 그중 40년을 소설에 바쳤어. 이제 와서 고칠 수 있는 병이 아니라고.

지나간 시간을 생각만 해도 넌더리가 난다는 듯이 화랑이 고개를 흔든다. 오영은 코웃음을 친다.

핑계 대지 마세요, 이모. 요즘 환갑은 청년기로 쳐준다고요.

오영은 화랑이 소설 쓰기에 싫증을 느끼는 날은 결코 오지 않으리라 생각한다. 너무 오래 썼어. 너무 오래 소설이라는 허상에 매달렸어. 화랑은 입버릇처럼 말하곤 했지만 오영은 믿지 않았다.

청년기라니, 허!

말도 안 되는 소리라는 듯이 화랑이 혀를 찬다.

쉰만 넘어도 자기 자신을 청년기라고 여기는 사람은 없을 거다.

화랑이 50세 이후로 여기저기 잔병치레했음을 모르지 않는 오영은 얕은 한숨을 내쉬며 원래 하려던 말을 잇는다.

이모는 독자 없이 못 사는 사람이잖아요. 그러니 어서 다음 작품을 시작하라고요. 글을 안 쓰니까 자꾸 나를 독자로 대하려고 하잖아요.

하여튼 영이 네가 곽 대표보다 더 무섭다니까.

곽영천 대표는 40년 동안 화랑의 전작을 출간한 화랑 출판사의 대표다. 지병으로 입원과 퇴원을 반복하고 있다는 소식을 들은 지도 꽤 되어서, 오영이 묻는다.

그러고 보니, 삼촌 몸은 좀 괜찮으세요?

오영은 곽영천 대표를 삼촌이라고 부른다. 곽영천 대표는 오영을 화랑의 딸처럼 여기고.

괜찮아도 괜찮은 게 아니지, 그 나이엔. 그 양반, 나보다 열 살이나 많으니까. 몇 해 전에 부인이 병치레해서 지극정성으로 간호하다가 몸이 축나기도 했고. 얼마 전에 전화하는데 그 몸에도 여전히 부인 걱정만 하더라. 이제 겨우 나아졌는데 자기 병시중하느라 또 탈 나게 생겼다고. 그 부부 금실 좋은 건 알아줘야지. 늦둥이가 괜히 생겼겠니?

늦둥이라면 곽 대표의 막내아들 곽강을 말하는 것이렷다.

강이 말이야. 이제 스물여섯 되었으려나. 어릴 때부터 유학 생활 했잖니. 이번에 중도 하차하고 들어온다고 해서, 내가 3박 4일만 빌려달라고 했지.

네?

내가 강이를 초대했다고. 신작 출간 기념 파티에 올 거야.

그 말인즉슨 오영이 유혹해야 할 다섯 명 중의 한 명이 곽강이라는 뜻이었다. 십 수 년 전 화랑의 저택에서 딱 한 번 마주쳤을 뿐이지만 그렇다고 모르는 사람이라고 하기엔 애매한 사이. 오영은 빨간 나비넥타이를 매고 새초롬한 시선을 던지며 곁을 주지 않던 꼬마 도련님을 떠올린다. 차라리 생판 모르는 사람이 낫지. 민망해서 어쩐담.

영이야.

네.

이 집만 생각해. 이 집이 네 것이 될 수 있는데 부끄러울 게 뭐 있니?

마치 오영의 마음을 꿰뚫어 보는 듯하다.

도대체 이런 황당한 제안은 어쩌다 생각해낸 거예요?

그러게.

몸을 돌린 화랑이 책상 옆을 지나 창가에 놓인 빈 화병을 손등으로 쓰다듬는다. 그리고 희미하게 미소 지으며 말한다.

어느 날 아침에 눈을 떴는데, 꼭 누군가가 내 귀에 대고 속삭이는 것 같았어. 영이에게 기회를 주라고. 그럴듯한 제안을 하라고.

그게 다예요?

그게 다야.

전 영원히 이모를 이해하지 못할 거예요.

우리가 너무나도 다른 타입이라는 건 어제오늘 일이 아니지. 그래서 내가 널 좋아하는 건지도 모르고.

오영은 방학 때마다 자신을 이곳에 초대했던 화랑의 마음을 가늠해본다. 아홉 살 때부터 스물세 살 때까지, 한 번도 빠짐없이 자신을 불러들였던 화랑의 마음을. 더위와 추위를 그토록 싫어하면서도 여름이 지나면 겨울이 오기를 바라고 겨울이 지나면 여름이 오기를 바랐던 마음을. 그 마음을 사랑으로 환산하면 얼마나 될까. 오영의 능력으로는 평생 갚을 수 없는 사랑인지도 모른다. 그런데 이제 그에 더해 이 집까지.

정말로…… 제가 이 집을 가지길 바라요, 이모?

나는 네가 로맨스를 즐기길 바라.

요즘 로맨스만큼 촌스러운 게 어디 있다고.

그래. 그런가 보더라. 내가 젊을 땐 자유롭게 연애를 많이 해보는 게 일종의 반항이었는데 말이야.

그런 시절은 끝났어요. 게다가 요즘은 연애만큼 위험한 것도 없다고요.

1 로맨스의 세계로 뛰어드는 수밖에

그래, 그것도 알아. 요즘 연애를 위험하다고 하는 건 예전에 사랑을 위험하다고 했던 것과 의미가 다르지. 예전엔 한번쯤 온몸을 던져 뛰어들고 싶었던 위험이었는데, 지금은…….

화랑이 한숨을 쉰다.

그래서 내 소설이 더 잘 팔리나 보다. 다들 픽션으로만 로맨스를 찾으니까. 넌 픽션이든 뭐든 연애에 도통 관심이 없는 듯이 보이고. 난 그게 걱정돼.

오영은 화랑의 마음을 이해하지 못한다. 연애에 관심 없는 게 왜 걱정된단 말인가? 심지어 화랑은 오영이 예쁜 사랑을 해서 가정을 이루고 아이를 키우며 오순도순 살길 바라는 것도 아니다. 하지만 지금은 화랑의 뜻을 이해하고 못 하고가 중요한 게 아니다. 지금부터 오영의 최대 관심사는 바로 로맨스. **저택을 가지기 위해선 로맨스의 세계로 뛰어드는 수밖에 없다.**

그럼 제가 이모의 제안을 받아들인다고 치고…… 다섯 명의 마음을 얻은 건 어떻게 확인하실 거예요?

그것도 때가 되면 자연히 알게 될 거다. 준비는 다 되어 있으니.

화랑이 진주 목걸이에 달린 펜던트를 쓰다듬자 오영의 시선이 절로 펜던트로 향한다. 연분홍색 장미꽃 모양의 석영石英 장식. 좀 더 주의를 기울여보니 펜던트가 아니다. 원래 브로치인 것을 목걸이에 연결해 펜던트처럼 연출한 것이다.

나도 이제 더는 너에게 잔소리할 기운이 없어. 그래서 잔소리보다 더 확실한 방법을 찾은 거야. 그래야 영이 네가……. 

그때 누군가 노크를 하고 방에 들어선다.

언니 말 너무 믿지 마라, 영아. 언니 잔소리가 끝날 리 없다는 거 알지?

화랑의 비서인 예홍진이 미소 띤 얼굴로 오영을 향해 눈짓한다. 누구나 홍진을 처음 본다면 편안한 호감을 느낄 것이다. 아담한 체구에 온화한 인상 그리고 사근사근한 말투. 홍진은 상대에게 온몸으로 이른다. 굳이 자신을 향해 가드를 올릴 필요가 없다고. 두 팔 가득 장미를 품고 나타난 홍진에게서 오늘따라 말씬말씬한 화사함이 넘쳐흐른다.

내가 손질할 거라니까…….

화랑이 홍진의 손에 들린 세 단 남짓한 장미를 짐짓 못마땅한 표정으로 쳐다본다.

언니 요즘 장미 손질할 때마다 가시에 찔리잖아요. 게다가 그런 일까지 있었으니, 당분간은 나한테 맡겨요.

홍진은 화랑이 아무리 읍소해도 꿈쩍하지 않을 법한 기세로 화랑 옆에 다가가 화병을 향해 힐끗 눈을 내리뜬다. 화랑이 끙 소리를 내며 자리를 내주는 모습을 지켜보던 오영이 묻는다.

그런 일이라니요? 무슨 일이 있었는데요?

말도 마. 하마터면 큰일 날 뻔했잖아.

화병에 꽃을 꽂으며 홍진이 고개를 절레절레한다.

큰일은 무슨……

화랑이 손사래를 치자 오영은 미덥지 않은 표정으로 화랑을 힐끔 쳐다보고는 홍진에게 다시 묻는다.

이모가 감추려고 하는 큰일이 뭐예요?

오영이 정색하고 캐묻는 이유는 화랑이 감추려고 하는 일의 태반이 자신을 걱정하게 할 만한 화랑의 신변 문제임을 모르지 않기 때문이다. 그동안 자신에게 알리지 않았던 일이 어디 한둘이었던가. 크고 작은 입원과 수술은 물론이고 스토커에게 시달리다가 송사까지 갔던 일까지. 화랑은 오영의 걱정을 사기 싫었다고 하지만 오영은 그때마다 속상하고 화가 났다. 화랑이 힘들 때 항상 제일 먼저 달려와 가장 가까이 있는 사람이고 싶었으니까.

글쎄, 며칠 전에 여느 때처럼 함께 장미 손질을 하고 있었는데…….

홍진이 옅은 한숨을 내쉬며 오영을 향해 고개를 돌린다.

어찌 된 일인지 장미 가시에 봉독이 묻어 있었어.

네?

오영의 목소리가 커진다.

이모, 괜찮아요? 가시에 찔렸어요? 쇼크는, 쇼크는 안 왔어요?

화랑은 봉독에 중대한 알레르기 증상을 보인다. 아주 적은 양만 접해도 호흡곤란으로 위급해질 수 있다. 젊은 시절 멋모르고 말벌의 벌집과 유충으로 만든 노봉방주를 한 모금 마셨다가 죽을 뻔했던 이야기는 오영도 여러 번 들은 바 있다. 그런 사람이 벌과 꿀로 유명한 우늬숲의 기운을 그대로 드리운 우늬수 마을에 자리를 잡고 살고 있으니…….

호들갑 떨지 마라. 집에 항시 자가 주사기도 갖춰두고 있잖니. 난 에피네프린에 반응이 좋은 편이라고.

에피네프린은 쇼크 증세가 나타날 때 사용하는 약물로, 화랑에겐 꼭 필요한 것이다. 홍진은 유통기한을 체크해가며 에피네프린 자가 주사기를 구비해놓고, 누구나 응급 상황 시 사용할 수 있도록 거실 소파 옆 작은 탁자 서랍 안에 보관한다. 오영도 화랑에게 주사 놓는 법을 배운 적이 있다.

게다가 내가 찔린 게 아니야. 진이가 찔렸지.

예 비서님이요?

오영은 홍진을 이모라고 부른 적이 없다. 언제나 깍듯이 예비서님이라고 부른다. 홍진이 고개를 끄덕인다.

응. 내가 찔려서 얼마나 다행이니. 아파서 좀 고생하긴 했지만, 난 언니처럼 봉독에 아나필락시스 반응을 보이진 않으니까.

아…… 다행이에요.

자신도 모르게 가슴을 쓸어내린 오영이 흠칫 홍진의 눈치를 살피며 변명한다.

아니, 예 비서님이 찔려서 다행이라는 말이 아니라…….

괜찮아. 무슨 뜻인지 알아. 나도 다행이라고 생각하고.

홍진의 눈꼬리가 아래로 향하고 입꼬리는 위로 살짝 치솟는다. 좋은 사람이 갖출 법한 너그러운 마음이 드러난 미소다.

도대체 어쩌다 장미 가시에 봉독이 묻은 걸까요?

난들 아니. 별일이 다 있지. 소설에나 나올 법한 일이야.

화랑이 손으로 이마를 짚으며 고개를 살짝 흔든다. 그러자 홍진이 나긋이 묻는다.

이게 만약 언니의 소설이라면 제가 범인 아니겠어요?

응?

의심을 사지 않으려고 피해자 행세를 하는 범인 말이어요.

홍진의 말도 일리는 있다. 미스터리 소설 도입부에 범인의 타깃이 된 듯 보이는 피해자가 죽음에 이르지 않고 다만 상처만 입었다면 일단 그 인물부터 의심해보는 것이 좋다. 하지만 화랑은 손을 내저으며 너털웃음을 터뜨린다.

어휴, 진이 네가 범인이면 이야기가 너무 시시해지지.

화랑의 반응에 오영이 핼긋 홍진의 눈치를 살핀다.

그렇네요. 그렇겠네요.

홍진은 눈을 내리깔고 화병에 꽂은 장미 다발을 매만지며 화랑의 말이 다 맞는다는 듯이 수긍한다. 오래되어 익숙한 빠른 수긍이다.

# 2
# 마지막 페이지

 이 집은 1942년에 완성되었어요. 전쟁의 광기가 최고조에 이르렀던 해였죠. 당시 화랑 언니의 조부 김춘 선생은 무역업으로 큰 이문을 남겼어요. 그 돈으로 독립운동 자금을 대기도 했지만 한편으로는 세간의 눈을 피해 몇 년에 걸쳐 이 집을 짓는 데 공을 들였지요. 바로 자신의 어린 연인, 부이를 위해서요.

 김춘은 이제 더는 선생이라 불리지 않는 인물이지만 홍진은 그저 예의상 그를 선생이라 호칭한다. 화랑의 파티에 가장 먼저 모습을 드러낸 송자오가 고개를 끄덕인다. 오뚝한 콧날에 갸름한 얼굴, 얇은 입술에 파리한 안색이 인상적이다. 송자오는 촉망받는 신예 작가로, 화랑은 그의 소설집에 찬탄 섞인 추천사를 써준 적이 있다.

저 그림의 주인공이 바로 부이예요.

홍진이 진초록색 소파가 놓인 거실 한구석을 가리킨다. 동색의 단추로 모양을 낸 소파의 가죽 등받이가 접한 벽에 흰 블라우스를 입은 여인의 초상화가 걸려 있다. 자오는 부이의 얼굴에서 시선을 떼지 못한 채로 말한다.

이런 집을 선물받은 사람치고는, 어쩐지 퍽 우울한 표정을 하고 있군요.

좀 그렇죠? 저 그림은 자화상이에요. 이 집에 걸린 그림들 모두 부이의 작품이죠. 부이는 어려서부터 몸이 약했다고 해요. 형편도 좋지 않았고. 하지만 그림에 열정이 있었죠. 김춘 선생은 부이가 편안히 머무르며 그림을 그릴 수 있는 공간을 만들어주고 싶었나 봐요.

그런데 왜 이리 슬퍼 보일까요?

홍진이 힐끗 자오의 옆모습을 쳐다본다. 자오의 말속에 부이가 이 집을, 나아가 김춘 선생을 원치 않았던 게 아닌가 하는 의심이 가득한 것을 홍진도 모르지 않는다. 김춘의 나이는 부이보다 무려 스물세 살이나 많다. 열여섯 부이에게 한눈에 반한 김춘은, 열아홉이 되던 해에 부이를 이 집에 들여앉

했다. 게다가 독립운동의 자금책으로 알려져 있던 김춘의 친일 행적이 속속 밝혀지면서 영전에 그 어떤 추사도 바쳐지지 않은 지 오래되었으니, 명예를 잃은 자의 애정 행각이 고까워 보이는 것은 당연지사요, 그 관계가 불륜인 데 더해 상대가 가난하고 어리기까지 하다면 더더욱 아니꼬울 수밖에 없는 법.

천성이 우울한 사람도 있죠.

홍진의 말에도 뼈가 있다. 이것은 은근히 자오를 빗대어 하는 말이다. 자오는 자기가 쓴 소설만큼이나 음울한 분위기를 풍긴다. 일평생 다양한 소설을 섭렵해온 화랑은 자오가 구축한 어둡고 축축한 세계에 기꺼이 빠져들어 그 정수를 탐미할 용의가 있을지 몰라도 홍진은 달랐다. 홍진은 자오의 소설을 싫어했다. 특히나 오늘 자오와 첫 대면을 한 뒤 홍진은 자오의 소설뿐 아니라 소설을 쓴 자오 역시 결코 좋아하게 될 리 없다고 확신했다. 홍진은 어릴 적부터 좋고 싫음이 분명했는데 그것은 타인과 대면할 때, 특히 화랑을 둘러싼 사람들을 대할 때 예민하게 감각하는 어떤 부분을 결코 그냥 넘겨본 적이 없었기 때문이다. 자오에게는 홍진의 어떤 부분을 건드리는 무엇이 있었다.

아, 류 조사원이 도착했나 보네요. 좀 전에 거의 다 왔다고 연락이 왔거든요.

벨 소리가 울리자 홍진이 자오에게 양해를 구하고 원피스의 옷매무새를 고치며 현관으로 향한다. 부채꼴 모양의 채광창을 머리 위에 얹은, 덩굴무늬 조각이 새겨진 나무문이 제 몸을 활짝 젖히자 5월의 오렌지빛 햇살이 쏟아져 들어온다. 자오는 종종걸음으로 정원의 오솔길을 따라 사라지는 홍진의 뒷모습에 잠시 시선을 두다가 다시 부이의 자화상으로 고개를 돌린다. 그리고 조용히 속으로 감탄한다. 정말이지 소설가의 상상력을 자극하는 얼굴이야, 라고. 이야기를 좋아하는 사람들이 그냥 지나치지 못하는 얼굴. 그건 뭐니 뭐니 해도 사연 많아 보이는 얼굴이 아니겠는가.

새벽에 비가 내려서 걱정했는데, 갑자기 이렇게 맑아지다니 얼마나 다행인지 몰라요.

홍진이 뒤따라오는 손님과 가벼운 대화를 주고받으며 들어선다.

비가 또 온다는 예보도 있던데요.

요즘 예보를 통 믿을 수가 있어야죠. 하늘이 저렇게 깨끗한데 정말 비가 쏟아질까요?

글쎄요. 뭐, 비 내리는 저택의 운치도 한번 즐겨보고 싶은데요?

큼지막한 바람막이를 걸친 훤칠한 남자가 능청스럽게 대꾸한다. 수더분한 인상이지만 눈빛은 제법 예리하다.

인사들 하세요. 자오 씨, 이쪽은 류희탄 조사원이에요. 화랑 언니의 집필을 도와주고 있어요.

자오는 희탄의 왼손에 들린 커다란 보스턴백을 눈여겨보며 묵례를 건넨다. 화랑이 자료 조사를 직접 하지 않는다는 건 각종 인터뷰를 통해 익히 알고 있었지만 소설가를 위해 일하는 조사원을 만나본 건 처음인지라 등단한 지 얼마 되지 않은 자오로서는 호기심이 일지 않을 수가 없다.

그림을 보고 계셨군요.

홍진이 웰컴 드링크를 준비하겠다며 주방으로 발걸음을 옮기자, 희탄이 스스럼없이 자오 옆에 다가선다. 둘이 나란히 서니 덩치 차이가 도드라진다.

아…… 네. 꽤 인상적이라서요.

희탄의 기세에 위축된 자오가 마른 어깨를 으쓱해 보이며 대답한다.

그렇죠? 존재감이 상당해요. 과연 이 저택의 첫 번째 주인이다 싶은…….

희탄이 그림에 시선을 고정하자 자오도 자연스럽게 그림으로 시선을 옮긴다.

이 저택의 초대 주인은 김춘 아닌가요?

김춘이 소유하고 가문 대대로 상속받은 건 사실이죠. 하지만 최초의 실질적인 주인은 부이였다고 보는 게 맞지 않을까요? 고작 8년 정도 살았을 뿐이지만 70여 년이 훌쩍 지났음에도 이 저택 곳곳 부이의 흔적이 남아 있지 않은 데가 없거든요. 게다가 김가는 물론 제갈가 역시 자신의 그림을 절대로 세상에 공개하지 말라는 부이의 유언을 지금까지도 철저히 지키고 있지요. 저택 밖으로 나가는 그림이 단 한 점도 있어선 안 된다는, 다소 황당한 유언인데도 말입니다. 그만큼 부이의 존재감이 크다고 봐야겠죠.

임기응변과 처세에 능하다는 점 외에도 사리 분별이 분명하다는 장점을 가지고 있는 류희탄은 이 집이 누구의 소유인지 마음속 깊이 이해하는 몇 안 되는 사람들 중 한 명이다.

부이에 대해 잘 알고 계시나 보네요.

그냥, 조금 알고 있지요. 화랑 작가님 요청으로 조사해본 적이 있어서요.

대화의 주제가 그림으로 옮겨 가는 사이 희탄의 시선이 은근슬쩍 자오에게로 향했다는 사실을 자오는 모른다. 처음 만난 사람을 남몰래 면밀히 관찰하는 것은 희탄의 고질병이다. 희탄은 자오가 풍기는 향수 냄새를 맡으며 후각 이외의 감각을 곤두세우려 애쓴다. 하지만 백리향의 신선함 뒤로 따라오는 달콤한 바다 내음 외에 자오에게는 희탄의 관심을 끌 만한 것이 없다.

그때 누군가 들어선다. 벨을 누르지도 않고 자기 집처럼 자연스럽게. 부스스한 긴 머리에 햇살을 담뿍 머금고, 무게가 느껴지지 않는 발걸음으로 들어선 사람은 오영이다. 얇디얇은 옅은 레몬색 니트. 무릎 아래까지 내려오는 하얀색 에이라인 스커트. 복사뼈가 그대로 드러나는 가벼운 느낌의 운동화. 마치 5월의 느낌을 인간의 모습으로 형상화해놓은 듯하다. 희탄은 잠시 넋을 잃고 오영을 바라본다. 이 순간 희탄의 눈길엔 관찰의 시선이 부재한다. 오영이 무엇을 걸쳤는지는 물론이고, 오영의 오목조목한 이목구비마저 뜯어볼 겨를이 없다. 사람이 사람에게 매료되는 것은 지극히 한순간. 이 찰나의 도취가 날이면 날마다 느낄 수 있는 감정이 아니라는 것을 잘 알고 있는 서른셋의 희탄은 아주 오랜만에 자신의 심장이 이상한 방식으로 뛰고 있음을 선명히 느낀다.

영이 왔구나.

주방 쪽에서 오영의 방문을 반기는 홍진의 목소리를 듣고서야 희탄은 정신을 차린다. 오영의 존재는 익히 알고 있었지만 마주한 것은 오늘이 처음이다.

네. 대문이 열려 있던데요?

홍진을 향해 대꾸한 오영이 낯선 이들의 기척을 느끼고 고개를 돌린다. 희탄의 몸이 저도 모르게 굳는다. 그런데 그때,

어이, 빨리 좀 들어가지.

오영의 뒤쪽, 보란 듯이 한 발을 문지방 위에 올려놓은 녀석이 건방진 말투로 오영에게 말을 건다. 오영이 어깨를 흠칫하며 뒤를 돌아본다. 녀석의 등 뒤로 쏟아지는 햇빛에 눈이 부신 듯 인상을 살짝 찌푸리면서.

누구……?

누구길래 초면에 반말을 하느냐는 뜻이렷다.

뭐야. 나 못 알아보는 거야?

오영은 갸우뚱과 멀뚱멀뚱 사이에서 헤매고 있다.

이거 실망인데, 누나.

누나?

오영은 가늘게 뜬 눈에 힘을 주고 상대를 살핀다. 밤톨 같은 머리에 밀알 같은 얼굴. 반듯한 슈트를 입고 있지만 아직 애티를 벗지 못한 모습.

설마…… 곽강? 네가 강이야?

곽강이 오영의 놀란 표정을 보며 피식 웃는다.

누나는 어릴 적 모습 그대로네.

강이 너도…… 그대로인데.

바지 주머니에 손을 꽂고 떡하니 서 있는 곽강을 보며, 오영은 그 역시 어릴 적 건방지고 똘똘한 척하던 도련님의 모습 그대로라고 생각한다.

그런데 어떻게 나를 아직도 기억하고 있어?

곽강이 우스운 질문이라는 듯 어깨만 으쓱해 보이는 바람에 무뜩 겸연쩍어진 오영은 이럴 때가 아니라고 마음을 다잡는다. 그리고 곧 곽강이 자신을 기억하는 건 좋은 징조일 수 있다고 생각하며 싱긋 웃는다.

그래, 뭐…… 아무튼 반가워, 강이야. 진짜 반가워.

어?

오영이 사뿐 손을 내밀자 곽강의 눈동자가 흔들린다.

뭐…… 반가울 것까지는.

오영은 10시 방향으로 쏠린 곽강의 눈동자를 붙잡으려 깨금발을 한다. 곽강이 못 이긴 척 오영의 손을 잡는다. 하지만 여전히 오영의 눈을 피하고 있어서 햇살에 부서지는 미소를 감상할 기회를 놓치고 만다. 오히려 그 모습을 눈에 담고 있는 사람은 희탄이다.

강이 너도 파티에 올 거라고 들었어. 얼마나 기대했는지 몰라.

오영이 마음에도 없는 소리를 하며 곽강을 이끌고 희탄과 자오 쪽으로 향한다.

작가님도 참. 난 따로 뵙자고 했는데 한사코 파티에 오라고 하셔서. 내가 그렇게 한가한 사람이 아니라고…….

곽강이 힐끗힐끗 희탄과 자오를 번갈아 쳐다보며 투덜댄다. 마치 희탄과 자오는 퍽 한가한 사람이라는 뜻 같다. 오영은 그런 곽강의 무례함이 마뜩잖다.

분명히 말하는데 난 파티를 즐기러 온 게 아니라, 사업차…….

됐고.

곽강의 말을 끊고 나서 오영은 이내 후회한다. 곽강의 환심을 사야 하는 주제에 이 정도 무례함도 그냥 넘기질 못하니 앞으로 어찌할지 한숨이 절로 나온다. 하지만 이왕 이렇게 나섰으니 다른 두 명의 호감이라도 사야겠다는 생각이 든다.

송자오 작가님이죠?

아, 네.

이렇게 뵐 날이 올 줄 몰랐어요. 정말 영광이에요. 작가님이 문학잡지에 기고하셨던 단편을 모두 찾아 읽을 만큼 팬이거든요.

신인 작가의 환심을 사는 데에는 이만한 방법이 없다. 독자의 반응에 굶주린 자오가 자신의 글에 대한 모든 리뷰를 꼼꼼히 찾아 읽고 있을 건 뻔하디 뻔한 일이다. 오영의 예상대로 낯을 가리는 듯했던 자오의 표정이 살짝 풀린다.

영광은요. 이리 귀한 팬을 만나다니 제가 영광이죠.

곧 나오는 작가님의 첫 장편소설, 예약 구매 걸어놓고 하루하루 세면서 기다리고 있었는데…… 출간되고 봤다면 사인받을 수 있었을 텐데, 그게 좀 아쉽네요.

사인이야 언제든지 해드릴 수 있지요.

언제든지? 파티가 끝나고도 만날 수 있다는 말인가? 이 사람, 한번에 너무 마음을 확 여는 거 아니야? 연애 초심자인 오영은 자오의 말을 쓸데없이 확대 해석한다. 오영이 햇병아리 작가로서의 송자오를 꿰뚫고 있는지는 몰라도 남자로서의 송자오를 꿰뚫어 본다고 할 수는 없다. 명민한 인상 위로 베일처럼 덧씌워진 피곤한 기색과 어쩐지 먼저 다가가주어야 할 것 같은 고독한 이미지 덕분에 송자오는 여자들의 마음을 쥐락펴락할 기회를 제법 많이 누리고 살아왔다. 그러니 연애의 스킬에 있어서는 오영보다 송자오가 몇 수 위다.

흠흠…….

때마침 희탄이 기척을 낸다. 자오의 말에 어떻게 대꾸해야 할지 몰라 당황하던 오영은 옳다구나 하고 희탄을 바라본다. 하지만 나도 여기 있소 하고 존재감을 어필하던 희탄은 오영의 시선이 자기에게로 향하자 선뜻 입을 떼지 못한다.

영아, 류희탄 조사원에 대해서는 화랑 언니가 너에게도 몇 번 얘기한 적 있지?

하마터면 어색해질 뻔한 상황을 자연스럽게 만들어준 사람은 어느새 오영의 뒤로 다가선 홍진이다. 홍진의 태도에서 자신의 역할을 잘 알고 수행해온 사람이라면 응당 겸비해야 할 여유로움과 싹싹함이 느껴진다.

아! 희탄 씨군요. 말씀 많이 들었어요. 이모가 무척 신뢰하는 분이라고 하셔서 꼭 한번 뵙고 싶었어요.

저야말로…… 말씀 많이 들었습니다.

희탄은 떨리는 마음을 가다듬으며 오영을 향해 어색하게 웃어 보인다.

이모가 저에 대해 좋은 말을 했을 리 없을 텐데 걱정이네요.

오영이 짐짓 애교를 섞어 대꾸하자 희탄의 눈망울이 파르르 떨린다. 희탄은 원래 여인이 보이는 나긋함에 쉬이 물렁해지는 타입이 아니다. 다만 그런 척하는 경우가 많을 뿐. 사랑스럽게 보이고자 하는 상대의 노력에 기꺼이 반응해주는 것. 이것은 수년간 조사원으로 일하며 몸에 익힌 태도다. 그런데 그렇게 모든 이에게 적당히 반응하며 환심을 샀던 희탄이 오영에게만큼은 그리하지 못한다. 심지어 기민하기 이를 데 없는 희탄은 오영이 자신이 환심을 사려고 과장된 상냥함을 연기하고 있음을 알고 있으면서도 감히 그 진의를 따질 마음도 먹지 못한다.

무슨 그런 걱정을…… 얼마나 영이 씨 자랑을 하시던지. 뒷조사를 하고 싶을 정도로 궁금해지던데요.

첫 대면에 뒷조사라는 단어를 쓰고도 좋은 인상을 남길 수 있을 거라 생각한다면 오산이다. 물론 희탄도 잘 알고 있다. 희탄답지 않게 헛말이 나왔을 뿐이다.

그렇게 말씀하시니까, 저도 조사원님의 실력이 궁금해지는데요?

오영은 눈앞의 이 남자가 자기에게 홀딱 빠져 물러터진 상태라는 걸 전혀 알아채지 못하기에 '조사원이라는 직업은 역시 남다르군', '뒷조사라니, 기분 나쁜 직업병인걸'이라고 생각하면서도 개의치 않는 듯 받아친다. 외려 자신의 말실수에 퍼뜩 정색한 희탄이 손을 내젓는다.

절대로 영이 씨를 상대로 제 실력을 발휘하는 일은 없을 겁니다.

오영이 싱긋 웃는다. 상대의 말을 경청하고 미소를 잃지 않는 것. 이것이 오영이 게임에 임하기 전 다잡은 마음가짐이다. 그러니 오영의 웃음에 별 의미가 있을 리 없다. 파티에 초대받은 다섯 명 중 한 명의 마음을 벌써 아무런 노력 없이 손쉽게 홀려냈다는 사실을 감지하지 못하는 사람의 예의 바른 웃음일 뿐. 하지만 희탄에겐 의미가 큰 웃음이다. 희탄은 낯선 이에게 보여준 오영의 너그러운 태도에 감탄한다. 조사할 테면 해봐라 하는 여유로운 자세에도 감탄한다.

저쪽에 음료수를 준비해놨어요. 다들, 이동하실까요?

홍진이 계단 옆 응접실 커다란 창 앞의 테이블을 가리킨다.

층고가 워낙 높아 성당의 스테인드글라스 창을 연상케 하는, 위엄이 느껴지는 유리창 너머로 100여 년은 족히 살았을 법한 커다란 이팝나무가 하얀 꽃을 온몸에 잔뜩 두른 채 우뚝 서 있다.

와, 장관이네.

곽강이 경탄을 금치 못한다. 바람이 불자 마치 흰털 같은 이팝나무 꽃들이 한꺼번에 부풀어 올랐다가 이리저리 흔들린다. 마치 하얀 정령이 춤을 추고 있는 듯하다.

지금이 딱 절정인 시기예요. 꽃들이 만개했죠.

홍진이 테이블로 걸음을 옮기며 말한다. 테이블 위에는 얼음을 띄운 장밋빛 꿀차가 놓여 있다. 탐스러운 장미 꽃잎을 골라 5월의 꽃그늘에서 말려 차로 우려 마시는 것은 제갈화랑의 오래된 기호嗜好다. 그러잖아도 갈증을 느꼈던 희탄이 가장 먼저 유리잔을 들어 올린다. 코끝을 스치는 풍부한 장미향에 이어 달콤한 꿀맛이 입속을 채운다.

장미 꽃잎이야 당연히 이 집 정원에서 채취한 거고, 꿀은 이 근처 양봉원에서 구입하고 있어요. 꿀맛이 아주 일품이죠? 장미향을 돋보이게 해주는 깔끔한 단맛이 백미어요. 정말이지 여기 꿀은 믿고 쓴다니까요. 지금은 사장이 젊은 분인데…… 어머, 로하 씨도 오셨네요!

홍진이 손을 흔드는 방향으로 모두의 시선이 옮겨 간다. 꾸벅 인사를 하고 익숙한 듯 문 안에 들어선 남자는 미국 영화에 나오는 컨트리 보이 같은 차림을 하고 있다. 오영은 호기심 어린 눈으로 남자를 살펴본다. 흰색 티셔츠 위에 걸쳐 입은 체크무늬 셔츠, 적당한 핏의 빛바랜 청바지, 발목을 덮는 캐멀색 누벅 부츠. 대체로 소박한 노동자 같은 분위기인데 떡 벌어진 어깨와 걷어 올린 소매 밖으로 드러난 아래팔근육, 그리고 이마에 드리운 부드러운 갈색 머리카락과 긴 속눈썹 아래 담담히 빛나는 우수에 찬 눈동자가 그와 같은 범상한 인상에 묘한 불협화음을 일으킨다.

제가…… 늦었나요?

상냥하게 느껴지는 말투는 아니다. 쑥스러움을 감추느라 나오는 버릇이라는 것을 눈치챈 사람은 다양한 사람을 많이 겪어본 희탄뿐이다.

늦긴요. 제때 왔어요. 제때인데다가 때마침이지 않겠어요? 막 로하 씨 얘기를 하고 있었거든요.

얼른 일어선 홍진이 빈자리의 의자를 빼준다. 로하는 가볍게 주먹 쥔 손으로 입을 가리고는 작은 소리로 헛기침하며 어색한 몸짓으로 오영의 맞은편에 앉는다.

그럼 인사를 먼저 드려야겠네요. 저는 이 근방에서 작은 사업을 하고 있는 범로하라고 합니다.

낯을 가리는 듯하지만 긴장한 기색은 없어 보인다. 로하에게 호감을 느낌과 동시에 어쩐지 불길한 느낌이 든 희탄은 저도 모르게 오영을 곁눈질한다. 오영이 사람 보는 눈이 있다면 분명 자신처럼 범로하에게 호감을 느낄 것이라는 생각에서다.

반가워요. 저는 오영이에요. 책을 편집하는 일을 하고 있어요.

아니나 다를까, 오영은 적극적이다. 가장 먼저 나서서 자기소개를 하는 오영을 보며 희탄이 속으로 한숨을 쉰다.

아…… 네. 반갑습니다.

숫기가 없는 것인지 아니면 오영에게 별 관심이 없는 것인지 로하의 인사는 짧기만 하다. 오영에 대해 들어본 바 있노라 인사치레라도 할 법한데 일언반구도 없다. 로하의 반응에 실망한 오영은 다시 찬찬히 로하의 얼굴을 뜯어본다. 하지만 이 미지의 상대를 어떻게 공략해야 좋을지 좀처럼 감을 잡지 못한다. '어쩐지 나와 공통점도 없어 보여. 분명 책에 관한 얘기는 따분해할 거야.' 차림새나 인상으로 사람을 판단하는 건 결코 현명한 방법이 아니지만 한편으로 이는 어리석을 정도로 오랜 시간에 걸쳐 고집스럽게 이어져 내려온 인간의 본능이기에 오영도 이따금 여지없이 실수를 한다. '사람이 좀 답답해 보여.' 사실 진짜 답답한 사람은 오영 자신이면서. 오영은 로하에게 좋은 첫인상으로 다가가지 못한 것 같다는 생각에 내심 그에 대해 얄팍한 편견을 품은 것은 물론이고 섣불리 과한 실망까지 자초해버린다.

저는 류희탄입니다. 조사원이죠.

오영의 실망감과 조급함을 로하에 대한 호감으로 해석한 희탄이 기꺼이 훼방꾼의 역할을 떠맡는다.

조사원요?

로하가 그런 직업은 금시초문이라는 듯이 되묻는다. 별다른 악의는 없는, 그저 순수하게 궁금해하는 반응처럼 보인다. 다소 심술을 드러낸 사람은 잠자코 있던 곽강이다.

로맨스 미스터리 작가를 위한 탐정이라. 나만 신기한 직업이라고 생각한 건 아닌가 보네?

동조를 구하듯 로하를 쳐다보는 곽강에게 로하는 아무 대꾸도 하지 않는다. 머쓱해진 곽강이 부루퉁하게 자신을 소개한다.

뭐, 나는 화랑 출판사의 차대 대표를 맡은…….

차대 대표? 네가?

놀란 오영이 그만 곽강의 말을 자르며 묻는다.

삼촌은? 곽영천 대표님은 이제 물러나시는 거야?

알잖아, 우리 부모님 사정. 예정보다 좀 이르긴 하지만 어쩔 수 없지. 그래서 서둘러 한국에 들어온 거야. 내가 있어야 회사가 제대로 굴러갈 것 같아서.

이 자리에 있는 사람들 중 야무진 알밤 같은 곽강의 얼굴에 깃든 애리애리한 허세를 읽어내지 못한 사람은 없다. 희탄은 속으로 '아이고, 요 녀석' 하고 혀를 차며, 이 집에 머무는 동안 곽강을 얄미운 철부지 막냇동생처럼 여기겠노라 마음먹는다. 오영은 오영대로, 어쩌면 이 중 가장 유혹하기 쉬운 상대는 곽강일지 모르겠다고 넘겨짚는다. 곽강의 구미에 맞는 말을 해주며 적당히 기분을 추어올려주면 환심을 살 수 있을지 모른다고 생각한 것이다. '문제는 내가 얼마나 야무지게 알랑거릴 수 있을까인데 말이지'라고 생각하며 자신을 못 미더워하다가도 사랑하는 고양이 옹이와 함께 안식을 취할 수 있는 이 저택을 생각하면 어찌 그 정도도 못 할까 싶어진다.

다들 책과 관련된 일을 하시는군요.

로하가 아직 자기소개에 나서지 않은 송자오에게 시선을 건네며 말한다.

아, 네. 저도 글 쓰는 일을 하고 있습니다.

송자오 작가님이시죠. 곧 나올 신간 기대하고 있습니다.

자오는 물론, 오영과 희탄, 곽강까지도 로하가 송자오를 안다는 사실에 다소 놀란다. 평소 문학을 가까이하는 사람이 아니라면 아직 대중에게 많이 알려지지 않은 신진 작가를 알 턱이 없다. 가장 놀란 사람은 역시 오영이다.

소설을 즐겨 읽으시나 봐요.

오영이 방긋 웃으며 눈맞춤을 한다. 조금 전까지 로하를 도무지 파고들 데가 없어 보이는 답답한 사람이라고 생각했으면서, 언제 그랬느냐는 듯 호기심을 드러낸다. 저택을 차지하고자 하는 자의 의지가 엿보이는 순간이다.

그냥, 조금…… 양봉원 일을 하면서 틈틈이 읽는 정도입니다.

양봉원요?

네. 우늬숲에서 양봉원을 운영하고 있어요.

아, 그래서 이모랑 인연이…….

담담히 오영을 마주하던 로하가 살짝 시선을 떨군다. 그러자 오영이 고개를 기울여 로하의 시선을 붙잡는다.

저는 어릴 적부터 이 집에 자주 드나들곤 했는데 왜 지금껏 한번도 뵙지 못했을까요?

그 전까지는 작은아버지가 외부 업무를 담당하셨습니다. 제가 인수인계받은 지는 얼마 안 되었고요.

그제야 알겠다는 표정으로 오영이 고개를 끄덕인다.

저는 그새 거래하는 양봉원이 바뀌었나 했어요. 춤추는 벌 양봉원의 새로운 사장님이시군요?

춤추는 벌은 이 마을의 자랑인 우늬숲 언덕 중턱에 자리한 양봉원이다. 우늬수 마을에 양봉원이 수없이 많지만 춤추는 벌이야말로 그중 으뜸이라며, 화랑은 늘 춤추는 벌의 꿀을 높이 쳐주곤 했다.

오영의 목소리가 반가움으로 들뜬다.

이모 따라 몇 번 놀러 가본 적 있어요. 풍광이 정말 아름다운 곳이죠.

빈말이 아닌, 마음에서 우러나온 칭찬이다. 저택에서 고작 차로 15분 거리지만 오영은 어릴 적부터 양봉원에 들르는 것을 특별한 소풍처럼 여겼다. 우늬숲은 숲의 정령이 머무는 듯한 신성한 분위기를 자아내는 곳이다. 숨을 들이쉬고 내쉬는 것만으로도 기도하는 듯한 느낌이 드는 곳. 나무 밑동을 가득 덮은 이끼와 지의류의 향연에 홀려 걷다 보면 어느새 저 멀리 윙윙 소리가 들려오곤 하는 곳. 문득 그곳에 가본 지 꽤 오래되었다는 생각에, 오영이 그리움에 젖은 듯한 표정으로 로하를 바라본다. 마치 로하와 서로 마주 보면 우늬숲 녹음의 향을 다시 맡을 수 있다는 듯이.

아, 네…….

그런 오영을 멀거니 바라보던 로하가 살포시 주먹을 쥔 손으로 입을 가리고 다시 낮게 헛기침한다. 희탄은 로하의 귀뿌리가 옅게 달아오른 것을 포착하지만 자신이 오영에게 반했듯 로하도 오영에게 반한 것인지에 대해서는 아직 확신하지 못한다. 그때 오영이 부드러운 곡선의 철제 장식이 더해진 계단 위를 가리키며 말한다.

이모! 저기 이모가 나오시네요.

오영이 있는 자리에서는 계단 난간 끝 2층 구석의 서재가 아주 잘 보인다. 화랑의 서재는 희탄이 여러 번 드나들었던 방이기에, 그도 자연스럽게 고개를 들어 시선을 옮긴다. 막 서재 방문을 열고 나온 화랑은 조금 굳은 얼굴을 하고 있다. 몸도 다소 경직되어 있다. 한 손에 뭔가를 쥔 채 명치를 꾹 누르고 서 있던 화랑은 곧 아래층의 인기척을 느끼고는 어색한 미소를 지으며 걸음을 옮긴다. 화랑이 어딘가 이상해 보인다고 느낀 사람은 세 명. 오영과 홍진, 그리고 희탄이다.

 다들 언니를 기다리고 있었어요.

 이윽고 계단을 내려온 화랑에게 홍진이 말한다. 여느 때와 똑같이 부드럽고 상냥한 말투지만 홍진의 눈은 화랑의 안색을 살피느라 예리하게 빛나고 있다.

 이모, 오늘은 조금 일찍 끝내신 거 아니에요?

 오영이 화랑의 손에 들린, 원통 모양으로 둘둘 말린 종이에 시선을 두며 묻는다.

 일찍? 아, 그래. 조금 일찍 끝났지. 마지막 페이지를 못 쓰는 바람에…….

 마지막 페이지를 못 썼다고요? 이모가 그런 날도 있어요?

 오영이 의아해하는 것도 당연하다. 화랑은 전업 작가 생활을 시작한 이래 하루도 빠짐없이, 그러니까 주말은 물론이고 명절 및 모든 공휴일과 각종 기념일 등 모두 예외 없이, 1년 365일 책상 앞에 앉는 일을 거른 적이 없었다. 무슨 일이 있어도 매일 오전 8시에 서재에 들어가 200자 원고지 20매를 쓰는 것은 화랑의 철칙이었다. 컴퓨터를 싫어하는 화랑은 몸이 아무리 아파도 펜을 들 힘만 있으면 어떻게 해서든 20매를 채웠다. 다음 날 다 찢어버리는 한이 있더라도. 그렇게 하루치 분량을 다 쓰고 나면 새 원고지 20매를 책상 위에 올려두고 서재를 나섰다. 이러한 화랑의 루틴은 꽤 유명해서, 인터뷰에서도 여러 번 다루곤 했다. 그런 사람이 마지막 페이지를 채우지 못했다고 하니 놀랄 수밖에.

어디, 몸이 안 좋으신 거예요?

아니다, 아니야. 그게 아니라…….

화랑은 자신을 향해 걸어오는 오영을 보며 손을 내젓는다. 화랑의 손이 심하게 떨리는 것을 보며 오영이 다시 묻는다.

그럼, 무슨 일이 있었어요?

오영의 뒤로 희탄이 보인다. 화랑은 도움을 청하듯 희탄을 향해 말한다.

류 조사원이 한번 봐줬으면 좋겠어요. 원고지 맨 마지막 페이지에 이런 게 있었는데…….

희탄은 화랑이 내내 손에 쥐고 있던 종이를 건네받아 펼친다.

당신이 죽였다

곽강이 어이없다는 듯 중얼거린다.

이게 뭐야. 여기서 '당신'이 작가님이야? 작가님이 죽였다고? 누구를?

'이모가 누군가를 죽이다니, 그건 소설 속에서나 가능한 일이지.' 오영은 희탄의 곁에 다가가 종이를 들여다본다. '누가 이렇게 말도 안 되는 장난을 쳤을까.' 오영이 종이에 적힌 메시지를 누군가의 짓궂은 장난이라 여기고 있을 때,

협박문이군요.

희탄이 낮은 목소리로 말한다.

협박문요?

오영은 놀라 물으면서도 그럴 리가 없다고 생각한다. 이 메시지가 협박문이라면 누군가는 진짜로 화랑이 살인을 했다고 믿는다는 의미니까.

그때 한 여성이 현관에 들어서며 묻는다.

왜 이렇게 소란해요?


한오름. 세계 유명 영화제에서 여우조연상을 탄 뒤에야 비로소 인지도가 부쩍 높아진 오름은 사실 대학 시절부터 연극

계에 몸담아온 연기 베테랑이다. 오름은 이제 서른여섯. 나이에 비해 동안이라든가 하는 상투적인 칭찬은 오름에게 걸맞지 않다. 오름의 얼굴엔 오름이 지나온 시간이 그대로 묻어 있다. 많은 감독들이 그리고 많은 관객들이 그런 오름의 얼굴을 사랑한다. 화랑도 그중 한 명이다.

선생님, 괜찮으세요? 무슨 일이에요?

오름이 화랑에게 다가온다. 걸음을 옮기는 동안 턱선에 맞추어 세련되게 자른 머리카락이 연신 찰랑인다.

별일은 아니고…… 아니, 별일인가. 살다 보니 별일이 다 있네.

3년 전 오름은 화랑의 작품을 원작으로 한 영화에 출연했다. 화랑 특유의, 치정과 살인이 난무하는 극에서 오름이 맡은 역할은 살인을 교사하는 악당. 자기 손에 피 한 방울 묻히지 않고 타인을 조종해서 살인을 자행하는 교활하고 사악한 악당 연기를 끝내주게 잘해낸 덕에 오름은 앞서 말한 여우조연상을 거머쥘 수 있었다.

별일이라니요?

누군가 언니 원고지에 협박문을 남겼어요.

오름과 안면이 있는 홍진이 설명한다. 화랑이 오름의 수상을 축하하기 위해 파티를 연 후 화랑과 오름은 급속도로 친해졌다. 오름이 화랑의 팬을 자처하며 적극적으로 다가갔기 때문이다. 어릴 적부터 화랑의 소설을 읽으며 자란 오름은 화랑이 만든 세계관을 흠모했을 뿐 아니라 그 세계관을 만든 화랑 역시 흠모했다. 당연히 화랑이 쓴 모든 작품은 물론이고 화랑의 화려한 사생활에 대해서도 모르는 게 없었다. "선생님 작품에 마침내 캐스팅 되었을 때 얼마나 기뻤는지 몰라요." 오름은 그때 느꼈던 감동을 수차례 화랑에게 전달하려 애썼다. 하지만 화랑의 작품에 출연한 최종 목적이 바로 화랑과 가까워지기 위해서였다는 사실은 혼자만의 비밀로 남겨두었다.

협박문이라니…….

오름은 수시로 화랑에게 문자와 전화를 하고 선물을 보냈다. 가끔은 늦은 시간에 불쑥 찾아와서 와인을 내달라 조르기도 했다. 홍진은 오름이 사람 간 거리 두기에 능하지 않고 관계 쌓는 데 미숙하다 여겼지만 화랑은 그런 오름에게 줄곧 아량 있는 태도를 보였다.

설마 또 지난번의 그 스토커일까요?

오름이 경악한 표정으로 원고지를 내려다보며 묻는다.

그럴 수도 있지요.

아니야, 아니야. 느낌이 달라.

홍진의 말을 화랑이 부정한다.

그때 그 스토커는 끊임없이 나에게 뭔가를 요구했어. 관심과 사랑을 갈구했지. 이 협박범은 달라. 어쩌면 뭔가 오해를 하는 건지도 모르지. 나에 대해 단단히 오해를…….

이모, 일단 좀 앉으세요. 진정이 필요해요.

오영이 화랑의 어깨를 감싸안으며 자리로 이끌자 오름의 얼굴에 날카로운 호기심의 빛이 스친다. 이 찰나의 빛을 놓치지 않은 사람은 역시 희탄이다. 오늘의 다섯 번째, 아니 마지막 손님일 것이 분명한 오름이 저도 모르게 내비친 이 감정이 무엇을 의미하는지 희탄은 궁금하다. 단순히 호감만 느낀 게 아닌 듯한, 어쩐지 오영을 적수로 대하는 것 같기도 한 표정. 언제나 사람의 마음을 흔드는 깊은 눈빛과 호소력 짙은 목소리로 노련한 연기를 펼쳐왔던 연기자 한오름이 부지불식간에 드러낸 날것의 감정이니 어찌 흥미롭지 않을 수 있을까.

이렇게 귀한 손님들을 초대해놓고 이게 다 무슨 일인지…… 정말 민망하네요.

자리에 앉은 화랑이 한 손으로 이마를 짚으며 말한다. 그러자 오름이 화랑 앞에 무릎을 꿇고 앉는다.

그런 말씀 마세요, 선생님. 이런 순간에 제가 곁에 있어서 얼마나 다행인가요.

과장된 몸짓과 말투 때문에 마치 연극의 한 장면을 보는 듯하다.

어쩌면 그것도 목적 중 하나일 수 있죠. 작가님을 민망하게 만드는 것 말입니다.

그게 무슨 말이에요?

억센 잎에 돋친 따가운 솜털 같은 목소리. 오름은 화랑을 대신하여 불쾌감을 내비칠 수 있는 사람이 자기밖에 없다고 강조하고 싶은 듯하다.

왜 하필 파티가 열리는 날에 협박문을 남겨놓았을까요? 범인은 작가님이 협박문을 읽을 때 작가님 주변에 사람들이 있길 바랐던 거죠. 작가님이 놀라는 모습을 지켜볼 사람들이요. 그리고 어쩌면…….

희탄은 뜸을 들이며 좌중을 한번 휘둘러본다.

어쩌면 범인은 직접 작가님의 반응을 지켜보고 있을 수도 있죠.

그게 무슨……. 여기 있는 사람들 중 한 명이 협박문을 남겼을 거라는 뜻인가, 지금?

곽강이 황당하다는 투로 따지자 홍진도 거든다.

하지만 언니는 매일 오전 8시에 집필실에 들어가는걸요. 어제 언니가 집필실에서 나온 뒤부터 오늘 오전까지 이 집 안에 있었던 사람은 저밖에 없어요. 저도 새벽 장을 보러 일찌감치 외출했다가 11시 넘어 돌아왔고요. 손님들 중 가장 먼저 도착한 송자오 작가님도 12시가 넘어서야 오셨죠. 그럼 도대체 언제 서재에 들어가 협박문을 남겼을까요? 설마 제가 그랬다고 생각하는 건 아니죠?

누가 그랬는지는 저도 모릅니다. 하지만 다들 아시다시피 이 집은 담장이 아주 낮지요. 초인종은 그저 형식상일 뿐, 누구든 언제나 마음먹으면 들어올 수 있어요.

그건 그렇지…….

화랑이 지그시 관자놀이를 누른다. 본래의 높디높은 담장을 허물고 있으나 마나 한 수준의 담벼락을 세운 사람은 다름 아닌 화랑 자신이다.

그래서 외출할 땐 꼬박꼬박 문을 잠근다고요.

열쇠를 소지하고 외출하셨나요?

그건…….

홍진이 화랑과 오영을 차례대로 쳐다보고는 한숨을 푹 쉰다.

열쇠를 두는 곳이 따로 있어요. 아는 사람은 언니와 영이뿐이어요.

모두의 시선이 오영에게 이르자 오영이 당황하여,

아니, 저는…….

말을 더듬는다. 이때 오영의 손목을 잡아 보이며 오영을 두둔하고 나선 사람은 화랑이다.

쓸데없는 의심들 하지 말아요. 영이와 내 사이를 알면 그런 의심 못 할 거예요. 영이는 나에게 이런 협박을 할 아이가 아닙니다.

화랑이 자신을 믿지 않을 거라 생각해본 적이 한 번도 없으면서도, 오영은 새삼 감동한다.

걱정하지 마세요, 작가님. 근거 없는 의심은 하지 않을 겁니다. 하지만 열쇠 두는 곳을 아는 사람이 누구인지 파악해두는 건 꼭 필요한 일 같군요. 이왕이면 열쇠 두는 곳이 어디인지 알 수 있으면 더 좋고요.

화랑이 잠시 고민한다. 열쇠 두는 곳을 아는 사람이 많아질 때 따라올 골칫거리들을 잠시 가늠해보는 눈치다. 그러나 이내 별다른 도리가 없다는 듯이 옅은 한숨을 내쉬고 입을 연다.

현관문 옆에 외부 벽등이 있어요. 항상 거기에 열쇠를 두지요.

오영과 홍진이 화랑의 말을 뒷받침할 요량으로 조용히 고개를 끄덕인다. 현관 외벽 양쪽으로 달린 벽 조명은 섬세한 문양의 장식으로 꾸며져 있는데 이 장식에 자그마한 비밀 서랍이 있다. 손가락으로 톡 누르면 튀어나오는 서랍으로, 서랍의 틈새와 무늬가 어찌나 정교하게 맞닿아 있는지 자세히 보지 않으면 서랍의 존재를 알아채기 힘들 정도다. 바로 그 서랍에 열쇠를 두는 것이다.

그렇군요. 그럼 창문은 어떻게 관리하시나요?

창문도 마찬가지예요. 외출할 땐 안에서 잠가둡니다.

홍진의 단호한 태도에 희탄은 검지와 엄지로 턱을 매만지며 난처한 표정을 짓다가 화랑에게 질문한다.

작가님, 혹시 집필실을 제가 살펴볼 수 있을까요? 어쩌면 범인이 흔적을 남겼을 수도 있으니까요.

그러자 화랑이 이마를 짚고 있던 손을 내저으며 말한다.

미안해요. 그럴 필요까지는 없을 것 같아요. 이제 내가 너무 피곤하기도 하고. 괜히 소란스럽게 군 것 같기도 하고. 애당초 이런 협박문에 반응을 보이지 말았어야 했는데. 아까 류 조사원이 말한 대로라면, 협박문을 쓴 사람이 딱 원한 대로 내가 행동한 셈이 되어버렸잖아요? 당황하고 놀란 모습을 이렇게나 적나라하게 내보였으니……. 물론 그렇다고 내가 모신 손님들을 의심하는 건 아니에요. 손님들에게조차 보이고 싶지 않았던 모습이라 그렇지. 아무튼 오늘은 이쯤에서 정리하도록 하죠.

하지만, 아직 아무것도 정리된 게…….

그만. 이제 그만.

화랑이 희탄을 향해 손을 내젓는다.

정말 미안하지만 나는 방에 들어가서 조금 쉬어야겠어요. 저녁 만찬을 즐기기 위해서 체력을 좀 보충하고 나올게요. 그동안 다과도 드시고 집 구경도 하시면서 담소들 나누세요. 나이 든 사람 하나 잠깐 빠진다고 해서 서운하진 않겠죠?

같이 가요, 이모.

됐다. 넌 해야 할 일이 있잖니.

오영은 이 상황에서도 눈을 찡긋하며 자신이 해야 할 일을 상기시켜주는 화랑을 황당해한다.

내 말은…… 너도 반은 이 집 호스트이니 여기 진이를 도와 손님들을 접대하라는 말이야.

하나 마나 한 부연 설명을 덧붙이고, 화랑이 자리에서 일어선다. 그러자 오름이 재빨리 화랑의 뒤를 따르며,

그럼 제가 같이 갈게요, 작가님.

화랑이 오영 대신 자신을 곁에 둘 거라 확신하듯 말한다. 하지만 화랑이 말없이 고개를 저어 보이자 오름도 더는 화랑을 붙잡지 못한다.

## 3
## 별들만 춤추리


 찜찜한 사건을 뒤로한 채 손님들이 모여 선 곳은 장미 정원. 제아무리 감성이 메마른 사람일지라도 색색의 장미꽃이 만발한 정원 위로 내려앉은 황금빛 햇살에 몸을 적시고 나면 덩달아 마음도 물러지기 마련이다. 화랑이 이 파티를 5월에 열겠다고 생각한 이유도 바로 그 때문이었다. 오영 같은 숙맥이 소기의 성과를 내기 위해선 삼라만상의 도움이 필요한 법.

 저쪽에 야외 테이블이 있으니 그리로 가요.

 홍진이 각자 손에 장미차를 들고 서 있는 손님들에게 이른다. 하지만 뒤늦게 따라온 희탄을 포함한 여섯 명 모두 정원의 정취를 감상하느라 좀처럼 걸음을 빨리하지 못한다.

 날씨가 정말 중요하네요. 이 정원에서 그동안 본 장미 중에 오늘 장미가 가장 아름다워요. 유난히 더 향기로운 듯도 하고.

와인 시향을 하듯, 오름이 정원의 오솔길 옆 유난히 커다란 꽃송이를 살살 흔들며 향을 맡는다.

가시가 많으니 조심해요.

오름에게 주의를 준 홍진이 설명을 덧붙인다.

레이디스 보이스lady's voice라는 품종인데, 은은한 몰약 향을 풍기죠.

화랑은 봄마다 서재 창가에 레이디스 보이스를 둔다. 창밖에서 불어온 바람이 탐스러운 꽃송이를 흔들고, 겹겹의 꽃잎에서 퍼져 나온 몰약 향이 서재를 가득 채우는 시간. 오영은 화랑이 그 시간에서 얼마나 많은 영감을 얻었는지 익히 들어 알고 있었다. '아마 이모가 찔릴 뻔한…… 예 비서님이 손을 찔린 꽃도 레이디스 보이스겠지.' 날카롭고 큰 가시는 레이디스 보이스의 특징 중 하나다. 뒤늦게 줄기에 박힌 커다란 가시를 보고 흠칫한 오름이 한 걸음 뒤로 물러나자 홍진이 미소 지으며 말한다.

왕성한 성장력을 자랑하지만 그만큼 전지를 자주 해주어야 해서 손이 많이 가는 꽃이에요. 저기 저쪽에, 정원사 남 씨가 관리하느라 애를 먹었죠.

홍진이 정원의 북쪽을 가리킨다. 낡은 작업복을 입은 남한수가 별채 벽에 기대어놓은 사다리에 오르고 있다. 오영이 묻는다.

지붕에서 또 물이 새나 보죠?

화랑 저택에 놀러 올 때마다 오영은 부러 별채에 묵곤 했다. 방 한 칸이 전부인 자그마한 별채가 주는 느낌은 남달랐다. 아이들이 다락에서 안락감을 느끼듯 오영은 별채에서 비슷한 감정을 느꼈다.

새벽에 비가 내렸잖아. 혹시 또 비가 내릴 수 있으니 손봐두어야지.

지붕 위에서 꿈지럭꿈지럭 움직이는 남한수에게 시선을 두며 홍진이 대답한다. '정원사 남 씨'는 홍진이 다른 사람들에게 설명할 때 부르는 호칭일 뿐 사실 남한수는 정원 관리부터 저택의 크고 작은 수리까지 도맡아 하는 만능 일꾼이다. 오영은 어릴 적부터 남한수를 아저씨라고 불러왔지만 딱히 대화를 길게 나누어본 적은 없다. 어쩌면 남한수가 정원 일을 하는 사람과 영 어울리지 않는 취미를 가진 것이 시종 마음의 거리를 두게 했는지도 모른다. 남한수는 수렵 철만 되면 엽총을 메고 산으로 들어갔다. 오영도 몇 번인가 남한수가 수꿩과 고라니를 자랑스럽게 들고 오는 모습을 본 적이 있었다. 그 후로 오영은 장미를 가꾸는 남한수를 볼 때마다 수꿩과 고라니를 향해 방아쇠를 당기는 그의 모습을 떠올렸다.

저까지 더해지면 손님들 방이 모자랄 테니, 오늘은 제가 별채에서 묵어야겠네요.

날이 너무 덥거나 춥지 않은 지금이야말로 별채에서 머물기 딱 좋은 때이지만 그렇다고 별채의 상태가 손님들에게 대뜸 내어주기에 궁색하지 않다고 보기도 힘들기에 오영은 먼저 자청하고 나선다.

그럴래? 그래, 그럼.

오영을 향해 고개를 끄덕인 홍진이 로하와 희탄, 자오와 곽강 그리고 오름을 차례대로 쳐다본다. 1층과 2층에 각각 방 두 칸의 여유가 있으니 오영을 제외하고도 두 명은 한 방을 써야 할 것이다.

저는 1층 방을 쓰고 싶어요. 두어 번 묵었던 방이라 편해서요.

오름이 재빨리 자기 방을 선점하자, 뒤질 수 없다는 듯이 송자오가 나선다.

저도 1층이 좋겠네요. 틈틈이 거실의 책을 구경하기도

좋고.

오름과 자오의 빠른 선점에 곽강이 입술을 삐죽거리며 말한다.

나도 잠은 혼자 자야 하는데.

그럼 우리 둘이 한 방을 쓸까요? 로하 씨만 괜찮다면 저는 상관없습니다.

희탄의 말에 로하도 별 이견이 없어 보인다. 그러자 희탄이 곧장 오영에게로 시선을 돌려 걱정스러운 표정으로 묻는다.

그런데 혼자 별채에서 자면 무섭지 않겠어요?

글쎄요. 별채에서 혼자 이불을 뒤집어쓰고 무서운 소설을 읽다 보면 조금 겁이 나긴 하죠.

뭐야, 누나. 변태적인 취향을 가졌네.

오영이 상긋 웃으며 희탄을 향해 대꾸하자 바로 옆에 서 있던 곽강이 핀잔을 준다. 그리고 무서운 이야기는 딱 질색이라는 듯 양손으로 제 팔뚝을 문지른다. 곽강의 치기 어린 행동은 사실 겁 많은 본성에서 기인하였으니. 앞으로 오영은 이 허땡쟁이 겁보를 귀엽다고 봐야 할지 한심하다고 봐야 할지 계속 헷갈릴 것이다.

무서운 소설도 좋아하시나 보죠?

그럼요. 호러 아주 좋아해요. 특히 귀신 이야기를 좋아하죠.

윽, 난 오컬트는 질색이야.

희탄과 오영의 대화에 또 곽강이 끼어든다. 곽강은 자꾸 두 사람 사이를 방해하려 드는 자기 행동이 고의적인지 아닌지조차 알지 못한 채 그저 내키는 대로 행동하고 있다. 아직 자기 마음을 진중히 들여다볼 필요를 느끼지 못하는 것이다. 오영이 그런 곽강의 심리를 모르는 것은 당연지사. 하지만 희탄은 곽강의 어설픈 수작질을 대수로이 보아 넘기지 않는다. 곽강이 아무리 오영 주변을 맴돌며 이런 척 저런 척을 해도 소용없다. 스물여섯의 곽강은 서른셋 류희탄의 손바닥 안이니까. 그런데 희탄이 곽강을 한 수 아래 라이벌로 취급하는 그 순간,

흠흠, 저도 좋아합니다.

뜻밖에도 범로하가 입을 연다.

네?

오영이 묻자 로하가 입을 가리고 있던 손을 치우고 제대로 대답한다.

저도 좋아합니다, 오컬트.

아…….

귀신 이야기를 좋아하는 사람들은 얼마나 사랑스러운가. 로하가 오컬트를 좋아한다는 말에 오영의 가슴이 반가움으로 설렌다. 오영은 눈을 깜빡깜빡하며 로하를 향한 시선의 초점을 섬세하게 다시 맞춘다. 이제 로하가 완전히 다른 사람처럼 보인다. 취향이 같다는 이유만으로 로하를 높이 쳐주고 싶어진다. 로하의 내향성을 조금씩 건드리고 허물어내어 그 안에 숨어 있는 공통의 관심사를 건드리고 싶어진다. 어쩌면 그보다 더 신비하고 놀라운 무엇을 발견할 수 있을지도 모른다는 생각도 든다. 우스꽝스럽지만 로맨스는 기본적으로 그런 것이다. 상대에 대한 동질감과 환상을 토대로 얼토당토아니할 정도로 상대를 사랑스럽게 여기게 되는 것. 그 순간이야말로 진정한 로맨스의 시작점이라 할 수 있다. 하지만 오영은 지금 바로 그 지점에 놓여 있으면서도 자신이 느끼는 감정이 그저 같은 취향을 가진 사람을 만났을 때의 반가움 정도라고 착각하고 있다.

이제 전 호러 영화가 전혀 무섭지 않더라고요. 영화를 어떻게 찍는지 뻔히 아니까요. 아무리 피 칠갑을 하고 나와도 다 분장이다 싶고, 아무리 섬뜩한 흉기를 들고 설쳐도 다 소품이다 싶어서. 근데 호러 소설은 아직 무서워요.

오름의 말에 자오가 고개를 끄덕인다.

소설은…… 상상하게 만드니까요.

오영은 혹시 자오가 오름에게 마음이 있는 걸까 하고 갸우뚱한다. 오름이 1층 방을 택하자 책 핑계를 들어가며 자기도 1층 방에서 묵겠다고 한 것이나 자못 진지한 표정으로 오름의 말에 맞장구치는 것이나, 모두 오름에게 호감을 두고 하는 행동처럼 보인다. 한편 오름은 자오에게 아무런 관심도 없어 보인다. 인간적인 관심은 차치하고라도 성적인 매력을 느끼지 못한 것은 확실하다. 오름은 레즈비언이기 때문이다.

맞아요, 상상…… 상상하는 게 더 무서워요.

오름도 자오를 향해 고개를 끄덕인다. 오영은 그런 오름을 말끄러미 바라본다. 오름이 등장한 순간 오영은 혼란스럽기 그지없었다. 화랑의 게임이 만만할 거라 생각한 적은 없지만 오영에게 오름은 그야말로 뜻밖의 복병인 셈.

자기 머릿속이 가장 무서운 법이죠.

'송 작가도 모르지 않을 텐데.' 오영은 갸우뚱한다. 얼마 전 오름의 커밍아웃으로 세상이 적잖이 떠들썩했으니…….

영화는 영화대로 재미있습니다. 무서움만이 포인트는 아니니까요.

3 벌들만 춤추리

다시 범로하다. 점차 어색함이 덜어지는 듯 말투도 한결 담담한 톤이다.

호러에서 무서움이 포인트가 아니면 뭐가 포인트지?

진짜로 궁금하다는 뉘앙스로 곽강이 어깨를 으쓱하며 묻는다. 그러자 로하의 나긋한 시선이 곽강을 향한다.

공포 외에도…….

로하가 잠시 뜸을 들인다. 그 입에서 무슨 말이 나올지 궁금하여 오영은 로하에게서 눈을 뗄 수가 없다.

유머와 분노, 그리고 비애가 있지요.

맞아요……!

오영이 저도 모르게 동조한다. 낮은 감탄사처럼 들리는 빠른 호응에 모두의 시선이 오영에게 모인다. 하지만 오영은 다른 이들의 시선을 신경 쓸 여유가 없다. 오직 지금 자신을 바라보는 로하의 눈빛에 집중한다. 옅은 반가움이 드러난 눈동자. 그렇다, 조금 전 오영이 초점을 달리 맞추어 바라보던 눈빛과 똑같은 눈빛이 로하의 눈동자에 드러난다. 불쑥 오영의 마음에 미풍 같은 바람이 움튼다. 마치 심장 속에서 작은 꿀벌이 빠르게 날갯짓하고 있는 듯하다. 언제 가져보았는지 기억도 나지 않는, 타인을 향한 설익은 바람. 오영은 바란다. 이 남자가 나를 알아보게 하고 싶어. 이 남자가 나를 궁금해하게 만들고 싶어. 왜냐하면…….

유머, 분노, 비애……? 귀신 이야기에 그런 게 있다고?

금시초문이라는 듯 이죽거리는 곽강 때문에 오영의 집중력이 흐트러진다. 오영은 아무도 모르게 작게 탄식한다. 이 천둥벌거숭이 같은 곽강도, 어딘지 의뭉스러워 보이는 송자오도, 훈남인 듯 쾌남인 듯 해결사 같은 류희탄도, 심지어 전혀 예상하지 못했던 손님 한오름마저도 모두 오영이 유혹해야 하는 상대다. 모두의 마음을 훔쳐야 이 집을 가질 수 있다. 정신 차리자. 정신 차려. 범로하의 호감을 사고 싶은 마음 역시 그와 다를 리 없다고, 오영은 선을 긋는다. 로하의 얼굴에 둔 시선을 당장 어디로 옮겨야 할지도 모르는 주제에.

네. 그래서 호러 영화는 누군가와 함께 보는 게 좋습니다. 같이 웃고, 같이 화내고, 같이 슬퍼할 수 있으니까요.

로하 역시 곽강을 향해 대답하면서도 오영과 마주 보고 있는 시선을 놓치지 않는다. 그 와중에 희탄은 오영을 바라보는 로하의 담백한 시선에 탄복한다. 자신은 소년기에도 로하와 같은 눈빛을 가진 적이 없었으리라는 생각에 헛헛한 질투심까지 인다.

저는 종종 이모와 함께 호러 영화를 보곤 했어요.

목소리를 가다듬은 오영이 차분히 말한다.

근데 작가님과 무슨 사이예요? 친조카?

내내 궁금했다는 말투로 오름이 대뜸 묻는다.

아…… 아니요. 돌아가신 엄마랑 친분이 있으셨어요.

친분? 어떤 친분이요?

햇빛이 내리꽂힌 오름의 콧대에서 은은한 광이 흐른다.

영이 엄마가 가수였거든요. 언니가 많이 아끼는 학교 후배였죠.

홍진이 재빨리 나서서 설명하자 송자오가 뭔가 퍼뜩 생각난 표정으로 오영에게 묻는다.

가수? 혹시 어머니가…… 금보연 님이신가요?

네. 맞아요.

맙소사, 영이 씨 어머니가 〈영靈의 고백〉을 부른 금보연 님이라니…….

희탄과 곽강을 제외하고는 모두 놀란 눈치다.

오, 작가님이 눈치가 빠르시네.

곽강의 예의 없는 농담 투가 거슬린 자오는 곽강에게는 눈길도 주지 않고 오영을 향해 말한다.

예전 제갈화랑 작가님이 금보연 님과의 친분에 대해 언급하신 인터뷰를 본 적이 있어요. 두 분이 자매처럼 우애가 도타웠다고.

오영은 자기 어머니가 누구인지 알게 된 사람들의 반응에 익숙한 편이다. 〈영의 고백〉은 민중가요로 유명한 노래이니 금보연의 딸인 오영에게 호기심을 보이는 것은 어찌 보면 당연한 일. 그런데 지금 자오가 보이는 호기심은 오영에게 조금 다른 의미로 다가온다. 어쩌면 엄마의 명성을 빌려 이 남자의 환심을 살 수 있을지도 모른다는 생각이 스친 것이다. 엄마를 이용하려고 한다니. 이런 생각을 하게 되는 날이 올 줄은 꿈에도 몰랐는데. 오영이 마음속에 찾아든 자괴감을 애써 밀어내고 있을 때,

죽은 이가 그곳에 있다…….

오름의 울림 좋은 목소리가 잔잔한 바람을 타고 흐른다. 죽은 이가 그곳에 있다. 〈영의 고백〉의 가사다. 1987년에 발표된 〈영의 고백〉은 기가 차기 이를 데 없는 다양한 이유로 금지곡으로 지정되었다. 하지만 사람들은 가족과 연인, 친구와 동지를 잃고 이 노래를 불렀다. 죽음이 있는 곳엔 늘 이 노래가 흘렀다.

오름이 허밍을 이어가자 자오도 나직이 따라 부른다.

레테의 강물이 마른 자리 / 망각을 망각한 영이 머무는 곳 / 무엇도 흐르지 않아 / 강바닥은 이미 귀신의 숲 / 오직 숲만 무성하여 얼어붙은 메아리 타고 / 벌들만 춤추리 / 오직 벌들만 춤추리

금보연은 스물한 살에 이 가사를 썼다. 오름보다는 열다섯 살 적고, 자오보다는 열두 살 어린 나이. 누구보다 예민하고 섬세한 감수성을 가졌던 금보연이 뜨거운 피와 서늘한 정신으로 써 내려간 이 노래에서 어떤 이는 폐부를 찌르는 화염병 냄새를 맡았고 어떤 이는 죽음도 불사하는 불굴의 의지를 느꼈고 어떤 이는 영원히 기억될 시대의 애환을 읽어냈다. 단언컨대 그들은 모두 맞고 동시에 모두 틀렸다.

그러고 보니 누나, 그래서 오컬트를 좋아하는 건가?

분위기를 깨는 데에는 곽강이 단연 일등이다. 한순간 방심하여 기가 찬 기색을 드러낸 오영은 멈칫 표정을 바꾸고 태연한 상냥함을 가장하여 대꾸한다.

그래. 그렇다고 치자. 아마도 유전인가 봐.

솔직히 완전히 실없는 소리라는 생각은 들지 않는다. 어릴 적부터 오영은 엄마의 노래를 들을 때마다 특별한 감정을 느끼곤 했다. 다른 이들은 느끼지 못하는 어떤 것. 안개로 가득한 미지의 영역. 매혹적이고 으스스한 존재. 불가해한 정념. 투명한 허망감. 무구의 욕망. 그 모든 것들이 오영을 끌어당겼다. 메말라 갈라진, 망각의 본질을 잊은 강바닥 아래로. 그런 경험이 영향을 끼치지 않았으리란 법도 없으니.

그런데 로하 씨, 정말 벌들이 그렇게 민주적인가요?

마침 보라색 장미 위에 내려앉은 작고 예쁜 벌 한 마리에 시선을 두며, 희탄이 묻는다. 춤추는 벌이 미래를 향한 희망의 상징이라는 것은 "벌들만 춤추리"라는 가사에 대한 가장 일반적인 해석이다. 희탄은 자기가 잘 모르는 주제에서 다른 주제로 넘어가도록 자연스럽게 대화를 유도하는 한편 자신도 금보연의 노래에 대한 이해가 없지 않다는 사실을 넌지시 오영에게 알리고 싶었던 것이다.

네. 맞습니다. 특히 보금자리를 찾을 때 그렇죠. 새로운 집터를 찾아 나선 정찰벌들이 각자 자기가 찾은 장소를 광고하는 춤을 추면 이를 보고 설득된 벌들이 무리로 돌아가 똑같이 춤을 추며 새 후보지에 대해 알리죠.

민주적인 방법으로 집터를 결정하는군요?

로하가 고개를 끄덕인다.

정찰벌들은 경쟁적이지만 이 과정에서 싸움이나 분란은 없습니다. 상대적으로 안 좋은 집터를 찾은 정찰벌들은 서서히 춤을 멈추지요.

스스로 자기가 찾은 집이 부족하다고 인정하고 순순히 물러나는 건가요?

오름이 묻는다.

글쎄요. 벌들의 생각은 알 수 없죠. 다만 아주 자연스럽게 춤출 동기를 잃는 것처럼 보여요. 완벽한 보금자리를 찾기까지 벌들은 매우 활발하고 치열하게 움직이지만 한편으로는 아주 자연스럽게 보금자리에 대한 합의를 이루어내는 거죠.

좋네요. 인간이 사용하는 민주주의보다 낫네요.

그런가요.

오름의 냉소적인 대꾸에도 로하는 부드러운 추임새만 넣을 뿐이다. 이때 곽강이 못마땅한 표정으로 끼어든다.

스스로 물러난다는 거, 난 좀 별로인데. 한번 붙은 이상 끝의 끝까지 해봐야지. 안 그래, 누나?

응? 어, 그게…….

오영은 곽강의 말에 별로 동조하고 싶지 않다. 그래도 어떻게든 순화해서 말하려고 머리를 굴린다.

뭐, 보금자리는 중요하니까. 새로운 여왕벌을 모셔야 할 장소잖아. 그러니 아무래도 신중해야겠지만…… 근데 또 자기 선택에 확신이 있다면야…….

뭐라는 거야.

순화에 실패한 오영이 횡설수설하자 곽강이 피식 웃는다. 오영은 곽강이 자신에게 더 이상 호감을 느끼게 하는 건 어려우리라 예감하며 가볍게 한숨을 쉰다. 그때 장미 덩굴 아래에서 벌을 노려보며 사냥 태세를 갖추고 있는 까만 생명체가 눈에 들어온다.

안 돼, 침! 그러다가 또 쏘인다고!

오영의 외침에 모두의 관심이 날씬한 검은 고양이에게 쏠린다. 황금색 눈동자에 얇고 긴 꼬리. 침이라고 불리는 이 어린 고양이는 자신을 향해 자박자박 다가온 오영에게 아무런 경계심도 내보이지 않는다. 외려 발라당 등을 대고 누워 어서 문질러달라는 듯 배를 내민다.

침? 이름이 침이에요? 특이하네.

오영의 뒤에 선 오름이 침을 내려다보며 흥미를 보인다.

애는 침, 저기 졸고 있는 커다란 검은 고양이가 어미예요. 이름은 못이고…….

오영이 저택의 외벽 아래쪽을 가리킨다. 살푸둥이가 제법 좋은 녀석이 기분 좋은 일광욕 끝에 오침으로 접어드는 중이다.

못의 오른쪽 회색 점박이 고양이는 가시, 못의 왼쪽 회색 줄무늬 고양이는 바늘이에요.

어미 고양이의 양옆으로 다소곳이 발을 모으고 앉은 가시와 바늘은 언제든 침의 뒤를 이어 사냥에 나서겠다는 듯이 벌의 움직임에 신경을 곤두세우고 있다.

검은 고양이가 불길하다거나 무섭다고 생각하는 사람들이 많지만 그야말로 편견이죠. 검은 고양이들은 대부분 아주 순해요. 못은 특히 그런 성향이 강하고요. 처음 보는 사람에게도 배를 보이며 친근하게 굴거든요.

오영은 못이 처음 정원에 찾아들었던 날을 떠올린다. 오영의 발 사이를 대문자 S자 모양으로 오가며 윤기 없는 털이 빼곡한 꼬리로 낯선 인간의 종아리를 살포시 비벼대던 못.

그래서 이름을 못이라고 지어줬어요. 날카로운 못. 좀 더 경계심을 가지고 살라고요. 경계심이 없는 길냥이들은 쉽게 나쁜 사람들의 표적이 되니까요.

당시 못은 지금과 같은 모습이 아니었다. 볼품없이 마른 몸에 배만 불러 있었다. 오영은 정원 한구석에 거처를 마련하고 물과 사료를 제공했다. 얼마 지나지 않아 못은 그 자리에서 새끼 셋을 낳았다. 새끼들도 어미를 닮아 어찌나 다 순한지, 거듭 노파심이 인 오영은 새끼들의 이름을 차례대로 침, 가시, 바늘이라 지어주었다.

순하긴. 저번에 정원사 남 씨한테 대드는 거 영이 너도 봤잖니.

고양이들을 실내에 들이는 것만큼은 결사반대했던 홍진이 고개를 절레절레 흔든다.

저기 저 살찐 어미 고양이가 제 새끼 건드리면 엄청나게 포악해지거든요. 남 씨가 정원 일 하다가 실수로 새끼 하나를 밟을 뻔했는데, 얼마나 표독스럽게 덤벼들던지…….

오영은 홍진의 말에 반박하지 않고 잠자코 못의 배를 쓰다듬는다. 못이 남한수의 손등에 깊은 상처를 낸 것은 사실이기 때문이다. 하지만 홍진의 말이 모두 사실은 아니다. 남한수는 새끼 하나를 밟을 뻔한 게 아니라, 정확히 밟았다. 태어난 지 한 달이 갓 넘은 새끼 고양이 침의 조그마한 등을. '크게 다치지 않아서 천만다행이었지.' 그 후로 오영은 정원에서 남한수를 볼 때마다 제발 발밑을 살펴보아달라고, 연거푸 당부했다. 그때마다 남한수는 자기 손등을 쓱 한번 쳐다보고는 뚝뚝하게 어깨만 으쓱해 보였다.

어후, 난 역시 고양이보다 강아지가 좋아.

곽강이 말하자, 저마다 한마디씩 거든다. 누구나 고양이 혹은 강아지와 얽힌 사연들이 한두 가지씩은 있으니까. 그런데 손님들 사이에서 혼자 말없이 서 있던 로하가 자리에서 막 일어선 오영을 향해 슬쩍 말한다.

보람이 있어서 다행입니다.

네?

로하는 저편 따끈히 데워진 흙바닥 위에 몸을 말고 잠든 못에게 시선을 보낸다.

고양이의 이름을 못이라고 지어준 보람이 있었잖아요.

로하의 말뜻을 알아차린 오영이 저도 모르게 가벼운 웃음을 터뜨린다. 못이 남한수를 공격한 것을 두고 이렇게 말해주는 사람이 있다니. 그러자 오영의 웃음에 용기를 얻은 로하가 나직이 말을 잇는다.

사실…… 전 봉독에 알레르기가 있어요.

마치 오영만 들으라고 하는 듯한 뜻밖의 비밀 고백에 오영도 덩달아 속삭이듯 묻는다.

알레르기가 있는데도 양봉장을 운영하시는 거예요? 무섭지 않아요?

무섭죠. 그러니 벌이 나를 공격하지 않도록 제가 조심해야죠.

벌은 아무 잘못 없으니 자기가 마땅히 조심해야 한다고 말하는 로하를, 오영은 잠시 가만히 응시한다. 그러다가 문득 떠오른 이야기를 그에게 들려준다.

어릴 때 춤추는 벌 양봉원에서 벌에 쏘여 쓰러진 아이를 본 적이 있어요. 그 애도 알레르기가 있었나 봐요. 벌에 쏘이자마자 숨을 못 쉬더라고요. 다행히 양봉원 직원분들이 달려와 주사를 놓아주셔서 살아나긴 했지만…….

아이가 죽을까 봐 얼마나 걱정했는지. 오영은 그때 자기도 모르게 화랑이 알려준 대로 1부터 10까지 숫자를 외웠다. "숫자를 모두 외우면 우리는 다시 마주 보고 웃게 될 거야." 주사 놓는 방법을 가르쳐주며 화랑은 그렇게 말했다.

걱정 마세요. 저는 꿈에서도 검은 옷은 입지 않아요. 꿈속 무시무시한 말벌 떼가 저를 곰이나 오소리로 착각해서 공격하면 큰일이니까요.

로하의 입가에 부드러운 미소가 어린다. 오영은 로하가 작정하고 농담을 하는 것인지 가볍게 진담을 흘리는 것인지 헷갈린다. 하지만 어느 쪽이든 마음에 든다고 생각한다.

# 4
# 두 개의 폭탄

 느긋하게 짐을 푼 손님들이 하나둘씩 다이닝 룸을 찾는다. 12인용 테이블이 놓인 다이닝 룸은 푸른 염료를 흩뿌린 듯한 커다란 유리창으로 둘러싸여 있다. 흡사 일몰이 지나 어둠이 내려앉기 전 마지막으로 파랗게 빛나는 바닷물에 잠긴 듯한 공간. 다이닝 룸에 막 들어선 오영의 얼굴에도 동색의 그림자가 드리우고, 눈동자엔 물보라 인 너울이 일렁인다. 목적을 의식한 긴장보다는 다소간의 설렘이 느껴지는 얼굴이다.

 가벼운 재질의 검은 드레스로 갈아입은 오영은 심해를 유영하는 해파리처럼 무게감 없는 걸음을 옮긴다. 그러자 오늘 밤의 주인공은 오직 오영뿐이라는 듯 화려한 샹들리에가 오영을 향해 아낌없이 빛다발을 뿌린다. 오영이 내디디는 자리마다 동그란 빛 망울이 속속 위치와 크기를 바꾸어 아롱진다. 3미터 높이에 비스듬히 잘린 원통 모양으로 천연 주광색을 발하고 있는 이 샹들리에는 수년 전 화랑이 스페인에서 공수한 유명 작가의 작품이다. 운반부터 설치, 관리까지 지불한 돈을 생각하면 한심할 정도로 사치스러운 물건인데 오늘만큼은 제 가치를 있는 힘껏 보여주고 있다. 덕분에 오영의 청아함이 극치에 이르러 대대로 분수에 맞지 않는 호사를 부렸던 이 저택의 구석구석에 그윽한 기운을 색염해놓는다.

영아, 이쪽에 앉으렴.

테이블을 둘러본 오영은 기쁜 마음으로 화랑의 말에 따른다. 호스트인 화랑의 자리는 당연히 긴 직사각형 모양 테이블에서 변이 짧은 안쪽. 화랑이 오영에게 내어준 자리는 직각으로 접하여 앉을 수 있는 자신의 오른편이다. 하지만 오영이 흔쾌히 그 자리에 앉은 이유는 화랑의 곁이어서도 아니고 그 자리가 딱히 좋은 자리여서도 아니다.

제가 좀 늦은 편이네요.

오영이 자리에 앉으며 옆자리의 로하에게 먼저 말을 건다.

괜찮아요. 저도 방금 왔습니다.

로하가 괜스레 재킷의 매무새를 가다듬으며 말한다. 깔끔한 베이지색 재킷에 흰 셔츠를 갖춰 입은 것만으로도 낮의 인상과는 사뭇 다른 분위기를 풍긴다. 그런데 그때, 오영이 로하의 변신을 제대로 감상할 틈도 주지 않고 화랑이 끼어든다.

내가 저녁 식사 자리는 조금 신경 써달라고 일렀지. 범 사장도 이렇게 입으니 훨씬 인물이 살지 않니?

화랑은 오영이 유난히 밝은 얼굴을 하고서 자신의 옆자리, 아니 로하의 옆자리에 앉은 것에 자기 나름의 의미를 두며 심장한 미소를 짓는다. 아마도 자신이 오영의 마음을 눈치챘다고 알리고 싶은 모양인데 이를 오영이 반가워할 리가 없다는 생각은 하지 못하는 것 같다.

저는 낮의 복장도 좋았어요. 편안해 보여서요. 근데 지금처럼 조금 포멀한 느낌도 아주 잘 어울리시네요.

오영은 아예 화랑에게서 고개를 돌리고 로하에게 시선을 집중한다. 멈칫 시선을 떨굴 뻔했던 로하는 그만 티 없는 오영의 눈빛에 붙들리고 만다.

영이 씨야말로…….

지금 이 순간, 로하의 목덜미 솜털이 잔잔히 떨리는 것을 감각해내는 사람은 아무도 없다.

영이가 늘 집에서 파자마만 입고 지내서 그렇지, 한번 마음먹으면 어찌나 세련되게 꾸미는지 나도 반할 정도라니까.

화랑이 또 끼어든다. 오영이 화랑에게 주책 좀 그만 부리라는 듯 눈치를 준다. 이 자리를 위해 특별히 신경 써서 선택한 옷차림인 건 맞지만 잔뜩 힘주고 꾸몄다는 인상을 주고 싶지는 않은 터라 화랑의 칭찬이 달갑지 않다. 하지만 화랑은 아랑곳하지 않는다. 화랑의 옆자리에 앉은 이상 오늘의 대화가 온전히 자기 뜻대로만 흘러가지 않을 거라 판단한 오영은 이내 오붓한 식전 대화를 체념한 채 로하와 화랑을 향해 묻는다.

그런데 두 분은 어떻게 친분이 있는 거예요?

화랑이 춤추는 벌 양봉장과 오랫동안 거래해오기는 했으나 사업을 이어받은 지 얼마 되지 않은 풋내기 사장 로하를 파티에 초대한 것은 자못 의외로운 일이다. 그러자 화랑이 부드러운 표정으로 로하에게 시선을 주며 답한다.

내가 어쩌다 범 사장 신세를 졌어. 나이가 드니까 운전하는 게 좀 피곤해야지.

그럼 로하 씨가 이모를 위해 운전을 해주신 거예요?

아…… 네.

화랑과 눈을 마주친 로하가 고개를 끄덕여 보인다.

양봉장 일만으로도 바쁘실 텐데…… 정말 고마운 일이네요.

아닙니다. 마침 시간이 있었어요.

입을 가리고 헛기침하는 로하의 모습이 어느덧 오영의 눈에 퍽 익숙하고 자연스럽게 느껴진다. 오영은 가만히 주먹을 쥔 로하의 손등에 눈을 두다가 기침의 잔떨림에 흔들리는 로하의 머리카락으로 시선을 옮긴다. '왜 이렇게 친밀한 느낌이 드는 걸까.' 오영이 로하에게 느끼는 감정은 다채로우면서도 수수하다. 오영에게는 생소하기 그지없는 감정이다.

그때,

언니, 이제 다들 모이신 거 같은데.

홍진이 화랑에게 다가와 나직이 언질한다.

그래? 그렇네. 그럼 이제 시작할까?

홍진이 고개를 끄덕이고 주방으로 향하자 손님들의 얼굴에 기대감이 스친다. 다들 내색은 안 하지만 적잖이 출출한 것이다.

작가님, 컨디션은 좀 어떠세요?

오영의 맞은편에 앉은 한오름이 걱정스러운 표정으로 화랑의 안색을 살펴본다. 오름은 가장 마지막으로 다이닝 룸에 들어서 화랑의 옆자리를 차지했다. 부담감 때문인지 매너 때문인지 알 수는 없지만 어떤 이유에서든 남자 손님들이 그 자리를 비워둔 덕이다.

괜찮아요. 한숨 푹 자고 일어나니까 개운해졌어.

짙은 보라색 블라우스와 은은한 광이 흐르는 알 굵은 진주 목걸이가 화랑이 둘러댄 말을 뒷받침해주려는 듯 광휘를 발해 화랑의 안색을 화사하게 꾸미고 있다. 오름이 안심된다는 의미로 화랑의 손등에 가만히 자기 손을 가져다 댄다. 그 몸짓을 멀거니 바라보던 오영은 문득 화랑의 인간관계에 대해 자신이 모르는 부분이 의외로 많은 것 같다고 생각한다. 곧이어 떠오른 '이모는 내 인간관계에 대해선 모르는 게 없는데'라는 생각은 '아, 난 인간관계라고 할 만한 게 없지'라는 자조로 이어진다. 하지만 화랑이 자신에게 엉뚱한 제안을 한 이유의 상당 부분이 바로 그 때문이라는 생각에는 미치지 못한다. 조금 더 골똘히 생각했다면 거기까지도 생각이 닿았을지 모르지만 그러기 전에 화랑이 분위기를 환기시킨다.

식사를 시작하기 전에 여러분에게 드릴 선물이 있어요.

오영은 그제야 자신의 테이블 매트 근처에 자그마한 상자가 놓여 있는 것을 발견한다.

저, 아까부터 궁금했잖아요. 이건 뭘까 하고.

오름이 호기심을 드러낸다. 상자는 총 여섯 개. 손님들은 각자 자기 앞에 놓인 상자를 집어 든다.

대단한 건 아니고, 오늘의 만남을 기념할 만한 작은 선물을 준비했어요. 어서들 열어봐요. 마음에 들면 좋겠네요.

화랑이 진주 목걸이에 달린 장미 모양의 브로치를 매만지며 미소를 짓는다. 드디어 브로치의 의미를 밝힐 시간이 다가온 것이다. 화랑의 브로치를 눈여겨보았던 오영은 기대 반 긴장 반으로 상자를 연다. 그리고 상자 속에 놓인 선물이 바로 화랑이 말했던 '다섯 명의 마음을 얻은 것을 확인하는 방법'이라는 것을 직감한다.

로즈 쿼츠로 만든 브로치예요. 전문 세공사에게 부탁해서 조각했지요. 겹겹의 꽃잎을 섬세하게 표현하기 위해서 애를 많이 썼어요.

작가님, 선물은 정말 감사한데…… 모두 똑같은 브로치라니, 이거 무슨 '우정템' 같은 건가요?

곽강이 브로치를 가슴에 대며 제 나름의 우스갯소리를 한다.

글쎄. 직접 하기 애매하다면 마음에 드는 누군가에게 선물을 해도 좋겠지.

화랑이 심장한 미소를 짓자 오름이 퍼뜩 미소의 의미를 파악한 듯 반가워한다.

선물……! 로즈 쿼츠!

오영 역시 화랑의 뜻을 알아차렸지만 오름이 선수를 치고 나서는 바람에 오영은 입도 떼지 못한다.

작가님 소설에 나오잖아요. 뿔뿔이 흩어진 일곱 개의 로즈 쿼츠 조각을 모아 연인에게 선물하는 결말……『일곱 조각 쿼츠』, 맞죠?

화랑이 고개를 끄덕인다.

로즈 쿼츠는 사랑의 증표죠. 아, 물론 내 소설 속에서 말이에요.

『일곱 조각 쿼츠』는 화랑이 쓴 소설치고는 그다지 주목받지 못한 작품이지만 이 자리에 모인 손님들 중 『일곱 조각 쿼츠』를 읽지 않은 사람은 없다.

평생 로맨스 미스터리를 쓰다 보면 다양한 증표를 다루게 된답니다. 사랑의 증표는 로맨스의 꽃이니까요. 화려하기 짝이 없는 세기의 보석부터 시작해서 소박하기 그지없는 목각 인형까지, 그동안 증표로 다룬 것만 해도 수십 종이고…… 그중 내가 가장 좋아하는 증표가…….

누군가 대신 말해주기를 바라는 듯 화랑이 뜸을 들이자 희탄이 나서 대답한다.

로즈 쿼츠군요.

맞아요. 정확히 말하자면 로즈 쿼츠에 담긴 이야기를 좋아하는 거지만. 그 소설은 내 작품 중에선 보기 드물게 순정을 다룬 이야기였거든요.

순정을 다룬 이야기라…… 의외네요.

자오가 브로치를 만지작거리며 나직이 중얼거린다. 화랑은 가만히 자오를 바라보다가 천천히 입을 연다.

순정을 다룬 이야기는 생각보다 인기가 없어요. 그래서 자주 다루지 않았고. 그치만 현실의 로맨스에선 여전히 순정이 가치 있어요. 개연성도 없고, 핍진성도 없는 순정. 그 순정에 마음의 문을 열게 되니까요. 소설에서 그런 순정을 다루면 욕먹기 십상이지만.

자오에게서 시선을 뗀 화랑이 브로치를 어루만지며 손님 한 명 한 명과 눈을 맞춘다.

그러니 이렇게 지고지순한 의미가 담긴 증표를 마음을 둔 상대에게 전한다면 얼마나 뜻깊겠어요? 혹시 모르죠. 파티가 끝나기 전에 여기 있는 사람들 중 한 명에게 이 증표를 건네고 싶어질지…….

 오영은 혀를 내두른다. 화랑은 오영에게 메시지를 전하고 있었다. 일곱 개의 증표를 모두 손에 넣으라고. 화랑의 가슴에 달린 브로치와 오영 자신의 손에 들린 브로치를 포함하여 총 일곱 개의 브로치를 한데 모으라고. 저택을 가지고 싶다면 증명해내라고.

 에이…… 작가님도 참. 마음에 드는 상대는 무슨.

 곽강이 짐짓 심드렁한 척하며 오영을 쓱 쳐다보고는 툭 말을 던진다.

 이거 가질래? 어차피 나한테 어울리지도 않고.

 어……? 정말?

 뜬금없는 제안에 당황해하면서도 오영은 어느새 곽강이 내민 브로치를 향해 손을 뻗고 있다. 물론 이런 식의 주고받음을 화랑이 잠자코 지켜보고만 있을 리 없다.

 강아, 강아. 그건 아니지.

 곽강이 왜 안 되느냐는 투로 어깨를 으쓱해 보인다.

 선물을 준비한 나에 대한 예의가 아니잖니. 네가 간직하고 있다가 정말 마음에 드는 상대가 나타나면 건네주렴.

 다정하지만 단호한 화랑의 말투에 곽강은 찍소리도 못 하고 브로치를 거두어들인다. '브로치 하나가 거저 굴러 들어올 뻔했는데.' 오영은 아쉬워한다. '지금이 아니면 강이한테서 브로치를 받을 기회가 다시 없을지도 모르는데!' 우습게도, 원래 내 것이었던 것을 영영 놓친 듯한 기분이 쉬이 떨쳐지지 않자 별안간 허기가 밀려온다. 그때 마침 홍진이 애피타이저가 담긴 카트를 끌고 나온다.

 문어에 유자 소스와 핑크 페퍼 홀, 처빌을 곁들인 콜드 애피타이저예요. 약간의 매운맛이 느껴지는 신선한 이탈리아 올리브유를 뿌렸고요.

 홍진이 자부심 깃든 표정으로 음식을 서빙한다. 홍진의 코스 요리를 맛보는 건 오영도 꽤나 오랜만이다. 오영은 늘 홍진의 요리 실력에 만족해왔기에 오늘의 식사도 기대에 부응하리라고 확신한다. 화랑은 수석 셰프를 자랑스러워하는 사장 같은 표정을 하고서 포크를 들다가 바닥에 떨어뜨리고 만다. 눈치 빠른 홍진이 새 포크를 가져다준다. 요즘 들어 이런 일이 잦았다는 듯 익숙한 태도다.

 와. 맛있는데요? 애피타이저에서 이런 풍미를 느끼기도 힘든데.

 가장 먼저 음식에 대해 평을 한 사람은 로하의 옆에 앉은 곽강이다.

저, 입맛이 상당히 까다롭거든요. 근데 이 정도 요리라면 매일 군말 없이 먹겠어요. 제가 비서님을 스카우트 하고 싶을 정도…….

애피타이저가 이 정도니, 메인 디시는 어떨지 상상도 안 가네요. 하하!

희탄이 과장된 목소리로 곽강의 말을 자른다. 아무리 그래도 엄연히 비서직을 몇십 년간 해온 사람인데 자신의 개인 요리사로 발탁하고 싶다니, 혹여나 곽강이 더 예의 없는 말을 지껄일까 봐 노파심이 일었기 때문이다. 사실 곽강도 아무 저의 없이 말한 건 아니다. 곽강의 아버지 곽영천 대표는 늘 홍진을 못마땅하게 여겼다. 홍진이 문학에 조예가 얕고 필수적인 비서 업무 능력을 갖추지 못하였으며 둘 중 어떤 것도 도무지 향상될 기미가 보이지 않는다는 점을 들어 이미 여러 번 화랑에게 홍진을 해고하라 종용했다. 하지만 저택에 초대받아 홍진이 차려낸 요리를 먹고 나면 적어도 몇 달은 조용해지곤 했으니, 이를 잘 아는 곽강이 비아냥스레 칭찬 아닌 칭찬의 말을 던진 것이다.

본식도 기대해주셔도 좋아요. 공을 많이 들였거든요.

그런데 뜻밖에도, 홍진은 방긋 미소를 지으며 대꾸한다. 좋은 평만 골라 듣고 애매한 말은 귓등으로 듣는 홍진을 보며 희탄은 홍진의 요리 솜씨가 바로 그러한 자기 좋을 대로의 자존감을 토대로 연마해온 것이리라 가늠해본다. 괜히 요리사의 기분을 거스를 필요 없다고 생각한 화랑도 홍진의 말에 맞장구친다.

맞아요. 이 정도로 호들갑 떨면 안 되지. 아직 예 비서 실력의 반의반도 안 보여줬는데.

남한수가 재료 공수나 손질을 도와주기는 하지만 메뉴를 고안하는 것부터 테이블에 올리기까지의 모든 과정은 오롯이 홍진의 몫. 어떤 때 보면 비서 업무보다 주방 일을 더 좋아하고 잘하는 것처럼 보이기도 한다. 그런데 바로 여기에 불편하고도 은밀한 진실이 있다. 바로 홍진이 자기 가치를 끊임없이 증명해내기 위해 주방에서의 활력을 가장하곤 한다는 점이다. 의식적인 드러냄. 오영도 진즉 눈치챘을 정도인데 화랑이 이를 모를 리 없다. 다만 묵인할 뿐이다. 오랜 시간 겪어온 홍진의 어떤 부분들, 이를테면 비서로서의 무능과 요리사로서의 재능 과시 같은 것을.

그런데 작가님. 작가님의 신간은 언제 볼 수 있을까요.

홍진이 물러가자 잠깐의 정적을 틈타 기다렸다는 듯이 송자오가 묻는다.

급할 거 있나요.

화랑이 애매한 투로 대답한다.

이모, 오늘 식사 후에 보여주려고 하신 거 아니었어요?

아…… 그래. 그랬지.

오영은 화랑의 태도가 좀 이상하다고 생각한다. 화랑은 쇼맨십이 남다른 작가로, 자기 작품에 대한 유난한 애정을 절대 감추지 않기로 유명하다. 그런 화랑이 자신의 신작이 식탁 위 얘깃거리로 올랐는데도 이리 머무적대다니. 혹시 낮의 협박문 소동 때문일까. '괜찮은 척하지만 역시 이모도 계속 신경 쓰이는 거야'라고 걱정하면서도 동시에 잘 만들어진 한 편의 광고 같은 화랑의 신작 소개 연설을 감상할 수 없을 거라는 예감에 오영이 아쉬워하는 찰나,

작가님, 혹시 낮의 일 때문에 그러시는 거예요?

오영이 삼킨 말을 오름이 대신 묻는다. 질문할 기회를 빼앗긴 것도 아닌데 어쩐지 억울해진다. 오영은 그저 모두가 있는 자리에서 묻고 싶지 않았을 뿐인데. 화랑과 단둘이 대화하는 데에 너무 익숙한 탓이다.

범인 때문에 신작 공개가 꺼려지시는 거라면…….

자오가 오름의 말에 덧붙여 입을 연다. 오영은 그제야 자오가 오름 옆에 앉아 있다는 것을 제대로 인식한다. '송 작가는 정말 한오름 배우에게 관심이 있는 걸까?' 로맨스 빙충이는 헛발 짚기의 명수다.

이모, 제가 생각이 짧았어요.

모두의 마음을 훔쳐야 하는 미션을 떠올린 오영은 오름과 자오의 틈을 비집고 들어간다.

혹여 범인이 보고 있을지도 모르는 자리에서 신간을 소개하고 싶지 않으실 텐데. 신간 소개는 생략하는 게 어때요?

화랑이 대답을 주저하는 사이 오영이 재빨리 자오에게 눈짓하며 질문을 더한다.

송 작가님도 저와 같은 생각이죠?

그것도 방법 중에 하나겠지요.

자오가 고개를 끄덕인다. 로맨스 빙충이답게 자오가 자기 말을 긍정해준 것을 아직 여지가 있다고 받아들인 오영은 자오의 옆에서 묘한 눈빛으로 자신을 바라보는 오름에겐 과연 어떤 여지가 있을지 가늠해본다. 하지만 섣불리 확신하지 못한다. 게다가 마음에 걸리는 점이 또 하나 있다. 어차피 모두의 마음을 훔쳐야 하는 미션을 부여받은 이상 양심을 거론하는 것 자체가 모순적인 일일 테지만 레즈비언이 아니면서 레즈비언의 호감을 사기 위해 레즈비언인 척하는 건 분명 정도를 넘어서는 짓이라는 생각이 든다. '도대체 이모는 무슨 생각으로 오름 씨를 초대한 거지.' 오영이 틈나는 대로 화랑에게 따져 묻겠노라 벼르는 동안 화랑의 시선은 자오에게 머물러 있다. 화랑은 복잡한 표정으로 자오를 바라보며 여전히 이렇다 할 대답을 내놓지 못한다.

그치만 어쩌면 그건 협박문을 쓴 자가 원하는 대로 행동하는 걸 수도 있습니다.

희탄이 반론을 내놓는다.

우리는 아직 협박문을 쓴 사람이 원하는 바를 모릅니다. 친분이 있는 사람들과 함께한 자리에서 망신을 주려고 한 건지 아니면 작가님을 두려움에 떨게 만들어서 신작 발표 자체를 미루게 만들려는 건지, 무엇이 범인의 목적인지 모른다는 말입니다.

오영은 마치 탐정처럼 상황을 설명하듯 말하는 희탄을 보며 낮의 일을 떠올린다. 정원에서의 티타임을 마치고 저택으로 들어서던 순간 현관 앞에서 희탄이 자신을 불러 세웠던 일을. 희탄은 현관문의 양옆에 달린 조명을 가리키며 어느 쪽에 열쇠를 보관하는지 물었다. 오영은 오른쪽이라 대답했다. 그게 전부였다. 하지만 희탄이 은근히 탐정 놀이를 즐기고 있다는 느낌을 받기엔 충분했다.

류 조사원 말이 맞아요. 범인 때문에 신간 소개를 미룰 생각은 없어요. 근데…….

희탄의 말을 주의 깊게 들은 화랑이 고개를 끄덕이며 말을 잇는다.

사실, 이제 난 범인의 목적을 알 것 같아요.

네? 범인이 뭘 원하는지 알고 계시다고요?

그래요. 범인은 내가 안절부절못하기를 바라죠. 자기가 폭로라는 카드를 쥐고 있으니까요. '당신이 죽였다'라는 협박문이 바로 그 카드죠. 범인의 예상대로라면 나는 나의 살인 행적이 밝혀질까 봐 벌벌 떨어야 해요. 하지만, 지금 나를 보세요. 내가 떨고 있나요?

작가님이 아무도 죽이지 않았기 때문에 범인의 협박 카드는 아무 소용이 없을 거라는 말씀이시군요.

희탄이 수긍하자 화랑은 만족스러워하는 미소를 짓는다.

이모, 정말 괜찮으시겠어요?

외려 당당하게 신간을 소개하는 화랑을 보고 열 받은 범인이 혹여 황당한 짓을 저지르지는 않을지 걱정이 되어, 오영이 조심스레 묻는다.

괜찮고말고. 협박문을 쓴 사람은 무슨 오해를 하는 게 분명해. 오해가 있다면 마주 보고 풀면 되는 거지, 피한다고 되는 게 아니란다.

화랑의 목소리에 진중한 힘이 실려 있다.

아 아, 다행입니다, 작가님.

곽강이 가슴을 쓸어내리며 말한다.

오늘 신간을 소개한다고 하셔서 얼마나 기대했는데요. 아시다시피 제가 맡아서 출간하게 될 첫 작품이니까요. 시작부터 일이 꼬이면 징크스가 생길 수도 있다고요. 징크스를 좋아하는 사람은 없잖아요? 이번 책이 순조롭게 잘 되면 다음 작품, 그다음 작품도 순조롭게…….

하지만, 강아.

화랑이 여전히 꼬마 도련님을 대하는 듯한 눈빛으로 곽강을 바라본다.

그런 날은 오지 않을 듯싶구나.

네? 그게 무슨 말씀이세요?

화랑의 말이 갑작스럽기는 곽강뿐 아니라 오영을 포함한 손님들 모두 마찬가지이다.

네 아버지 곽영천 대표와 나는 소설이라는 것에 어리석을 정도로 매달려 평생 함께해온 인연이야. 곽 대표가 물러날 때가 되었다는 건 바로…….

오영의 머릿속에 '설마'라는 두 글자가 크게 자리 잡는다. 잠시 뜸을 들이던 화랑은 오영에게로 시선을 돌린다. 그리고 나직이 말한다.

바로 나도 그만할 때가 되었다는 거지.

이모……!

도대체 왜? 아직 글을 쓸 수 있을 정도로 정정하고 날이 갈수록 필력이 더해지고 있다는 평까지 듣고 있는데, 도대체 왜? 화랑이 은퇴를 생각하고 있을 줄은 꿈에도 몰랐던 오영은 어렴풋한 배신감마저 느낀다. 만에 하나 언젠가 화랑이 은퇴를 결심한다면 가장 먼저 그 사실을 알게 되는 사람은 오영 자신일 거라 믿어 의심치 않았기에 더더욱.

그런데 그때 곽강이 마치 자신이 제일 큰 충격을 받았다는 듯 자리에서 벌떡 일어선다.

작가님, 그게 무슨 말씀이세요!

4 두 개의 폭탄

강아.

말이 됩니까. 상의 한 마디 없이 갑자기 은퇴 선언을 하시면 어쩌라고요.

강아. 곽 대표도 이미 알고 있어.

아버지도 아신다고요?

그래.

하지만…….

대표가 바뀌었으니 작가도 바뀌어야지. 안 그러니, 강아? 너는 네 나름의 사업을 잘 꾸려나갈 거다. 새로운 흐름을 만들어가야지. 아버지도 그걸 기대하고 계시고. 화랑 출판사의 이름값이 있으니, 신예 작가들을 발굴하고 모으는 일도 그리 어렵지 않을 거야. 내가 힘이 닿는 데까지 도와줄 테니 너무 걱정하지 말고.

얼이 빠진 얼굴로 서 있는 곽강을 희탄이 달래어 자리에 앉힌다. '강이의 심정이 이해 안 가는 것도 아니야.' 오영은 생각한다. 제갈화랑의 신작 없이 화랑 출판사의 명맥을 유지해나가는 일은 결코 쉽지 않을 터이니.

작가님, 왜 갑자기 은퇴 결심을 하신 건가요?

오름이 아쉬워하는 표정으로 묻는다.

글을 쓸 때 가장 행복하다고 하셨잖아요. 존재하지 않는 이들과 이어지는 느낌이 든다고. 수수께끼를 만들어가며 소설을 빚는 일을 사랑한다고 하셨잖아요.

투정을 부리는 듯한 말투다. 오영은 오름을 고운 시선으로만 볼 수 없다. 정작 투정을 부리고 싶은 사람은 자신인데 엉뚱한 사람이 투정을 부리니 평소 같지 않게 심술이 난다. 그런데 여기에 더해,

맞습니다, 작가님. 오름 씨 말대로, 왜 그 행복을 놓으려 하시나요? 분명 오늘 오전에도 작업실에서 집필하셨으면서.

곽강도 화랑에게 투정을 부린다.

그건 그저 습관이란다. 지금 쓰고 있는 글이 책으로 나올 일은 없을 거야.

화랑의 말에 곽강의 얼굴이 찌그러진 밤알처럼 변한다.

이모, 정말 마음을 굳히신 거예요?

오영이 진짜로 묻고 싶은 말은 '왜 진즉 내게 말하지 않았어요?'이지만 손님들이 다 듣고 있는 자리라서 꾹 참는다. 화랑은 오영의 마음을 다 안다는 듯 그리고 오영에게 양해를 구한다는 듯 강자의 포용력에 약자의 가련함을 더한 표정을 지어 보인다.

그래. 어쩔 수가 없단다.

어쩔 수가 없다니요?

은퇴 선언이 자의가 아니라는 뜻인가. 오영이 눈을 동그랗게 뜬다.

작가님. 설마 은퇴하실 수밖에 없는 이유가 있으신 겁니까?

송자오가 딱딱하게 굳은 목소리로 묻는다. 화랑은 다소 슬픈 눈빛으로 자오를 바라보다가 고개를 끄덕인다.

맞아요.

이모…….

오영의 마음에 불안함이 깃든다. 화랑은 오영을 안심시켜 주려고 손을 내민다. 오영은 조용히 그 손을 잡고 숨을 들이쉰다. 그런데 그때 어깨에 부드러운 다독임이 느껴진다. 고개를 돌려 보니, 로하가 오영의 어깨에 손을 올린 채 다정한 눈빛을 보내고 있다. 오영은 로하를 가만히 바라본다. 그리고 로하의 눈빛이 어찌하여 화랑의 눈빛처럼 조금 슬퍼 보이는지 모를 일이라고, 어찌하여 이보다 더 큰 슬픔을 대비하고 있는 것처럼 보이는지 모를 일이라고 생각하는 순간, 화랑이 좌중을 향해 말한다.

파킨슨병이라는군요.

와장창. 다이닝 룸 입구에서 요란한 소리가 울린다. 몇 날 며칠 공들여 준비한 귀한 메인 디시가 바닥에 흩뿌려져 있다. 홍진은 비명을 지를 듯한 표정으로 귀신처럼 서 있다.

 괜찮다, 영아. 병의 진행 속도가 빠르지 않은 편이라고 하니, 괜찮을 거야.

 화랑이 두 손으로 눈물범벅인 오영의 얼굴을 닦아준다. 폭탄선언을 두 번이나 했으니, 위로받기보단 위로해줄 수밖에 없는 신세를 자처한 셈. 하지만 화랑은 원래 오늘 자신의 병을 밝힐 생각이 아니었다. 계획된 폭탄선언은 단 하나였다. 병을 밝힌 것은 다분히 충동적인 행동이었다. '내가 왜 그랬을까.' 갑작스레 병을 밝히는 바람에 신작 소개도 못 하고 식사를 마무리하게 되었다. 이는 자신답지 않은 행동이었다. 연륜 있는 파티의 주최자라면 준비된 폭탄선언만을 해야 한다. 그것이 파티의 흥을 돋우고 주최자가 원하는 대로 흐름을 이끌어 갈 수 있는 방법이다. 그런데 이렇게 무지렁이 같은 실수를 하다니. '이 애에게 동정이라도 받고 싶었던 걸까?' 몸도 마음도 부쩍 약해진 듯한 느낌에 오영의 눈물을 닦아내던 화랑의 손이 금세 축 처진다.

4 두 개의 폭탄

오영은 화랑의 은퇴 선언은 뒷전인 모양으로 화랑의 상태를 계속 살피고 있다. 애써 지어 보이는 화랑의 미소도 오영을 안심시키기엔 턱도 없다. 급기야 오영은 제 나름대로 추리도 한다.

 이모, 그래서 그런 말도 안 되는 제안을 하셨던 거죠? 손님들을 유혹하면 이 집을 물려주겠다는 그 제안이요. 지금 생각해보니 그때 잠시 잠깐 이모 머리가 어떻게 됐던 거야. 어쩐지 이상하다 했어요. 내가 거기에 장단을 맞추면 안 되는 거였는데.

 화랑은 저도 모르게 힘없는 웃음을 흘리고 만다. 오영의 말대로 머리가 어떻게 되었던 것은 맞는 듯하다고 생각해서다. 오영을 위해서 무언가 남겨주고 싶다는 생각은 했지만 이 집을 물려주고 싶다고 생각한 건 그날이 처음이었다. 봄치고는 스산한 바람이 불던 얼마 전의 아침. 꿈결에 속삭이는 소리를 듣고 가만히 눈을 뜬 채 머릿속에 맴도는 생각을 더듬던 그때.

 근데 도대체 한오름 배우는 왜 초대하신 거예요?

 네가 도통 말해주질 않으니 네 성적 지향이 어떤지 알 수가 있어야지.

아…….

화랑의 말에 일리가 없지는 않다고 생각한 오영이 실소한다.

아무튼 이모는 맨날 자기 멋대로야.

내가 좀 그렇기는 하지.

화랑이 순순히 고개를 끄덕이며 오영의 머리를 쓰다듬는다. 그러자 마음 약해진 오영이 눈꼬리를 아래로 내리며 화랑의 품을 와락 파고든다.

그치만 용서해줄게요. 어쨌든 다 없었던 일로 하면 되니까.

없었던 일로 한다니?

말 그대로예요. 이제 손님들의 환심을 사려고 애쓰지 않을 거예요.

돌연, 화랑의 표정이 딱딱하게 굳는다.

그건 안 되지.

네?

영이 너, 이 집을 가지고 싶지 않니?

그건…….

오영이 잠시 망설이다 대답한다.

가지고 싶어요. 하지만 아무것도 모르는 사람들을 속여가면서까지 가지고 싶진 않다는 걸 깨달았어요.

저런!

저도 모르게 탄식을 내뱉은 화랑은 문득 자신이 왜 오영의 말에 통탄하는지 의아해진다. 언제부터 자신이 이 집의 주인은 응당 그만한 자격을 갖추어야 한다고, 그것도 타인을 유혹해내는 기술을 갖춰야 한다고 생각했는지 기억을 더듬어보지만 좀처럼 고개를 끄덕일 만한 기억을 찾을 수가 없다. 그저 지금 이 순간 걷잡을 수 없이 치솟는 반감이 오영의 안일한 태도에서 비롯되었음을 강렬히 느낄 뿐이다. 이 집을 탐하는 주제에 고작 그 정도도 못 하겠다는 마음이 같잖아서 화가 난다. 그동안 단 한 번도 오영에게 느껴본 적 없는 노여움이다.

네가 그렇게 약해빠진 줄도 모르고 내가 과분한 제안을 했구나.

화랑의 목소리에 깃든 노기를 눈치챈 오영의 어깨가 흠칫한다. 시종 화랑의 면면을 관찰하면서 어떤 행동이 병의 증상인지 파악하려 노력하던 중이라 화랑의 갑작스러운 역정을 접한 오영은 머릿속이 더욱 복잡해진다. 오늘 밤 오영은 파킨슨병에 대해, 그리고 중병에 걸린 것을 인지한 환자가 보이는 심리적 반응에 대해 알아보느라 밤을 꼬박 새울 것이다. 하지만 지금으로서는 그저 관심을 가지고 살펴볼 뿐 그 어떤 얄팍한 판단도 내릴 수 없다.

왜 그래요, 이모. 이건 강하고 약하고의 문제가 아니잖아요.

아주 당연하게도, 화랑의 역정이 무엇에서 비롯되었는지 오영은 조금도 가늠해내지 못한다. 화랑 자신조차 가늠하지 못하는 것을 오영이 어떻게 가늠하겠는가.

너는 이 게임을 계속해야 해.

화랑은 자신의 감정을 헤아리지 못하면서도 단연히 말한다.

싫어요.

해야 해.

싫다고요.

오영의 눈동자가 담담히 빛난다. 언뜻 고요해 보이지만 깊은 곳 뜨거운 일렁임이 있는 눈빛. 마지막 반항이 언제였던가. 기억도 나지 않는다. 너무 오래되어 마치 전생처럼 느껴진다고, 오영은 생각한다. 하지만 기억은 사라졌을지언정 반항의 원형은 오영의 가슴속에 그대로 남아 있다. 되살아나 생생히 꿈틀대고 있다.

저는 이 게임을 계속하지 않을 거예요.

오영은 단호하다. 자신의 반항심에 대한 확신이 있기 때문이다.

하라고! 좋든 싫든 해내라고! 어떻게 해서든 이 집을 손에 넣으라고!

반면 화랑은 오영이 오랜만에 내보인 반항심에 격한 거부감을 느낀다.

이모…….

이번엔 화랑이 흠칫한다. 오영의 어깨를 잡은 손에 힘이 과하게 들어가 있다는 걸 깨달은 것이다.

이모, 괜찮으세요?

화랑의 손목을 잡으며 오영이 묻는다.

괜찮아. 난 다만…… 걱정되어서 그래. 큰 문제 없이 굴러가는 거 같지만 사실 이 집은 관리하기 쉽지 않거든. 웬만한 강단 없이는 안 돼. 그래서 알고 싶은 거야. 네가 얼마나 말도 안 되는 일까지 해내는지. 이 집을 위해서 말이야.

화랑은 자신을 바라보는 오영의 눈빛을 마주하기조차 힘들어 고개를 돌리고 만다. 자신이야말로 오영을 끌어들이기 위해 말도 안 되는 변명을 늘어놓고 있다는 생각이 들어서다.

오영이 이런 헛소리를 그냥 들어 넘길 리도 없다. 하지만 오영은 평소처럼 따지고 들지 않는다. 오히려 화랑을 안심시키려는 듯 화랑의 어깨를 문지르며 말한다.

나는 강해요, 이모.

잔잔한 오영의 목소리에서 기품이 느껴진다. '그래. 이 아이는 누구보다 강하지.' 화랑은 진주 목걸이에 한 손을 올리고 울컥하는 마음을 애써 가라앉힌다. 그러나 그도 잠시. 곧 따라붙는 오영의 말에 예상치 못한 실망감이 몰려든다.

이 집을 탐하지만 가지려 들지 않을 만큼 강해요.

실망감. 끝도 없는 실망감. 이 일그러진 실망감은 어디서 온 것인지. 자신의 것이 아닌 듯한 감정의 파고에 금세 지치고 만 화랑은 자기도 모르게 책장에 놓인 액자로 시선을 옮긴다. 오래된 사진 속에서 검은 옷을 입은 어린 보연이 청량하게 웃고 있다. 지독하게 청량한 나머지 어딘지 모르게 스산한 느낌이 드는 웃음이다.

보연도 강했지.

오영이 화랑의 시선을 따라 고개를 돌린다.

저 사진을 찍은 날 말이야. 보연이 처음으로 저택에 놀러 온 날이었어. 근데 그날 내가 갑자기 독감을 앓은 거야. 보연은 날 간호해주겠다고 했지만 나는 보연에게 독감을 옮길까 봐 걱정되었지. 다행히 홍진이 보연을 안내해주겠다고 나서더구나. 마을 구경을 시켜준다고. 초면인데도 불구하고, 둘은 꽤 친해진 것 같았어. 함께 우늬숲까지 다녀왔더라니까. 그 말을 듣고 열이 펄펄 끓는 와중인데도 하마터면 질투할 뻔했지. 퉁퉁 부은 보연의 팔다리가 눈에 들어온 순간 질투고 뭐고 할 겨를도 없었지만……

오영은 처음 듣는 얘기이다. 엄마와 홍진이 함께 우늬숲에 간 적이 있었다는 말은 화랑에게서도 홍진에게서도 그리고 엄마에게서도 들어본 적이 없었다. 그래서 더욱 귀를 기울이고 화랑의 얘기를 듣는다.

보연이 글쎄, 우늬숲에 갔다가 벌떼를 만났다지 뭐니. 다행히 홍진이 기지를 발휘해서 잽싸게 흰옷으로 보연을 감싸고 잡아끌어 전속으로 달린 덕에, 심하게 쏘이진 않았지만. 그래도 도시에서만 살던 애가 얼마나 놀랐겠어. 근데 웬걸. 외려 씩씩하게 웃더구나. 벌에 쏘인 것도 대수롭지 않게 여겼어. 흥미진진한 모험이었다면서, 앞으로 더 자주 놀러 오겠다는 말까지 하더라니까.

오영은 회상에 젖은 화랑의 얼굴로 시선을 옮긴다. 그리고 화랑의 얼굴에서 자신을 향한 사랑의 시작점을 더듬어 살핀다. 오영에게 바쳐온 화랑의 사랑을 거슬러 올라가면 그 시작에 보연이 있다. 오영은 화랑이 가로지른 애틋한 사랑의 경로를 더듬으며 엄마를 느낀다.

보연은 이 집을 아주 마음에 들어 했지. 내가 보기엔 그저 단순히 좋아하는 게 아니었어. 이 집에 대해 좀 더 복잡한 감상이 있었지. 이 집을 둘러싼 마을과 숲에서도 독특한 영감을 받은 듯했고. 언젠가 그런 말도 했었어. 저택에 들어선 순간 뭔가 몸에 닿는 것 같은 기분이 들었다고. 그건 아주 특별한 감각이었다고.

엄마도 그러셨다고요?

오영이 놀라 묻는다.

엄마도 그랬다니…… 이모, 저도 엄마랑 똑같아요.

엄마와 닮은 점을 찾아냈다는 기쁨에, 실로 오래 간직해온 비밀이 술술 터져 나온다.

닿고, 스치고, 누르고, 쓰다듬는 듯한 느낌 말이에요. 때로는 몸에 닿는 온감까지 생생히 느껴져요.

오영은 이제 저택을 느낄 때마다 세상에 없는 엄마의 존재 또한 함께 느낄 것이다.

4 두 개의 폭탄

넌 보연을 꼭 닮았어. 그러니 놀랄 일도 아니지.

화랑이 오래전 보연을 바라보듯 오영을 바라본다.

영이야. 보연과 마찬가지로 너도 이 집을 좋아하잖니. 나의 일부인, 이 집을 말이야.

네. 좋아해요.

'좋아한다는 말로는 부족할 정도로 좋아해요.' 오영이 순순히 고개를 끄덕이자 화랑의 목소리에 기세가 더해진다.

나는 네가 이 집을 꼭 손에 넣었으면 좋겠어. 그래서 말인데, 이 집에 대한 너의 의지를 보여주면 안 될까?

이모…… 저는 이미 결심했어요.

오영이 화랑을 안아준다. 화랑의 등을 토닥이는 손짓에 안타까움과 결연함이 묻어난다.

'이 아이는 절대 고집을 꺾지 않을 거야.' 화랑은 탄식한다.

그래. 오늘은 여기까지 하자.

화랑이 피곤함을 감추지 않자 오영은 조용히 물러난다. '시간이 필요해.' 혼자 남은 화랑은 보연의 사진이 담긴 액자를 손에 들고 서재를 서성인다. 화랑에게 필요한 것은 시간이다. 화랑 저택과 오영의 운명이 어찌 될지 생각해볼 고요한 시간. 자신에게 시간이 얼마 남지 않았을지도 모른다는 생각에, 화랑은 더욱 초조해진다.


어, 오름 씨.

화랑의 서재를 나서자마자 오영은 문 앞에 오도카니 서 있는 오름을 발견한다. 오름은 어느새 오른쪽 가슴께에 화랑이 선물한 브로치를 달고 있다. '브로치가 꽤 마음에 들었나 보지.' 오영은 닫혀가는 문 사이로 화랑의 모습을 확인하려 목을 길게 모로 뺀 오름을 막아서며 말한다.

오름 씨, 이모 오늘은 그만 쉬어야 할 것 같아요.

잠깐이면 돼요.

서재 문 앞에 버티고 선 오영을 밀쳐내기라도 할 기세로 오름이 말한다.

안 돼요, 오름 씨. 그 잠깐, 내일로 미뤄요.

오름은 가만히 오영을 쏘아본다. 왜 너는 되고 나는 안 되느냐는 눈빛이다. 오름의 눈빛을 감당해내며 오영은 속으로 한숨을 쉬며 생각한다. '더는 이 게임을 하지 않아도 되어서 다행이야'라고. 오름 같은 상대를 유혹해내기도 쉽지 않았겠지만 어찌저찌 유혹한다 해도 전말을 알게 된 오름이 오영을 쉬이 용서해줄 리 없다고 확신한 것이다. 불도저 같고 맹목적인 사람. 오영의 눈에 오름은 용서 대신 복수를 선택할 것 같은 사람으로 보인다.

근데 영이 씨.

네?

왜 나한텐 다른 사람들한테 하는 것처럼 안 해요?

맞보고 선 두 사람의 기세로만 보자면 역시 오름이 우세하다. 오영은 살짝 기가 죽은 채 되묻는다.

제가…… 뭘요?

아니, 가만 보니까 사람들한테 호감 사려고 무지 노력하던데. 나는 왜 패싱당했나 해서요.

오영의 얼굴이 화르륵 불타오른다. 하루 종일 손님들에게 잘 보이려고 노력했던 순간들이 한꺼번에 떠올라 민망해진다. '오름이 나를 얼마나 우습게 봤을까.' 오영은 아랫입술을 꼭 깨물며 대꾸한다.

무슨 말인지 잘 모르겠네요.

게임을 포기한 이상, 게임을 시도했었다는 사실까지도 영영 들키고 싶지 않은 것이 오영의 솔직한 심정이다. 그런데 오름이 어울리지 않게 나긋한 목소리로 말한다.

나는 영이 씨 귀여운데. 한번 잘 지내보고 싶어요.

네? 아, 네…… 네?

오름이 의미심장한 표정으로 고개를 기울이자 오름의 머리카락이 한쪽으로 쏠린다. 손가락으로 쓸어 넘기면 하프 소리가 날 듯 아름다운 머릿결이다.

이것 봐. 역시 귀여워. 작가님이 애지중지할 만해.

단둘이 있을 때 오름은 퍽 다른 분위기를 풍긴다. 좀 더 과감하달까. 사람을 쥐락펴락하고자 하는 짓궂음까지 느껴진다.

제가요? 제가 귀엽…….

고장 난 태엽 인형처럼 구는 것이, 영락없는 하수임을 증명하는 꼴이다. 오름이 팔짱을 끼고 씩 미소 짓자 오영은 할 수 있는 것이 헛기침밖에 없다는 듯이 두 손을 가볍게 쥐고 입을 가린 채 흠흠 소리를 낸다.

지금 보니까 로하 씨랑 똑같네. 둘이 잘 어울려.

그게 무슨…….

발끈하려다 만 오영이 한숨을 폭 내쉬고는 화제를 돌린다.

아무튼 오늘은 들어가지 마세요. 이모가 혼자 있고 싶어 하시니까.

제법 당찬 오영의 경고에 오름이 알겠다는 의미로 두 손을 들어 보인다.

4 두 개의 폭탄

오름 씨가 날 놀리려고 들지만 않는다면 우린 좀 더 친해질 수 있을 거예요.

그러자 오름이 눈썹 모양을 사람 인人 자로 만들며 입술을 쪼그리고 겨우 대답한다.

그럼 나야 영광이죠.

웃음을 참는 표정이라는 것을 오영도 모르지 않는다. 다만 기분이 그리 나쁘지만은 않다. 오영은 이 정도로 말했으면 오름이 알아들었으리라 기대하고 몸을 돌린다. 2층 복도를 지나 계단으로 향하는데 마침 계단을 오르던 홍진과 마주친다. 오영은 피곤한 얼굴로 오름에게 했던 말을 반복한다.

이모가 오늘 밤은 혼자 있고 싶으시대요.

그래. 알았다. 너도 들어가서 쉬어.

순순한 대답. 오름과 달리 홍진은 상대하기 어렵지 않다. 오영은 대답 없이 고개만 끄덕이고는 계단을 내려간다. 얼마나 많은 일이 있었던 하루인가. 오영의 마음은 이미 별채의 아늑한 침대 위에 가 있다. 얼른 몸을 뉘고 고양이 호텔에서 보내준 옹이의 사진과 영상을 보며 긴장을 풀고 싶다는 생각뿐이다.

한편 오영이 멀어져가는 모습을 멀거니 내려다보던 홍진

은 속절없이 누군가를 떠올리고 만다. '어쩌면 저렇게 금보연과 똑같을까.' 홍진의 마음 한구석에 으스스한 기운이 작게 인다. 오영이 자라는 모습을 지켜보면서 무시로 느꼈던 불쾌감. 이것은 언제고 손을 써야 할 감정이다. 그러지 않으면 오영의 몸을 빌려 살아 돌아온 보연이 자신을 잡아먹을지도 모른다고, 홍진은 미친 사람처럼 중얼거린다.

# 5
# 사라진 사람

 먹색 구름이 잔뜩 낀 늦은 아침. 전날의 우울하고 충격적인 소식들로 한층 가라앉은 분위기로 시작한 하루지만 일상은 그런대로 굴러간다. 창밖으로 우비를 입은 남한수가 집 안 곳곳을 분주히 오가며 우천에 대응하고 있는 모습이 보인다. 홍진은 주방에서 바지런히 아침 식사를 차리고 있다. 덕분에 기분 좋은 냄새가 연신 새어 나와 바깥의 습하고 우중충한 날씨를 잠시나마 잊게 만든다.

 이네스 홀Ines Hall의 작품을 좋아하시나 봐요.

 막 거실에 들어선 희탄이 자오가 읽고 있는 책을 향해 눈짓하며 말한다. 계단을 마주한 벽의 책장을 가득 채운 미스터리 소설 가운데 유독 이네스 홀의 전집에만 관심을 보이는 자오를 희탄은 줄곧 눈여겨보고 있었다.

아…… 네. 초판 전집을 직접 본 건 처음이라서요.

이네스 홀은 프랑스계 미국인으로 1930년대에 활약했던 추리소설가다. 엘러리 퀸, 애거사 크리스티와 어깨를 나란히 할 정도로 유명했지만 국내에는 잘 알려지지 않아서 그야말로 '아는 사람만 아는 신필'로 통했던 작가. 1999년에 이르러서야 화랑 출판사가 나서서 해적판으로 유통되던 이네스 홀의 전작을 정식 계약을 통해 들여왔는데, 이는 화랑의 뜻에 곽영천 대표의 추진력이 더해진 결과였다.

보존이 잘되어 있네요.

그렇죠? 이네스 홀의 작품을 열한 살에 처음 접했는데…… 벌써 20년이 훌쩍 지난 일이군요.

무릎 위에 책을 올려둔 채 소파에 기대어, 자오는 옛일을 떠올리는 듯한 표정을 짓는다. 자오를 방해하고 싶지 않은 희탄은 소파에 앉지 않고 뒷짐을 지고 창밖을 살펴본다.

비가 계속 오네…….

희탄의 배려가 충분치 않았는지, 예민한 자오는 창가 쪽에서 들려오는 작은 중얼거림에도 집중력을 잃고 만다. 자오는 희탄이 날씨 걱정을 하며 하늘을 쳐다보고 있는 거라 생각하고는 다시 책을 펼친다. 그러나 희탄의 시선이 머무른 곳은 소슬비에 젖어가는 외딴 별채. 바로 오영이 머무르는 곳이다.

아, 진짜. 새벽에 비바람이 어찌나 불던지 내내 잠을 설쳤다니까.

늦잠으로 부기가 덜 빠진 아이 같은 얼굴을 하고서 곽강이 계단을 내려온다. 그 탓에 자오는 또 책장을 덮을 수밖에 없다.

비바람이 그 정도였나요? 저는 어제 좀 피곤했는지, 세상 모르고 자는 바람에 몰랐습니다.

자오가 자신의 오른편 소파에 털썩 주저앉는 곽강을 향해 말한다.

흐음…….

창가에서 몸을 돌린 희탄은 곽강이 자오를 쳐다보는 표정에 주목한다. 손님들을 향해 뻗대는 곽강의 태도에 하루 새 충분히 익숙해졌으면서도 지금 자오의 말에 반응하는 곽강의 표정엔 분명 그 이상의 무엇이 있다고 직감한 것이다.

왜요. 송 작가님이 곤잠을 잔 게 그리 불만입니까.

희탄이 빙그레 웃으며 곽강의 옆에 가 앉는다. 곽강은 그제야 표정을 고치며 어깨를 으쓱해 보인다.

아니, 난 작가들은 다 예민한 줄 알았던지라.

자오는 곽강이나 희탄의 말에 별로 신경 쓰지 않겠다는 듯이 다시 책을 펼쳐 든다. 희탄은 곽강에게 한 번 더 말을 붙인다.

그런데, 잠을 못 이룬 게 바람 때문만은 아니었겠어요.

곽강이 할 말이 있으면 좀 알아듣게 말하라는 뜻으로 인상을 찌푸리자,

화랑 출판사 말입니다. 차대 대표님이니 당연히 걱정이 많으실 테니까요.

희탄이 곽강의 짜증스러운 반응에 아랑곳하지 않고 슬쩍 곽강을 추켜세운다.

하…… 그건 맞지만, 뭐 어쩔 수 없지. 빨리 다른 방법을 모색하는 수밖에.

역시 리더의 자질이 충분하시네요.

리더의 자질이라…….

곽강이 양팔을 뒤로 올려 소파 등받이에 걸치며 가슴을 편다. 자신감으로만 본다면 이미 《포브스》 표지를 장식할 기업인이 되고도 남겠지 싶어, 희탄은 새어 나오려는 웃음을 가까스로 눌러낸다.

그렇죠. 빨리 다른 방법을 찾아야죠. 화랑 작가님이 말씀하신 대로 새로운 작가도 발굴하고요. 화랑 출판사 하면 뭡니까. 바로 미스터리 소설 아닙니까. 그 명맥을 이어가야죠.

곽강은 고개를 끄덕끄덕하면서도 갑자기 능구렁이처럼 구는 희탄을 경계하는 눈빛으로 쳐다본다. 희탄은 곽강의 경계심이 더 커지기 전에 잽싸게 다음 말을 잇는다.

미스터리 소설 집필엔 생각보다 자료 조사하는 데 공이 많이 듭니다. 어떤 작품은 실제로, 집필 기간보다 자료 조사 기간이 훨씬 길다니까요. 그러다 보면 출간 일정이 기약 없이 늘어나기도 하죠. 바로 그럴 때 저 같은 사람이 필요한 겁니다.

능숙한 몸놀림으로 희탄이 주머니에서 "조사원 류희탄"이 새겨진 명함을 꺼내어 건네자 얼떨결에 받아 든 곽강이 그제야 희탄의 속셈을 눈치채고는 코웃음 치며 한마디 하려는데,

어? 로하 씨.

희탄의 시선은 어느새 현관 앞 로하에게로 옮겨진 뒤다. 곽강은 어정쩡하게 명함을 손에 든 채로 우산을 접고 들어선 로하를 멀거니 쳐다보다가 로하의 뒤를 따라 들어오는 오영을 보고는 부루퉁히 묻는다.

뭐야, 왜 둘이 같이 들어와?

이 자리에서 점잔을 빼지 않고 궁금한 것을 대놓고 물어볼 수 있는 사람은 곽강뿐이다. 희탄과 자오는 곽강의 질문이 예의에서 한참 벗어난다고 생각하면서도 오영과 로하의 대답을 기다린다.

일어나보니 비가 오길래 별채에 우산을 가져다주러 갔습니다.

담담하게 대꾸하는 로하를 보며 희탄은 묘한 패배감을 느낀다. '나는 왜 그 생각을 하지 못했지.' 로하의 뒤에서 맑은 미소를 짓고 서 있는 오영의 모습이 유난히 아리게 다가오는 탓에 씁쓸한 패배감 뒤로 스스로에 대한 책망이 달라붙는다.

그럼 우산만 주고 오면 되지…….

곽강이 불룩한 얼굴로 말끝을 흐리자,

나도 채비를 다 해 가던 참이라 로하 씨가 조금 기다려 준 거야. 그게 뭐, 왜.

오영이 낭랑하게 쏘아붙인다.

아니, 뭐…… 물어보지도 못하나.

어제와 자못 달라진 오영의 태도에 놀란 곽강이 기어들어가는 목소리로 중얼거린다. 오영은 그런 곽강을 향해 속으로

'으이구'를 외며 옷의 물기를 털어내고 슬리퍼로 갈아 신는다. 아침부터 로하가 마음을 써서 찾아와준 덕일까. 전날보다 마음이 한결 가볍다. 이제 모두의 마음을 사로잡기 위해 억지로 노력하지 않아도 된다는 사실 또한 오영의 기분을 한층 더 가뿟해지도록 돕고 있다.

벌써 다들 모이셨네요.

오영이 로하와 나란히 들어서며 인사를 건넨다.

이제 오름 씨만 나오면 되네요.

자오가 1층 오름의 방 쪽으로 눈길을 주며 말한다. 그러자 곽강이 기지개를 켜며 무신경하게 말을 뱉는다.

역시 여배우는 꽃단장하느라 오래 걸리나.

강이 넌, 말을 좀 가려 할 필요가 있어.

오영이 곽강의 맞은편에 자리를 잡고 앉으며 따끔하게 질책한다.

뭐, 내가 뭘.

네가 방금 한 말에 얼마나 해묵은 표현과 편견이 내포되어 있는지 생각해봤으면 좋겠다.

아이를 가르치는 선생님 같은 말투. 곽강은 벙찐 얼굴로 오영을 제외한 손님들을 향해 시선을 보낸다. '갑자기 왜 저러는지 알아요?' 하지만 곽강이 눈빛으로 전한 억울함은 공감으로 되돌아오지 못한다. 자오도, 희탄도, 로하도 곽강의 시선을 짐짓 못 본 척 외면할 따름이다. 반면 오영은 '속이 다 시원하네' 하고 상쾌해하며 아침부터 활명수 한 병 들이켠 사람처럼 개운한 표정을 짓는다. 희탄이 그런 오영의 변화를 흥미로워하고 있을 때,

식사들 하세요.

주방을 나온 홍진이 차분한 목소리로 이른다.

이모는요?

아침은 거르시겠대.

화랑이 아침 식사에 참여하지 않는다는 말에 오영을 제외한 손님들이 은근히 반색한다. 다들 내색은 안 해도 간밤의 소란이 내내 마음에 걸렸던지라 어색한 상황을 최대한 뒤로 미루고 싶어 하는 것이다.

어, 그럼 이제 오름 씨를 불러야 하지 않을까요?

자오가 자리에서 주섬주섬 일어나며 묻는다. 그 말에 모두 일제히 오영을 쳐다본다.

먼저들 가세요. 제가 오름 씨한테 가볼게요.

오영이 흔쾌히 오름을 깨우는 역할을 맡는다. 기다릴 필요

없다는 오영의 말에도 자오와 곽강, 희탄은 자리에서 일어난 채 움직이지 않는다. 세 남자의 시선이 오영의 뒷모습을 쫓는 동안 오영은 사뿐한 걸음으로 오름의 방문 앞에 다가선다.

오름 씨.

똑똑. 문을 두드린다.

오름 씨, 식사할 시간이에요.

똑똑똑. 다시 문을 두드린다. 아무런 반응이 없자 오영은 문에 귀를 가져다 댄다. 역시 아무 소리도 들리지 않는다. 몇 번 더 힘주어 문을 두드리던 오영은,

저 들어가요, 오름 씨.

혹시나 하고 조심스럽게 방문 손잡이를 돌려본다. 문이 잠겨 있지 않다. 스르륵 문짝이 안쪽으로 밀려난다.

오름 씨……?

방 안으로 들어선 오영은 자신이 찾는 사람이 그곳에 없다는 사실을 깨닫는다.

이게 무슨…….

붉게 얼룩진 벽면이 오영의 눈을 사로잡는다. 기함한 오영이 방 안 곳곳으로 시선을 옮긴다. 깨진 유리 조각이 바닥에 흩어져 있고 책상 위 쓰러진 와인병 주변으로 붉은 액체가 고

여 있다. 이 방에서 무슨 일이 일어난 걸까. 질문만 던질 뿐 대답은 구하지 못한 채 오영은 자기도 모르게 혼란스러운 신음을 내뱉는다.

오름이 사라졌다고?

가운을 걸치고 서둘러 침실에서 나온 화랑이 손바닥으로 머리카락을 정돈하며 묻는다. 거실엔 벽난로의 장작이 활활 타오르고 있다. 양쪽 테두리에 높은음자리표 모양으로 장미 덩굴이 새겨진 대리석 벽난로는 원래 있던 벽돌 벽난로를 떼어내고 새로 설치한 것으로, 크림이 풀어진 듯한 자연스러운 무늬, 널찍한 개구부, 커다랗고 묵직한 상단 선반 등 고급스러운 벽난로가 갖춰야 할 것은 모두 갖추고 있다.

전화는? 전화는 해봤고?

지금도 계속 하고 있는데, 핸드폰이 꺼져 있어요.

오영이 벽난로 근처에서 핸드폰을 귀에 대고 서성이는 희탄을 가리키며 대답한다. 홍진이 알려준 번호로 여러 번 전화를 걸어보았지만 그때마다 "전원이 꺼져 있어 음성사서함으로 연결되며……"라는 소리만 나올 뿐이다.

가만 있자. 매니저, 오름의 매니저 전화번호가 어디 있을 텐데…….

언니, 매니저 번호도 류 조사원에게 알려줬어요.

그런데?

매니저도 행방을 모르더라고요. 매니저한테도 아무 연락이 없었다네요.

화랑이 오늘따라 파리해 보이는 손으로 가운의 매무새를 고치며 중얼거린다.

비도 오는데…… 도대체 혼자 어디를…….

아무리 생각해도 이상하다고, 오영은 생각한다. 화랑 저택 앞은 버스도 다니지 않는다. 개인 차량이 없으면 이동이 쉽지 않은 곳인데 오름은 그마저도 없을 터. 이곳에 올 때 매니저의 도움을 받았기 때문이다.

여기서 가장 먼저 거실에 나온 사람이 누구죠?

오영의 질문에 자오가 손을 든다.

제가…… 날이 밝자마자 거실로 나왔습니다. 책장에서 책을 골라 읽으려고요.

그럼 오름 씨는 어젯밤부터 오늘 아침 사이에, 날이 밝기도 전에 집을 나섰다는 건데…….

오영이 말끝을 흐리는 사이 곽강이 오영의 옆으로 바짝 붙어 서며 말한다.

저택 밖에는 가로등 하나 없지 않나? 깜깜할 때 여자 혼자 나설 수 있는 길이 아닌데.

여자와 깜깜한 것 사이에 무슨 상관관계가 있냐고 따지려던 오영은 일단 상황에 집중하자는 생각으로 곽강을 쳐다보지도 않고 대꾸한다.

여자든 남자든, 그게 마을 사람이어도 쉽지 않아. 손전등이 있어도 길을 찾기 쉽지 않을 거라고.

그때 자리로 돌아온 희탄이 난감한 표정으로 통화 내용을 알린다.

일단은 매니저가 오름 씨 소식을 듣는 대로 우리에게도 알려준다고 했습니다. 실종 신고는 조금 더 지켜보다가 하겠다고 하네요. 아무래도 알려진 사람이다 보니 섣불리 움직일 수 없는 듯해요. 그리고…….

그리고?

일전에도 이런 적이 있었다고 합니다. 한번 잠적하면 이삼일은 연락 두절이라고.

화랑이 머리가 아픈 듯 이마를 짚는다. 다들 어쩌지 하는 표정으로 서로 눈만 마주치고 있는데 곽강이 짐짓 대수롭지 않다는 투로 말한다.

 만약 혼자 나간 거라면 너무 걱정할 필요는 없지 않나. 아무리 시골이라고는 하지만 여기가 무슨 호랑이가 어슬렁거리는 두메산골도 아니고. 몇십 분 걸으면 버스 정류장도 나오니 어떻게든 찾아갔겠지.

 표지판이 없어서 길을 잃었을 수도 있습니다. 지금이라도 오름 씨를 찾으러 나가보는 게 좋겠어요.

 곽강의 말에 로하가 조용히 다른 의견을 내놓는다. 로하를 힐끔 쳐다본 곽강은 시큰둥하게 다시 자기주장을 펼친다.

 아, 뭐. 지금쯤은 돌아 돌아 찾았을 수도 있잖아요. 날이 밝은 지가 언젠데. 내 말은 그러니까, 다들 다 큰 어른을 너무 과하게 걱정하는 것 같다고요. 게다가 지금 엄청나게 걱정할 정도로 비가 쏟아지는 것도 아니고…… 어?

 번쩍. 창밖이 일순간 눈부시게 밝아지더니 잠시 후 쾅쾅 우르르 천둥소리가 요란하게 울린다. 마치 하늘이 쪼개지는 듯한 소리다.

 아니, 갑자기 이게 무슨…….

 곽강의 말을 칼같이 잘라낼 기세로 다시 한번 창밖 저 멀리 번개가 내리꽂힌다. 곧이어 따라오는 엄청난 굉음에 곽강은 물 밖으로 튀어 오른 물고기처럼 몸을 움칠한다. 놀란 사람은 곽강만이 아니다. 모두 예사롭지 않은 천둥소리에 신경을 곤두세우고 있다.

오름 씨는 도대체…… 무슨 이유로 말도 없이 혼자 나간 걸까요?

천둥과 천둥 사이. 직업이 조사원인 사람이라면 역시 따로 생각이 있지 않을까 기대한 자오가 희탄을 향해 묻는다.

글쎄요. 그런데 어쩌면 자의로 나간 게 아닐 수도 있죠.

희탄의 발언 뒤로 번개가 내리친다. 일순간 환히 밝혀진 사람들의 얼굴에 의아한 낯빛이 역력하다. 자오가 묻는다.

자의가 아니라니…… 그럼 누군가 오름 씨를 끌어내기라도 했다는 겁니까?

와인병이 쓰러지고 와인잔이 깨져 있었잖아요. 누군가 침입해서 놀란 걸 수 있죠.

오영이 바닥에 흩어져 있던 유리 파편을 떠올리며 끼어든다. 처음엔 놀라 제대로 보지 못했지만 자세히 살펴보니 벽면의 붉은 얼룩은 와인잔을 던져서 생긴 것이었다. 오영의 말에 자오가 고개를 갸웃하며 말한다.

누군가 침입해서 놀랐다면 와인잔을 그대로 바닥에 떨어

뜨리지 않았을까요? 벽을 향해 와인잔을 던지진 않았겠죠.

침입자가 던졌을 수도…… 있지…… 않을까요?

오름을 걱정하는 사람은 자기뿐이라는 생각이 든 오영이 시무룩하게 대꾸한다. 그러자 곽강이 오영을 향해 묻는다.

누나, 근데 좀 이상하지 않아?

응?

누가 오름 씨를 해치고 끌어냈다면 여기 누구 한 명쯤은 눈치챘을 것 같은데. 성인 한 명을 밖으로 옮기는데 아무도 몰랐다는 건 좀…….

오영은 곽강이 자오에게 동조하는 거라고 여길 뿐 곽강의 말에 자오를 향한 가시가 돋쳐 있음을 알아채지 못한다. 곽강은 팔짱을 끼고 못마땅한 표정으로 자오를 쳐다본다. 태도의 기저에 깔려 있는 불신. 예민한 자오는 이에 즉각 반응한다. 곽강의 말을 오름의 바로 옆방에 있었으면서 어떻게 이 사달이 난 걸 모를 수 있느냐는 힐책으로 받아들인 자오가 급히 자기변명을 꺼내놓으려는 순간 공교롭게도 저택을 무너뜨릴 듯한 천둥이 광광 울린다. 천둥소리가 잦아들 때까지 기다렸다가 침묵을 깨고 입을 연 사람은 애초에 이 설전의 물꼬를 튼, 오름이 자기 발로 나간 게 아닐지도 모른다는 추측을 내놓았던 희탄이다.

 이즈음에서 상기해야 할 사실이 있습니다. 바로 우리가 아직 화랑 작가님에게 협박문을 쓴 사람을 찾지 못했다는 것이죠.

 그게 이거랑 관련이 있다고?

 그건 또 뭐고 이건 또 뭐야. 강이 넌 진짜 말 좀.

 참다못한 오영이 핀잔을 주자 곽강이 뒷머리를 긁으며 다시 말한다.

 그러니까 내 말은…… 화랑 작가님이 협박문을 받은 일과 한오름 배우가 갑자기 사라진 일이 얽혀 있다는 거냐, 뭐 그걸 물어본 거지.

 얽혀 있을 가능성도 배제할 수 없겠죠.

 희탄은 고개를 끄덕이며 답하는데, 뜻밖에도 화랑이 단연히 고개를 저으며 반박한다.

 그건 아닐 거예요.

 그러자 희탄이 미소 짓는다.

 그런가요.

 화랑은 잠시 희탄을 응시한다. 모두 화랑의 확신에 찬 반박을 뜻밖이라고 여기는데 오직 희탄만이 화랑의 반박을 기대하고 있었던 듯하여 화랑은 마음이 영 편치 않다. 화랑이 희탄과 함께 일한 지 어언 7년. 희탄은 조사원으로서 원하는 정보를 얻고자 온갖 수를 다 이용하는 사람이다. 타인의 입을 열게 하려고 거짓된 추리를 내놓는 것 정도는 아무렇지도 않게 해내는 사람. 화랑은 희탄의 그러한 능력을 높이 샀다. 다만 자신이 고용한 자의 술수에 이리 넘어갈 줄 몰랐을 뿐.

어째서 그렇게 확신하시나요, 작가님.

희탄이 의미심장한 말투로 묻자, 모두의 시선이 화랑에게 모여든다. 화랑은 갈등한다. '어제 있었던 일을 어디서부터 어디까지 털어놓아야 하나.' 이윽고 고민을 끝낸 화랑이 나직이 말한다.

어젯밤, 오름 씨가 내게 찾아왔어요.

오영은 속으로 혀를 찬다. 제발 하루만 이모를 혼자 두라고 그렇게 당부했는데.

언니, 근데 전 오름 씨가 서재 문 앞에 서 있다가 그냥 돌아가는 걸 봤는데…….

번개가 한숨 고르는 사이 안개처럼 찾아든 이른 어둠이 홍진의 얼굴에 드리운다.

오름은 내 침실로 찾아왔어.

'서재 앞에선 일 보 후퇴했다가 결국 못 참고 침실로 찾아갔구나.' 오영은 한오름의 집념에 혀를 내두른다.

뭐 그렇게 급히 할 말이 있었대요?

오영이 묻는다. 오름에 대한 불만을 다 거둬내지 못한 말투다. 화랑은 잠시 망설이다가 입을 연다.

어제…… 내가 한 폭탄선언에 대한 거였지. 그거밖에 더 있겠니. 오름 씨는 아직 은퇴는 말도 안 된다면서 날 설득하려 들었어. 내 병에 대해서도 본인이 전부 알아보겠다며 걱정하지 말라고 했지. 충분히 병세를 관리할 수 있다면서 말이야. 지인 중에 같은 병에 걸린 분이 있어 안다고, 벌써 일상을 포기하는 건 좋지 않다고 하더구나. 물론 이보다 훨씬 강경한 표현이었지만.

아무리 팬이어도 그렇지. 작가보다 작품을 더 위하는 거 같잖아요.

오름의 언성이 살짝 높아지자 화랑이 가볍게 손을 저어 보인다.

오름 씨도 결국엔 다 날 위해서 한 말이었겠지. 하지만 난 어제 너무 피곤했단다. 은퇴 문제로 왈가왈부하고 싶지 않았어. 그런데 오름 씨가 어찌나 끈질기던지…… 결국 나는…….

폭발하셨군요.

자오가 화랑의 말을 대신 잇는다.

사실은 제가 어젯밤에 두 분이 다투는 소리를 들었습니다.

화랑에게 몰렸던 시선이 자신에게로 옮겨지자 자오는 어깨를 으쓱하며 덧붙인다.

바로 옆방이라서요. 대화 내용이 잘 들리진 않았지만 두 분이 언성을 높여 다투고 있다는 것 정도는 알 수 있었죠.

아…… 그래요.

화랑이 가운의 허리끈을 가다듬으며 복잡한 표정으로 자오를 쳐다본다. 해석을 요하는 화랑의 표정에 주목한 사람은 이번에도 역시 희탄이다. 곽강에 이어 화랑까지, 두 사람이 자오를 대하는 표정이 여타 다른 사람들을 대하는 표정과 다른 점이 희탄은 무척 흥미롭다.

이모, 그럼 오름 씨가 이모와 다투고 집을 나갔다는 말이에요?

그래. 아무래도 그런 것 같구나. 어젯밤 우린 아주 심하게 싸웠어. 내가 먼저 성질을 내긴 했지만 오름 씨도 만만치 않더라고. 아무리 다혈질이라고 해도 솔직히 그 정도일 줄은 몰랐는데. 나도 화가 나면 참는 스타일은 아니니 서로 감정이

격해지고 말았어. 막판엔 내 은퇴 선언 때문에 싸우는 건지 다른 무엇 때문에 싸우는 건지 알지 못할 정도였지. 부끄럽지만, 감정싸움이란 게 어떤지 다들 알지 않니? 결국 다툼은 원만하게 정리되지 못했어. 내가 오름 씨에게 제발 이제 나가달라고 했고 오름 씨는 다시는 자기를 볼 일 없을 거라고 하면서 방을 나갔어.

그 말 때문에 작가님은 오름 씨가 스스로 떠난 거라 생각하시는 거군요.

희탄의 말에 화랑이 고개를 끄덕인다.

맞아요. 내가 그 말뜻을 좀 더 헤아렸어야 하는데. 내가 나가달라고 한 말에 욱해서 대꾸한 걸로만 여겼지, 그렇게 다짜고짜 뛰쳐나갈 줄 어떻게 알았겠어요. 게다가 지칠 대로 지쳐서 진이 빠지기도 했고…… 그저 한숨 푹 자고 싶다는 생각밖에 없었죠. 그러고 일어나면 간밤에 다툰 이유가 참 별거 아니었다고 느낄 때도 많으니까요. 어쩌면 다음 날 오름 씨와 대화를 나누고 화해할 수 있을지도 모른다고 생각했죠. 그래서 오름 씨가 나가자마자 수면제를 먹고 잠들었어요.

화랑의 목소리에 후회가 묻어난다. '작가님의 말은 더 들을 게 없겠군. 어차피 이 이상 말해줄 것 같지도 않으니.' 희탄은 협박문과 오름의 실종에 연관성이 없다는 심증을 가지고 있었다. 그래서 거짓 추리를 내놓아 사람들의 반응을 떠본 것이다. 과연 화랑은 희탄의 의도대로 간밤의 다툼에 대해 털어놓았다. 다만 화랑의 말을 어디서부터 어디까지 신뢰할 수 있을지 고민이 될 뿐이었다.

송 작가님, 혹시 그 후에 다른 소리는 못 들으셨습니까? 이를테면, 오름 씨가 자기 방을 나서는 소리 같은 거 말입니다.

희탄은 질문의 대상을 자오로 바꾸어 묻는다.

아니요, 전혀. 다툼 소리가 잦아들고 나선 저도 잠이 들었습니다. 아까도 말했지만 꽤 깊이 잠들어서 아무 소리도 듣지 못했어요. 잘 때 수면용 귀마개를 사용하기 때문에 더 못 들은 것 같습니다.

그럼 오름 씨가 대략 몇 시에 집을 나섰는지 알 방법이 없군요.

희탄이 걱정스러운 얼굴을 하고서 창밖으로 시선을 돌린다. 번개와 천둥에 이어 거센 장대비가 쏟아지고 있다.

아무래도 극한 호우가 찾아온 것 같군요. 지금 당장은 오름 씨를 찾으러 나가기 어려울 것 같습니다.

오영이 한숨을 내쉬며 고개를 끄덕인다. 저택은 구릉에 위치하여 침수의 위험이 적지만 저택을 둘러싼 낮은 지대의 도로는 큰비에 잠기기 일쑤였다. 작년에도 갑자기 차오른 물로 도로가 잠겨 사고가 났었고. 한눈에 봐도 극한 호우다 싶을 때는 집 밖에 나서지 않는 게 상책이다. 오름을 찾으러 나갔다가 도리어 봉변을 당할 수도 있으니.

도대체 오름 씨는 어디 있을까요.

정수리부터 발바닥까지, 사람을 관통할 듯 떨어지는 빗줄기를 바라보며 오영이 중얼거린다. 잠시 잠깐 뜸했던 번개가 내리치기까지 그 누구에게서도 오영의 말을 뒤이을 말이 나오지 않는다. 이윽고 전광電光의 점멸에 뒤따라 붙은 목소리는 홍진의 것.

정원이 다 망가지겠네.

그러나 그 목소리는 밀려드는 우렛소리에 묻히고 만다.

이런 날씨에 시계가 없다면 밤낮조차 구분할 수 없을 것이다. 손님들은 홍진이 차려놓은 식사로 아침의 허기를 때운다. 홍진의 솜씨야 어디 하나 흠잡을 데가 없지만 오름의 실종으로 한바탕 난리가 난데다가 아침의 흥취를 전혀 느낄 수 없는 우울한 어둠이 자욱이 깔린 분위기에서 미식의 즐거움을 만

끽하기란 쉽지 않다. 영 입맛이 돌지 않는 오영은 포크로 오믈렛을 뒤적이며 깨지락거린다.

5월에 극한 호우라니, 점점 날씨를 예측하기가 힘들어지네요.

식사를 마친 자오가 막 홍진이 내온 커피를 마시며 옆의 로하에게 말을 건다. 양봉원을 운영하고 있으니 날씨에 민감할 거라는 생각에서다. 아니나 다를까, 로하는 후식을 마다하고 서두르는 눈치다.

아무래도 전 양봉장에 가봐야겠습니다.

비가 이렇게 오는데요? 지금은 위험하지 않을까요?

맞은편에 앉은 오영이 걱정스러운 얼굴로 묻는다. 지난 몇 년 새 전국적으로 연달아 발생했던 극한 호우로 인한 사고들을 되짚어볼 때 이러한 걱정은 전혀 유난스럽게 보이지 않는다.

더 위험해지기 전에 가보는 편이 좋을 것 같아서요.

그래도……

오영은 폭우로 진창이 된 길을 뚫고 운전하겠다고 하는 로하를 어떻게든 말리고 싶다. 하지만 화랑은 오영과 생각이 다른 듯,

영아, 이런 상황에선 보내드려야지 어쩌겠니. 로하 씨, 어여 가보세요. 영이 너는 배웅해드리고.

별다른 만류 없이 로하의 인사를 받아들인다. 가만 보니 다른 생각을 가지고 있다기보다는 생각이 다른 데 가 있는 듯하다.

죄송합니다, 작가님. 가서 살펴보고, 상황이 정리되면 다시 돌아오겠습니다.

자리에서 일어난 로하가 저마다 다른 속도로 식사 중인 손님들에게 목례를 한다. 오영이 주섬주섬 자리에서 일어서자 올리브유를 뿌린 샐러드를 먹어 입술이 반지르르해진 곽강이 말한다.

그래요, 뭐. 사장 마음은 사장이 알지. 돌아오는 길 힘들어지면 무리하지 마시고.

돌아올 필요 없다는 뉘앙스에 오영은 불쑥 곽강이 얄미워진다. 그러나 곽강은 이런 오영의 감정을 전혀 눈치채지 못하고 보란 듯이 오영을 향해 턱을 치켜들어 보인다.

누나도 이참에 별채 정리하고 안으로 들어오지?

난데없이 집주인처럼 구는 곽강의 태도에 다이닝 룸을 나서려던 로하의 걸음도 조금 느려진다.

뜬금없이 무슨 소리야.

오영이 퉁명스럽게 대꾸한다.

아니, 극한 호우인지 뭔지 그렇게 걱정되면 일단 본인 몸부터 챙겨야지. 아무래도 별채보다는 저택 안이 낫지 않겠어?

저택 안에는 남는 방이 없는걸?

오영이 얼결에 반응하자 곽강이 씩 웃으며 말한다.

왜, 한오름 배우가 쓰던 방 있잖아.

그치만…… 거긴 아직 오름 씨 짐도 남아 있고…….

그때 희탄이 곽강의 말을 거든다.

영이 씨, 그게 낫겠어요. 폭우도 폭우인데, 바람이 점점 더 거세지는 게 좀 이상해요. 별채는 좀 위험할 듯도 하네요.

오영은 대답을 주저하며 화랑을 쳐다본다. 화랑은 아무 대꾸 없이 그저 흥미로워하는 표정만 짓고 있다. 곽강과 희탄이 한마음으로 오영을 걱정하는 모습을 보며 얄궂은 재미를 느끼고 있는 것이다. 그러나 더 큰 재미는 아직이다.

맞습니다, 영이 씨. 영이 씨가 저택 안으로 옮겨 오면 저도 좀 안심이 되겠습니다.

너도나도 말을 얹는 오영의 거처 문제에 대해 쐐기를 박는 듯한 로하의 발언에 일순간 핑크빛 정적이 흐른다.

아…… 그러세요?

오영의 귓바퀴가 홧홧 달아오른다. 떠나는 마당에도 자신을 걱정해주는 사람에게 고작 한다는 소리가 "아, 그러세요"라니.

네. 그렇습니다. 출발하기 전에 제가 영이 씨 짐을 옮겨드릴게요.

로하는 오영의 반응에 개의치 않고 마땅히 해야 할 일을 하겠다는 투로 담담히 말한다.

아, 아니 그러실 것까지는…….

심장의 떨림이 평소 같지 않은 탓에 오영은 원하는 말을 원하는 대로 소리 낼 수 없다. '내가 지금 이 남자의 말을 과하게 받아들이고 있는 건가?' 의심도 해보지만, 지금 이 순간만큼은 마음이 가는 대로 과하게 해석하는 수밖에 어쩔 도리가 없다.

어서 가시죠.

서두르는 기색 없이, 로하가 이끈다. 오영은 홀린 듯 로하에게 다가간다. 그렇게 두 사람 사이의 거리가 좁혀지려는 순간,

뭐야. 사람이 몇인데 그거 옮겨준다고 지체를 해. 비 더 내리기 전에 얼른 가는 게 좋지. 여긴 우리가 알아서 할 테니까.

어김없이 방해꾼이 등장한다. 곽강은 귀찮다는 듯이 냅킨을 테이블 위로 던지며 자리에서 쓱 일어선다.

로하 씨, 그렇게 해요. 영이 씨 짐 옮기는 건 저희가 도울게요.

곽강의 편에서 뒤따라 몸을 일으킨 사람은 희탄이다.

아니, 다들 왜 이러세요. 옮길 게 뭐 있다고. 캐리어 하나 딸랑 들고 와서, 짐이라고 할 만한 것도 없다고요.

그럼, 안으로 옮기는 거죠?

오영의 말에 로하가 반색하며 묻는다.

그래요. 로하 씨 말대로 할게요.

오영이 웃으며 말을 잇는다.

그러니 어서 가요. 문 앞까지 배웅할게요.

다이닝 룸을 나서는 오영과 로하의 뒷모습을 보며 희탄이 검지로 이맛살을 문지른다. 항상 로하보다 한발 늦는 듯한 느낌에 헛웃음이 나올 지경이다. 희탄은 뻘쭘히 다시 자리에 앉는다. 아직 제자리에 서 있는 사람은 곽강이다.

말대로 하긴, 누구 말대로 한다는 거야? 그 말을 제일 먼저 한 사람이 누군데.

분통을 터뜨리는 곽강을 올려다보며, 희탄은 '그래, 가장 억울한 사람은 따로 있네'라고 생각하고는 피식 웃는다. 하지만 동시에, 오영에게로 다가가는 속도로는 자신이 꼴찌라는 생각이 들어 민망해진다. 불과 어제까지만 하더라도 곽강을 한 수 아래 라이벌로 취급했는데. 가만 보니 곽강도 제 나름대로의 전략을 펼치고 있다. 이럴 때가 아니라는 생각이 든다.

# 6
# 크리스마스트리 혹은 프랑켄슈타인

 모두가 합심하여 하나의 일을 꾀한다 해서 모든 일이 사람의 뜻대로 되진 않는다. 오영이 방을 옮기는 것으로 의견이 모였다 해서 반드시 오영이 방을 옮길 수 있으리라 보장할 수는 없다는 뜻이다.
 누나, 누나!
 오영이 별채에서 짐을 싸고 있는데 곽강이 문을 두드린다.
 다 되어가. 금방 다 된다고.
 곽강이 재촉하러 온 줄 안 오영이 구시렁대며 문을 연다. 좍좍 쏟아지는 빗속, 검은 우산을 쓴 곽강이 반쯤 젖은 채로 서 있다. 바람이 좌우로 몰아치는 탓에 우산을 써도 좀처럼 비를 막을 수 없다.

누나, 짐 다시 풀어.

뭐? 왜.

오영이 비켜서지도 않았는데, 곽강은 오영을 가볍게 밀어내며 별채에 들어선다.

그 방, 이제 안 돼.

그게 무슨 소리야?

들이치는 비바람을 막기 위해 황급히 문을 닫은 오영은 곽강의 몸에서 뚝뚝 떨어져 내리는 빗물에 시선을 주며 묻는다.

유리창이 박살 났어. 정원사 말이 오늘은 손보기 힘들대.

오름 씨 방 유리가? 어쩌다가? 설마 바람 때문에?

곽강이 방을 훑어보며 고개를 끄덕인다.

오늘 같은 날, 바람밖에 더 있겠어. 누가 일부러 깨부순 것도 아닐 테고.

오영이 어두운 표정으로 별채에 난 작은 창문을 향해 고개를 돌린다. '로하 씨는 잘 도착했으려나.' 비바람 때문에 당장 방을 옮기지 못하게 되었다는 사실보다는 이토록 험상궂은 날씨에 양봉장까지 혼자 차를 몰고 가고 있을 로하가 더 신경 쓰인 것이다.

그래, 그렇겠지.

의미 없는 대꾸를 하는 오영을 물끄러미 바라보던 곽강은 돌연 양손으로 양팔을 움켜쥐고 덜덜 떠는 시늉을 한다.

누나, 나 쫄딱 젖어서 그런지 너무 추워. 여기서 난로 좀 쬐고 가면 안 돼?

곽강이 구석에 설치된 화목 난로를 향해 눈짓하며 비 맞은 새끼 고양이 같은 표정을 지어 보인다.

어…… 어쩌지. 장작이 없는데.

새벽에 때아닌 한기에 시달렸던 오영은 아침까지만 해도 남한수에게 부탁해서 땔감을 구해놔야겠다고 생각하고 있었다. 그 후론 어차피 별채를 비울 거로 생각하여 그냥 내버려두었던 것이고.

그럼 전기장판 같은 건 없어? 없으면 누나가 좀 안아주던지.

곽강의 어리광 부리는 소리를 오영은 귓등으로도 듣지 않는다.

뭔 소리야. 허튼소리 그만하고 얼른 오름 씨 방에나 가보자.

거기 가서 뭐 하려고? 그냥 여기 좀 있자.

곽강이 문에 기대어 서며 이번엔 대놓고 수작을 부린다. 하지만 오영은 곽강의 수작질을 헤아려볼 여유도 없다. 헤아려본다고 한들 실없는 남자의 싱거운 소리라 결론지을 게 뻔하다.

거실이나 다른 방 유리도 깨지면 어쩌려고. 서둘러 손을 써야지.

손? 우리가 무슨 손을 써? 정원사 남 씨가 만능이라며. 그분이 알아서 해주겠지.

잔말 말고 얼른.

오영이 우산을 챙겨 들며 재촉한다. 곽강이 입을 내밀든 말든 지금 오영의 머릿속엔 화랑 저택 생각밖에 없다.

아, 진짜 못 말리겠네. 이게 다 이 애물단지 저택 때문이잖아. 역시 작가님은 서울로 이사하시는 게 낫겠어.

뭐? 그게 무슨 소리야?

오영이 무뜩 걸음을 멈추고 돌아본다.

이렇게 손 많이 가는 집이 어디 있다고. 툭하면 길도 잠겨서 고립되고. 서울에서 오가기도 힘들고. 예전부터 아버지도 수차례 이사를 권하셨어. 작가님이 고집을 부리셨던 거지. 근데 봐. 지금 작가님 상태로는 큰 병원이 가까운 서울로 오시는 게 훨씬 낫지 않겠어? 내가 대표가 되면 좀 더 적극적으로 권해야겠어.

그건 그렇지만…….

오영은 얕은 숨을 내쉬며 문을 연다. 바로 우산을 펼쳐 들었는데도 비바람에 얼굴이 젖어버린다.

이모는 저택을 떠나지 않을 거야.

'절대로.' 곽강의 말에 반박하기 위해 꺼내 들 근거는 없다. 그러나 오영은 화랑이 절대로 저택을 떠나지 않을 거라고 확신한다. 실로 설명할 도리가 없는, 이상한 확신이다.


방바닥에 유리 파편이 어지러이 흩어져 있다. 난장판이 된 오름의 방을 정리하고 있는 사람은 두 명, 희탄과 남희수다.

어? 영이 씨. 뭐 하러 왔어요.

유리 조각을 쓸고 있던 희탄이 오영을 발견하고 묻는다. 말은 뭐 하러 왔느냐고 하면서도 얼굴은 보고 보고 또 봐도 좋다고 티 내고 있다.

그러니까. 내가 별채에서 시간 좀 보내다 오자고 했는데…….

오영의 어깨 너머로 오뚝이 얼굴을 드러내고 삐죽대는 곽강을, 희탄이 가자미눈을 하고서 쳐다본다. 틈만 나면 틈새를 노리는 이 하룻강아지 같은 녀석을 어찌해야 할까 고민하는 표정이다.

이 정도 바람이면 대비를 제대로 해야 할 것 같아서요. 비닐이랑 테이프 준비해서 창문마다 붙이고 창가 책장에 있는 책들도 옮겨야겠어요.

화랑 저택에 머물던 열 몇 번의 여름방학. 오영은 육지에 닿자마자 기력이 쇠해버린 유시무종有始無終의 태풍부터 고목과 전봇대가 쓰러지고 저택의 유리창이 모조리 박살 나는, 그야말로 아비규환을 몰고 오는 초대형 태풍까지 겪어보지 않은 태풍이 없었다.

책도? 책도 옮긴다고?

오영이 고개를 끄덕인다. 놀라 묻는 곽강이 아닌, 희탄을 향한 고갯짓이다.

그래요. 빨리 움직이는 편이 좋겠네요.

희탄이 오영의 말에 동조하며 자리에서 일어선다.

고마워요, 희탄 씨. 고마워, 강아.

오영은 동의를 표하지 않은 곽강에게도 재빨리 감사의 뜻을 표한다. 곽강은 부루퉁한 얼굴로 입을 꾹 다물고 있다.

거절 안 하면 수락한 걸로 안다.

오영이 곽강의 어깨를 톡 치며 사근사근히 말한다. 책을 옮기는 일이 만만치 않음을 누구보다 잘 알고 있는 오영은 곽강을 어르고 달래서라도 손을 보태도록 만들고 싶다. 그동안 웬만한 규모의 태풍이 아니고서는 선뜻 책을 옮길 엄두를 내지 못했지만 오늘은 도와줄 일손들이 있으니 충분히 시도해볼 만하다고 생각한 것이다.

아저씨, 창고에 비닐이랑 테이프는 충분하죠?

막 유리창이 떨어진 자리에 나무판과 보충재를 덧대고 내려서는 남한수를 향해 오영이 묻는다. 남한수가 무뚝뚝하게 고개를 끄덕인다.

충분해. 마침 시내에 다녀왔거든. 길이 끊기기 직전에.

길이 끊기다니요?

남한수의 회색 눈동자가 오영을 빤히 쳐다본다.

잠겼어.

아, 벌써…….

큰비가 내리면 어김없이 잠기는 길이지만 이렇게나 빨리 잠길 줄은 몰랐는데. 오영은 바로 로하를 떠올린다. 남한수의 말을 듣자마자 로하를 떠올린 사람은 오영 외에도 한 명 더 있다.

양봉장까지 가려면 시내로 가는 길을 통과해야 하지 않나요? 범 사장님에게 별일 없을지 걱정이군요.

희탄의 말에 오영이 근심 어린 표정으로 중얼거린다.

그렇지 않아도 문자 메시지를 보내놓고 기다리고 있었는데…….

제가 전화해보겠습니다.

희탄이 바로 바지 주머니에서 핸드폰을 꺼낸다. 오영은 로하가 전화를 받지 않을 거라고 생각한다. 전화를 받을 수 있는 상황이라면 응당 자신에게 답신을 했을 거라 믿기 때문이다.

신호가 가나요?

하지만 로하에게 전화를 거는 희탄을 바라보는 오영의 마음엔 애타는 기대감만이 가득하다.

전원이 꺼져 있다고 나오네요.

희탄의 목소리에 안타까움이 묻어난다. '내가 지금 누구를 더 걱정하는 걸까.' 위험에 처했을지 모르는 로하와 상심에 젖은 오영. 둘의 존재가 희탄을 흔들고 있다. 그런데 희탄의 걱정과 달리 뜻밖에도 오영은 제법 단단해 보이는 얼굴을 하고 있다.

……괜찮을 거예요.

괜찮을 거라고, 로하에게 별일 없을 거라고. 스스로에게 단단히 이르는 듯한 말투에 곽강이 의아한 표정으로 끼어든다.

괜찮기는. 그걸 어떻게 알아? 한오름 배우는 그렇게 걱정하더니, 왜…….

배터리가 다 해서 전원이 꺼진 거겠지. 곧 연락 줄 거야. 우린 우리 일 하면서 기다리면 돼.

오영은 마음을 다잡고 창고로 향한다. 오영의 반응을 어떻게 해석해야 할지 모르는 채로 곽강과 희탄도 그 뒤를 따른다.

영이야, 이건 좀 유난스러운 거 아닐까?

거실 중앙에 쌓아 올린 책을 올려다보며 홍진이 한숨을 쉰다.

쟤네 좀 봐. 집에 들어오자마자 사방을 헤집고 다니고……집이 엉망이 되었어.

오영은 이런 악천후에 고양이들을 밖에 둘 수 없다며 고집을 부렸다. 화랑이 오영의 편을 들어주는 바람에 이번엔 홍진도 더 반대할 수가 없었다. 홍진은 저택 구석구석을 탐색하느라 바쁜 못과 침, 가시와 바늘에게로 시선을 옮기며 말을 이었다.

 바람이 세긴 해도 태풍급으로 세지진 않을 거야. 조금 전 예보에서도 그런 말은 없었다고.

 그 말을 어떻게 믿어요. 올해만 해도 기상 예보가 얼마나 엇나갔는지 생각해보세요.

 응접실 창밖으로 이팝나무가 요란하게 흔들리고 있다. 오영의 말을 반박할 만한 근거가 마땅히 떠오르지 않은 홍진은 다시 한번 크게 한숨을 내뱉는다.

 그래도 그렇지, 그냥 책장 위에 비닐만 덮어두어도 되잖아. 굳이 손님들까지 끌어들여 이 난리를…….

 홍진이 구슬땀을 흘리며 책을 옮기는 손님들을 안타까운 표정으로 쳐다본다. 희탄, 곽강, 그리고 자오. 셋 다 땀을 흘리고 있는 건 맞지만 가장 빠른 속도로 많은 책을 운반하는 사람은 역시 희탄이다. 곽강은 잔뜩 짜증 난 얼굴로 매번 고작 두세 권 남짓한 책만 집어 들고 책장과 책 더미 사이를 성의 없이 오가고 있고, 방에서 쉬다가 뒤늦게 합류한 자오는 성실한 듯하면서도 느릿느릿 움직이고 있다.

 기억 안 나세요, 예 비서님?

 오영이 허리춤에 양껏 챙겨 든 책 무더기를 책 더미에 얹으며 다시 책망하듯 묻는다.

예전에 그렇게 했다가 비바람에 비닐이 벗겨지고 찢어지는 통에 얼마나 귀한 책들을 잃었는지요.

오영에게 화랑 저택과 책은 떼려야 뗄 수 없는 관계다. 이 둘은 서로를 완성해주는 존재이다. 그러니 저택의 장서를 지킬 수 있다면 이보다 더한 수고로움도 기꺼이 감수해낼 용의가 있다.

홍진이 더는 대꾸를 하지 않자 오영은 잠시 이마에 맺힌 땀을 닦아내며 숨을 고른 뒤, 책을 나르고 있는 남자 셋을 자못 기특해하는 눈빛으로 바라본다. 하지만 오영의 눈빛보다 더한 눈빛으로 오영을 바라보는 사람이 있었으니,

영이 네가 있어서 어찌나 든든한지 몰라.

줄곧 소파에 앉아 혼자 한가로이 책을 읽고 있던 화랑이다. 조금 전 책 더미를 구경하던 화랑은 "어머, 이 책이 여기 있었네"라고 반가워하며 오래된 책 한 권을 꺼내 들고는 소파에 자리 잡고 앉아 꼼짝도 하지 않고 있다. 어차피 병을 앓고 있다고 밝힌 사람에게 무리한 일을 거들라고 하진 않을 터. 화랑은 차라리 오영이 잘 보이는 곳에 앉아 오영의 활약을 지켜보고 싶은 것이다.

기특해. 기특해.

저택에 관한 일이라면 물불 안 가리고 두 팔 걷어붙인 채 선두로 나서는 동시에 집 안 구석구석 호령이 닿지 않는 곳 없이 일꾼들을 관장하는 집주인 같은 풍모. 화랑은 오영에게서 바로 그런 기운을 느낀다. '이 집은 오영이 가져야만 해.' 화랑의 마음에 다시 한번 기이한 바람이 인다. 오영에게 저택을 물려주고 싶으면서도 오영이 이 저택을 위해 어디까지 할 수 있는지 시험해보고 싶은 바람. 화랑 자신도 좀처럼 이해하기 힘든 괴팍한 바람. 그런데,

이모! 로하 씨가 양봉원에 잘 도착했대요!

막 로하와 통화한 오영이 환한 웃음을 짓는다. '역시 내 직감이 틀리지 않았어.' 화랑은 오영이 로하에게 마음을 주고 있다고 확신한다. 로하를 보는 오영의 눈빛, 목소리 그리고 로하 앞에서의 숨소리만 듣고도 화랑은 알 수 있다. 사실 화랑은 오영이 누군가에게 설레는 마음을 가진다는 것만으로도 충분히 기쁘다. 게다가 화랑 역시 친절하고 사려 깊으며 입이 무거운 로하를 손님들 중 가장 마음에 들어 하지 않았던가. 그러니 이 기쁨으로 만족하여야 옳다. 그게 마음대로 잘 안 될 뿐.

꽤 늦게 도착했구나. 가는 길에 우여곡절이 있었겠어.

자세히 얘기를 안 해서 정확히 알 수는 없지만…… 분명히 그랬을 거예요. 핸드폰이 물에 빠져서 먹통이 됐다고 하는 걸 보면. 이제야 양봉원에 도착해서 거기 있는 전화로 연락을 했더라고요.

달뜬 목소리. 상기된 얼굴. 화랑은 오영에게서 눈을 돌려 슬쩍 저편 희탄과 곽강의 표정을 살핀다. 아니나 다를까. 곽강이 볼멘소리를 한다.

뭐야. 그럼 누나 번호를 외우고 있었다는 거야?

응? 어, 뭐…… 그런 건가.

질투와 불안함. 곽강의 얼굴 위로 선명히 떠오른 감정이 희탄의 눈빛에 잠시 어른거리다 사라진다. 둘은 같은 감정을 느끼고 있지만 한 명은 그것을 숨길 줄 모르고 다른 한 명은 애써 숨길 줄 안다는 점이 다르다. 그리고 여하한 감정과 조금도 관련 없는 듯 보이는 또 다른 남자는 바로 송자오다. '송 작가가 영이에게 관심이 없는 것 같으니 얼마나 다행인지.' 화랑은 남몰래 가슴을 쓸어내린다.

오름 씨 소식도 빨리 알게 되면 좋을 텐데…….

오영이 괜스레 핸드폰 액정을 손으로 문지르며 중얼댄다.

매니저가 오늘 저녁까지도 연락이 안 되면 경찰에 신고한다고 했으니, 기다려보는 수밖에.

화랑은 오름이 종종 잠수를 탄다는 걸 이미 알고 있었다. 오름이 직접 얘기해줬기 때문이다. 감정이 격앙되거나 우울감에 빠질 때마다 핸드폰 전원을 꺼둔다고. '제발 사고가 난 게 아니길.' 어젯밤의 다툼은 오름이 핸드폰의 전원을 꺼둘 만큼 격렬했다. 과잉된 감정에서 불꽃이 튀고 폭죽이 터지는 듯했다. '어딘가에서 혼자만의 시간을 가지고 있기를……' 화랑은 저도 모르게 두 손을 모은다. 그러자 어느새 가까이 다가온 회색 줄무늬 고양이 바늘이 화랑의 손에 코를 대고 냄새를 맡는다.

어때? 내 손에서 기도의 향이 나니?

화랑의 손 냄새가 마음에 들었는지 바늘이 폴짝 화랑의 무릎 위에 올라앉는다. 화랑은 살짝 놀랐을 뿐 이내 바늘의 정수리를 쓰다듬는다. 그러자 어딘가에서 이 모습을 지켜보고 있던 회색 점박이 가시가 슬그머니 다가와 화랑의 옆구리를 파고든다. 화랑은 두 마리의 회색 고양이에게 양손을 기꺼이 점령당한다.

작가님에게선 몰약 향이 풍기니 기도의 향이라고 할 수도 있겠네요.

마침 책 더미에 책을 올려놓던 희탄이 로하의 소식을 들은 뒤부터 줄곧 자신을 사로잡고 있는 불쾌한 감정들을 떨쳐내려는 듯이 그리고 오영과 로하의 관계성에 휘둘리는 마음을 가다듬으려는 듯이 빙긋 웃으며 말한다.

성당에서 사용하는 향이니 그렇게 볼 수도 있겠네요.

라임을 맞추어 대답한 화랑이 바로 이어 희탄에게 묻는다.

그런데 내가 사용하는 향에 몰약 향이 들어 있는 걸 어떻게 알았어요? 몰약 향은 아주 조금 들어가 있는데.

제가 냄새에 민감해서요.

그래요? 그럼 우리 영이에게선 어떤 향이 풍기나요.

화랑이 책 더미 옆에서 머리를 질끈 동여매는 오영에게로 시선을 옮긴다. 희탄은 망설임 없이 대답한다.

영이 씨에게선 연한 벌꿀 향이 납니다.

앗, 제가 달콤한 향을 좋아해요…….

오영이 손가락으로 목덜미를 쓸어내린다. 희탄은 오영의 흰 목에 얼굴을 묻고 오영의 향기를 음미하고 싶은 충동을 간신히 눌러낸다.

은은하게 이어지는 미들 노트는 아마 허니서클 향이겠죠?

와, 정말 향에 대해 잘 아시네요.

향에 민감하다 보니 자연스럽게 공부하게 되었죠.

오영이 사용하는 향수는 허니서클 혹은 인동덩굴이라 불리는 식물의 꽃향기에 꿀 향을 섞은 것이다. 플로럴 계열의 향을 맞히기는 비교적 쉽지만 정확히 인동초의 꽃 향이라 맞히는 건 제법 까다로운 일이 아닐 수 없다.

와, 진짜 달달하네?

어느새 오영의 곁에 바짝 붙어 선 곽강이 코를 킁킁거린다. 오영은 곽강을 밀쳐내고는 다시 책 더미를 쌓아 올리는 데 집중한다. 머쓱해진 곽강이 희탄을 향해 묻는다.

나는? 나한테선 무슨 향이 나나?

서슴없이 오영에게 다가가는 곽강이 얄미워 입을 꾹 다문 희탄 대신 저쪽에서 자오가 불쑥 소리를 낸다.

이 그림은 어떻게 할까요?

텅 비어가는 책장 앞에 서서 맞은편 벽에 걸린 그림을 가리키는 자오에게 오영이 말한다.

떼어서 보관하는 게 좋겠어요.

자오는 오영을 향해 고개를 끄덕여 보이면서도 바로 움직이지 않는다. 그림을 좀 더 감상하기 위해서다. 일인용 나무

의자에 앉은 부이가 홀로 책을 읽는 모습. 부이의 상징과도 같은 흰 블라우스와 광휘롭게 빛나는 부스스한 반묶음 머리 그리고 카드뮴 레드에 검은 잉크 한 방울을 떨어뜨린 듯한 농적색 하드커버의 책이 눈을 사로잡는다. 자오는 이곳에 도착한 첫날 저택 안에 걸려 있는 모든 그림을 샅샅이 살펴보았다. 그중 가장 자오의 마음을 끈 작품이 바로 지금 마주하고 있는 그림이다.

이 집에 책이 많은 건 다 부이의 영향이죠.

책장에 남은 마지막 책 몇 권을 집어 든 희탄이 자오의 옆에 다가서며 말한다.

그래서 고서가 많아요. 영이 씨가 애지중지할 만도 하죠.

자오는 고개를 끄덕이며 눈을 가늘게 뜬다.

부이의 자화상 중에 저는 이 작품이 가장 마음에 듭니다. 이유는 알 수 없지만 마음을 끄는 무언가가 있어요.

직업이 소설가이니 자연스레 책을 읽는 모습에 끌리는 거 아닐까요?

아마도 그렇겠죠. 그런데 분명 그 이상의 매력이 느껴집니다. 자세히 보면 부이의 표정이 참 오묘하거든요. 웃는 듯도 하고, 괴로워하는 듯도 하죠. 어쩌면 매우 어려운 책을 읽고 있는지도 모르겠어요.

지금 보니 오른손에 연필도 쥐고 있군요. 중요한 부분에 밑줄을 치기 위해서겠죠.

그럴듯한 희탄의 해석에 자오가 반색하며 말한다.

도대체 어떤 책이길래 이렇게 푹 빠져서 읽고 있을까요.

자오의 시선이 부이의 손에 들린 문고판 크기의 도톰한 양장본에 고정된다.

작가가 본인의 모습을 그린 것이니 아무 의미 없는 순간은 아닐 텐데 말이죠. 이 표정, 이 손짓 하나하나 자기 의도대로 표현해내기 위해서 심혈을 기울였을 겁니다.

스물일곱의 나이로 사망하기 전에 부이는 미친 듯이 읽고 미친 듯이 썼다고 하더군요. 주변 사람들은 부이가 말 그대로 미쳤다고 생각했다고 해요. 결국 스스로 목숨을 끊을 정도로 정상적인 상태가 아니었다고요.

희탄은 부이의 모습에서 눈을 떼지 못하는 자오의 옆모습을 흘끔 쳐다본다. 그리고 자오도 소설을 창작하는 사람이니 그림을 창작한 부이의 고충을 잘 헤아리는 것이라 이해한다. 부이에 대한 조사를 누구보다 많이 한 희탄이지만 그런 면에선 자오의 예민함을 따라잡을 수 없다. 미술 작품에서 느껴지는 모호한 분위기를 간파해낼 정도의 섬세한 안목이 자신에게 없다는 것을 아는 희탄은 감히 부이가 표현하고자 한 바를 넘겨짚어보려는 시도조차 하지 못한다.

아, 뭐야. 얼른 떼어내지. 이것만 하면 드디어 다 끝나겠구먼.

곽강이 재촉하며 다가온다.

거, 오른쪽은 여기. 왼쪽은 여기. 양쪽이 합심해서, 응?

오른쪽은 희탄, 왼쪽은 자오를 말하는 것이다. 말인즉슨 곽강 자신은 절대로 힘쓸 생각이 없다는 뜻. 어린애처럼 구는 곽강과 입씨름하고 싶지 않아서, 희탄은 별말 없이 책장과 그림 사이를 가로막은 테이블의 오른편을 지나 그림 앞으로 다가선다. 자오도 왼편으로 걸음을 옮긴다.

근데 두 분 다 그건 알고 계시려나. 이 집 지하 창고에 부이의 그림이 엄청 쌓여 있다는 거.

그림의 좌우 하단 모서리를 잡고 낑낑거리는 희탄과 자오를 여유롭게 지켜보던 곽강이 말한다.

지하? 지하에 말입니까?

그림을 잘 들어 내리기 위해 애쓰는 와중에도 자오가 호기심을 감추지 못하고 목소리의 톤을 훌쩍 높인다. 희탄은 이미 화랑에게 들어 알고 있는 사실이라 시큰둥하다.

궁금하면 내려가보시든가. 우리 송 작가님을 위해서 화랑 출판사 차기 대표인 내가 그 정도는 안내해드릴 수 있지.

자오에게 알랑대는 곽강을 보며, 희탄이 피식 웃음을 흘린다. 희탄이 곽강에게 명함을 건네며 자기 자신을 영업했듯 곽강 역시 떠오르는 신예 작가에게 회사 어필을 하려는 속셈이리라.

정말 볼 수 있을까요?

자오는 제법 진지하다. 화랑의 은퇴 선언으로 다들 제 살길을 찾아 나서고 있는 이때, 자오의 머릿속은 신출내기 작가로서 어떻게 기회를 잡을 것인가에 대한 모색보다 어떻게 하면 지하에 적재된 부이의 그림을 직접 볼 수 있을지에 대한 궁리로 가득 차 있다.

그런 얘기는 어디서 주워듣고서 집주인 행세를 하는 거야.

어느새 손님들 곁으로 다가온 오영이 곽강의 등짝을 찰싹 때린다. 곽강을 흘겨보고는 있지만 눈꼬리에는 미소가 대롱 달려 있다.

내가 뭐 틀린 말 했나. 지하에 그림이 더 있다는 게 그렇게 큰 비밀도 아니고.

비밀은 아니지만, 네가 어떻게 할 수 있는 일도 아니지.

지하 창고는 오직 화랑의 허락이 있어야만 들어갈 수 있는 곳이다. 창고 문에 설치된 잠금장치의 비밀번호를 아는 사람도 화랑밖에 없다.

흥, 누나도 어떻게 할 수 없는 일이긴 매한가지잖아?

곽강과 오영이 옥신각신하는 사이, 희탄과 자오는 드디어 벽에 걸려 있던 그림을 떼어낸다. 거의 오영의 키에 이르는 사이즈의 정사각형 캔버스라 무게가 만만치 않다.

희탄이 뿌듯한 표정으로 오영에게 묻는다.

어디로 옮길까요?

책 더미 앞에 놓아두죠.

오영은 희탄보다 더 뿌듯한 표정을 지으며 책 더미를 가리킨다. 거대한 크리스마스트리처럼 거실 한복판에 서 있는 책 더미는 말 그대로 장관이다. 어쩌면 오영이 태풍을 핑계로 자신의 피조물을 만들어낸 것이 아닌가 하는 의심이 들 정도로 오영과 책 더미는 아주 잘 어울린다. 책 더미를 올려다보던 자오는 그것이 오영의 손에서 탄생한 아름다운 프랑켄슈타인 같다고 찬탄하며, 이 매혹적인 형이상학적 조형물에 대한 공로는 마땅히 오영에게 돌려야 한다고 생각한다. 계단식 사다리에 올라 정성스럽게 책을 쌓아 올리는 일은 모두 오영이 전담한데다가 오영의 괴이한 미적 감각 없이는 애당초 탄생하기 어려운 작품이니.

비바람에 창이 깨지는 것보다 이게 무너지는 게 더 위험하겠어.

조심조심히 책 더미 앞에 그림을 걸쳐 세워두는 희탄과 자오를 보던 곽강이 책 더미를 올려다보며 중얼거린다. 그러자 화랑이 콧등에 걸쳤던 안경을 벗으며 곽강을 쳐다본다.

강아.

네?

책은 원래 위험한 법이란다.

화랑의 부드러운 목소리에서 농조가 묻어난다. 곽강도 지지 않고 농담을 곁들인다.

작가님도 책이 위험해지는 데 한몫하셨잖아요.

하, 내가?

작가님 책을 오독한 사람 중에서 지금쯤 범죄자가 되어 있는 사람이 없으리란 법도 없잖아요?

허, 그러려나.

그죠. 그러니까 그런 이상한 협박문을 남기는 놈도 생기는…….

찰싹. 다시 한번 오영이 곽강의 등을 잽싸게 후려친다.

아, 뭐! 내가 없는 말 했어?

아무리 타격감 없는 매질이라 해도 두 번이나 똑같이 당하는 건 분해서 못 참겠다는 듯이 곽강이 씩씩댄다. 하지만 조금 미안한 마음이 든 오영이 등을 살살 문질러주자 금세 표정이 사르르 녹는다. 그 모습을 지켜보는 희탄은 애매한 질투심과 경계심으로 적잖이 애가 탄다. 오영과 로하 사이를 볼 때와는 또 다른 기분이다. 지금까지 곽강은 남동생 같은 편안함을 어필하며 다가가 오영과 스스럼없이 지내는 데 성공한 대신 둘 사이의 성적 긴장감을 유발하는 데에는 실패한 듯이 보였다. 하지만 그렇다고 마음을 놓을 순 없는 것이,

때리는 것보단 쓰다듬는 데 소질이 있네.

지금처럼 예고 없이 훅, 오영이 방심한 순간을 노릴 수 있기 때문이다. 다감하고 능청맞은 목소리로 앙큼하게 접근하는 녀석. 곽강은 계속 기회를 노릴 것이다. 남매 사이인 듯 친구 사이인 듯 헷갈리게 하다가 결정적인 순간에 자신이 원하는 건 오직 연인 사이밖에 없다고 고백할 것이다. 희탄은 바로 그 점이 불안하다.

언니, 그래도 그 뒤로 협박문이 없어서 다행이어요.

오영과 곽강 사이에 관심이 없는 홍진은 가만히 화랑의 어깨를 다독인다. 그제야 오영도 곽강의 등에서 손을 떼고 화랑을 향해 묻는다.

이모, 설마 또 협박문 받고도 안 받은 척하시는 건 아니죠?

그럴 리가 없잖니. 이제 그 얘기는 그만하고 싶구나.

죄송해요, 이모. 그래도 협박문을 발견하면 꼭 말씀해주셔야 해요.

그래, 알았다.

오영이 자신을 걱정하는 마음을 모르는 바도 아니기에 화랑은 한숨과 미소가 한데 섞인 날숨을 가볍게 내뱉는다. 그러곤 가슴께의 안경을 만지작거리는데,

작가님, 혹시…….

자오가 말한다.

그 협박문을 소재로, 제가 소설을 써봐도 될까요?

'송 작가, 네가?' 자오의 입에서 그런 말이 나올 거라고는 생각지도 못했던 화랑은 어찌 대답해야 할지 모른 채 자오의 빤빤한 시선을 참아낸다.

아, 물론 배경이나 인물은 최대한 가공할 겁니다. 소설을 읽고 이 저택이나 작가님을 떠올리는 사람이 없도록 말입

니다.

 오영은 자오의 발언이 무례하다고 여긴다. 협박문에 대해 언급하기도 싫어하는 사람에게 협박문을 자기 소설의 소재로 이용하고 싶다고 말하다니. '아무리 소설의 소재로 탐이 나도 그렇지. 일단 타이밍이 틀려도 너무 틀렸잖아.' 자오의 의도를 곡해하고 싶지는 않지만 지나치게 성급했다는 점만큼은 탓하고 싶어진다. 만에 하나 언젠가 협박문을 소재로 한 소설이 나온다면 그 소설의 작가는 화랑이어야 한다고, 오영은 생각한다. 그런데 뜻밖에도 대답을 고민하는 화랑의 얼굴에서 불쾌해하는 기색은 찾을 수 없다. 그렇다고 반가워하는 듯 보이지도 않지만 적어도 자오의 말에 화를 낼 기세는 아니다. 화랑의 편에서 자오에게 한마디하려던 오영은 화랑의 표정을 보고 입을 다문다.

 흥미롭네요.

 화랑이 말한다. 화랑과 자오 사이에 알 수 없는 긴장감이 느껴진다.

 좋을 대로 해요.

 오영은 불편한 허락을 구하는 자오에게 너그러이 구는 화랑의 태도가 의아하기만 하다.

한껏 힘을 쓰고 난 뒤의 저녁 식사 자리. 저마다 허기진 배를 채우고 나서야 말을 하겠다는 듯 식사에 전념하는 바람에 다이닝 룸을 울리는 소리는 창밖의 비바람 소리뿐. 한 번씩 험악한 굉음이 몰아칠 때마다 유리창 전면에 붙여놓은 허연 비닐이 팔락이고 머리 위 샹들리에가 미세하게 진동한다. 당연히 전날 이곳에서 누렸던 우아하고 신비스러운 분위기는 오간 데 없다. 마치 사람들 사이를 유영하는 유령이 있는 것처럼 스산한 기운만 감도는 와중에도 먹성 좋게 식사를 할 수 있는 건 오후 내내 진이 빠지도록 몸을 움직인 덕분이다. 뱃속에 커다랗고 검은 구멍이 생긴 듯한 공복감. 남자들은 흡사 허기진 혼이 달라붙은 듯 접시를 비운다.

스테이크를 준비해서 다행이네.

세 남자가 동시에, 이제야 배가 찬다는 표정으로 나이프와 포크를 내려놓자 화랑이 비로소 정적을 깰 때가 되었다는 듯이 입을 연다. 화랑의 접시엔 단면에 핏물을 가득 머금은 고기 절반이 그대로 남아 있다. 먹는 속도로는 오영도 화랑과 별반 차이가 없다.

잘 먹었습니다. 역시…….

자오가 냅킨으로 입을 닦으며 가장 먼저 감사 인사를 한다.

역시 예홍진 비서님의 요리 솜씨는 박수가 절로 나올 정도네요. 아까 낮에 주방에서 언성을 높이시길래 오늘은 뭔가 준비에 어려움이 있나 보다 했는데 괜한 우려였나 보군요.

낮에 주방에서? 진이가 언성을 높였다고?

화랑이 자오의 말을 이상하게 여기며 홍진이 있는 주방 쪽으로 시선을 돌리고는 혼잣말처럼 중얼거리는데,

아, 이제 좀 살 것 같네.

곽강이 접시를 앞으로 밀어내며 몸을 뒤로 젖힌다. 오영이 스테이크를 썰며 말한다.

내 거, 더 먹을래?

뭐야. 우리가 그런 사이야?

아무렇지도 않게 먹던 것을 나누어주겠다고 하는 오영을, 곽강이 놀리는 투로 되받아 묻는다.

뭔 소리야. 안 먹을 거면 말고.

곽강의 놀림에 자기도 모르게 흠칫한 오영은 '어렸을 때 한 번 본 사람을 하루이틀 새 이토록 친근하게 느끼다니 이상해'라고 생각한다. 그리고 자신이 느끼는 감정에 라벨을 붙이고 싶어진다. 설렘 이외의 다른 라벨을.

누가 안 먹는대.

벌떡 자리에서 일어선 곽강이 테이블 위로 상체를 쭉 뻗어 오영의 접시를 가져온다. 그리고 스테이크 한 조각을 큼직하게 썰어내어 입에 넣고는 보란 듯이 우물거린다.

이거 왜 이래. 왜 누나 거가 더 맛있어. 이게 훨씬 잘 구워졌네.

얼핏 불평처럼 들리지만 만면의 미소로 보건대 절대 불평일 수 없다.

영이 씨도 오늘 고생했는데, 더 안 먹어도 되겠어요?

희탄이 마뜩잖은 표정으로 곽강을 곁눈질하며 오영에게 묻는다.

괜찮아요. 샐러드를 많이 먹었어요.

희탄은 고개를 끄덕인다. 몇 끼의 식사를 함께하는 동안 희탄은 오영의 입맛을 이미 다 파악했다. 붉은 고기가 취향이 아니라는 것. 와인보다 차향을 곁들인 탄산수를 좋아한다는 것. 녹색 채소를 좋아한다는 것. 신맛이 나는 과일은 피한다는 것. 희탄의 눈엔 모두 사랑스러워 보이는 식성이다. 하지만 고기를 늘 남기는 버릇과 남은 고기를 곽강에게 선뜻 건네준 행동은 다르게 보아야 하는 문제가 아닌가 하는 지점에 이르자 생각의 치졸함에 불쑥 창피함이 몰려든다. '질투도 질투 나름이지, 이렇게 유치한 질투는 초저녁에 졸업했다고 생각했는데.' 희탄의 콧등이 화르르 타오른다.

근데, 이런 날씨에 별채에서 자도 정말 괜찮은 건가?

또 한 번 요란한 바람이 창문을 때리고 지나가자 곽강이 한쪽 눈썹을 추켜세우며 오영에게 눈짓한다.

뭐, 별일 있어봤자 지붕이 날아가기밖에 더하겠어.

오영이 장난스럽게 대꾸하자, 곽강은 더 짓궂은 생각이 떠오른 듯한 표정을 짓는다.

그러지 말고, 내 방에서 자는 건 어때?

뭐?

당황한 사람은 오영만이 아니다. 화랑도, 자오도 그리고 막 디저트를 가지고 다이닝 룸에 들어선 홍진도 놀라기는 마찬가지다. 희탄은 목에 뭐가 걸린 듯 캑캑거리며,

야, 그거 성희롱…….

저도 모르게 곽강을 "야" 하고 아이 부르듯 불러버린다. 곽강은 희탄이 무어라 하는지에는 일절 관심이 없다. 희탄을 한 수 아래 라이벌로조차 여기지 않는 것이다. 어떤 면에선 그럴 만도 하다. 곽강의 애정 공세는 질적으로 우수하다고 볼 순

없지만 양적으로나 강도로 볼 때 희탄과는 비교할 수 없이 우위에 있다. 자신만만한 미소를 띤 곽강이 테이블에 팔을 기댄 채 오영에게로 상체를 내민다.

내가 거실 소파에서 잘 테니까, 내 방 쓰라고.

아…….

왜, 무슨 생각했는데 그래?

생각은 무슨.

사실 오영은 곽강의 농담이 촌스럽고 시답지 않다고 생각하고 있다. 다만 오늘따라 수시로 능글맞아지는 곽강의 눈빛을 마주하기 싫어서 홍진이 막 건네준 장미 셔벗을 한 스푼 뜨며 곽강의 눈길을 피한 것뿐이다. 그런 오영의 태도를 부끄러움이나 당혹감으로 인한 것이라 오해한 화랑은 이 상황이 재미있어죽겠다는 표정이다. 하지만 짐짓 곽강을 타박하는 제스처를 보인다.

강이 네가 오해하게끔 말했잖니.

다들 무슨 오해를 하신 거예요? 뭐, 오해하신 김에 앞으로도 쭉 비슷하게 오해해주셔도 좋고.

화랑은 오영이 손님들을 유혹하는 게임에서 자진 하차한 후부터 적극적으로 오영에게 들이대는 곽강의 태도가 흥미롭다. 오영이 저택을 포기했다는 걸 알 리가 없을 텐데 말이다. '아마 본능적으로 눈치챈 거겠지. 이제 유혹을 당할 입장이 아니라 유혹을 해야 하는 처지라는 걸 안 거야.' 셔벗이 담긴 크리스털 글라스의 가장자리를 검지로 문지르며 로맨스를 다루는 작가답게 남의 연애에 추측과 상상을 더하는 사이 장막처럼 사방을 두른 흰 비닐을 뚫고 들어온 번갯불이 번쩍 시야를 점령한다. 잠시 후 기다렸다는 듯이 천둥이 따라오고,

허…….

천장의 샹들리에가 깜빡깜빡한다.

아무래도 안 되겠다. 영아, 오늘 내 침실에서 묵는 게 좋겠어.

화랑이 점멸하는 샹들리에를 올려다보며 말한다.

이모는. 누가 옆에 있으면 한숨도 못 주무시면서.

어린 시절 기억을 떠올리며 오영이 부드럽게 코웃음 친다. 엄마가 보고 싶어 축 처진 오영이 안쓰러워 큰맘 먹고 침대에 들이고도 밤새 뒤척이며 잠을 이루지 못하다가 아침이 되어 오영이 침실을 빠져나가고 나서야 비로소 곤잠을 청하던 화랑. 오영은 그때의 화랑을 몰래 지켜보았고, 생생히 기억하고 있다.

저 재워준다고 정작 이모는 꼬박 밤새운 거, 다 안다고요.

그러자 한참 아무 말 없던 자오가 끼어든다.

작가님이 영이 씨를 무척 아꼈나 보네요.

네?

아…… 저도 잠자리에 예민한 편이라서요. 아무래도 글을 쓰는 동안 뇌를 과하게 사용하다 보니 일종의 각성 상태가 된다고 봐야겠죠. 잠들 때가 되어도 쉬이 잠들지 못하거든요. 수면용 귀마개를 쓰는 이유도 그 때문이죠.

일종의 직업병이군요.

희탄의 말에 고개를 끄덕인 자오가 화랑을 쳐다보며 말한다.

그럼에도 불구하고 영이 씨를 위해서 마음을 쓰신 거죠.

그 정도야 뭐…….

화랑이 대꾸를 하다가 말끝을 흐린다.

사실 작가님의 마음이 이해가 안 가는 게 아니에요. 영이 씨는 정말 사랑스럽지 않습니까. 이곳에 초대된 사람들만 봐도 그래요. 모두 영이 씨의 매력에 빠져버렸잖아요. 저를 포함해서요.

네?

자오의 발언은 오영을 진심으로 당황하게 만든다. 좀처럼 실없는 말을 할 것 같지 않은 자오의 입에서 나온 말이니, 촌스럽고 시답지 않은 농담으로 치부한 곽강의 말처럼 그렇게 넘겨들을 수가 없다. 하지만 오영보다 더 놀란 사람은 화랑이다. 놀람을 넘어 화가 치민 화랑은 입을 꾹 다문 채 자오를 노려본다.

  아…… 그게…… 저…… 아무튼…….

  한편 오영은 말을 더듬는 중에 재빨리 생각을 정리한다. '자오 씨 말에 놀란 건 맞아. 하지만 그 말에 딱히 의미를 두고 싶진 않아.'

  이것은 주목할 만한 변화다. 자오가 사인 운운하며 만남을 암시하는 말만 해도 과하게 해석했던 어제와는 사뭇 다른 마음가짐이다. 이 저택을 미끼로 한 화랑의 제안에 더는 휘둘리지 않아서일까. 아니면 그새 로하에 대한 마음이 커져서일까.

  그러니까, 저는…….

  때마침 찾아온 연이은 번개에 오영은 잠시 말을 고를 시간을 갖는다. 그리고 다시 화제를 자신의 거처 문제로 돌려놓기로 마음먹는다.

  ……별채에서 묵을게요.

뭐야, 진짜?

마치 오영이 화제를 바꾸길 기다렸다는 듯 곽강이 빠르게 반응한다.

응.

오영이 고개를 끄덕인다. 자오의 경우처럼 직업병 때문인지 아니면 천성적인 기질 때문인지 알 수는 없지만 어쨌든 화랑이 예민한 것은 사실이다. 화랑은 세 번의 결혼 생활에서 단 한 번도 배우자와 침실을 공유한 적이 없다. 각방을 쓰는 건 화랑의 원칙이었다. 더욱이 이제는 몸 상태도 각별히 신경 써야 하는 상황이니 수면 부족으로 컨디션이 나빠지기라도 하면 큰일이다.

전 진짜 괜찮아요. 예전에 슈퍼 태풍이 왔을 때도 별채는 끄떡없었는걸요. 생각보다 작고 튼튼하게 지어졌다고요. 그리고 큰 유리창이 태반인 여기보다 별채가 더 안전할지도 몰라요.

오영이 단호하게 자기 입장을 밝히자 화랑이 못 말리겠다는 듯이 고개를 저으며 더는 권하지 않는다. 하지만 그런 화랑의 얼굴이 영 어두운 것이 오영의 마음을 꺼림칙하게 만든다. 오영을 걱정하면서도 마음 한구석은 편치 않은 무엇을 자꾼만 상기하고 있는 것 같은 화랑의 표정. 오영은 저도 모르게 자오를 향해 고개를 돌린다. 이유는 알 수 없지만…… 어쩐지 화랑이 자오를 의식하고 있다는 생각이 든다.

# 7
# 아무 일 없을 거예요.




누나, 잠깐 나 좀 봐.

저녁 식사 후 거실에서 티타임을 마치고 별채로 돌아가려는 오영을 문 앞에서 곽강이 은밀히 붙잡는다.

왜, 또, 뭐.

곽강의 말에 귀찮다는 투로 대꾸하면서, 오영은 낮에 남한수에게 난방을 부탁해놓았으니 지금쯤 별채도 따뜻해졌으리라 기대하며 우산을 집어 들고 나설 채비를 한다.

아 쫌, 긴히 할 말이 있어서 그래.

이미 다들 자기 방에 들어간 뒤인데도 곽강은 비밀 얘기를 하듯 속닥거린다.

뭔데 그래.

있잖아.

곽강은 재차 주위를 돌아보고 나서야 다시 입을 연다.

송자오 말이야.

송 작가님?

어, 송 작가. 내가 오늘 새벽에 송 작가를 봤거든?

도통 무슨 말을 하려는지 감이 안 잡히지만…… 오영은 이제야 비로소 곽강의 말에 흥미가 생긴다.

글쎄 송 작가가…… 작가님 서재에서 나오더라고.

뭐?

오영이 저도 모르게 큰 소리를 내자 곽강이 입을 막는다는 핑계로 은근슬쩍 오영의 얼굴에 부드럽게 손을 가져다 댄다. 그러자 야무지게 곽강의 손을 내친 오영이 믿을 수 없다는 표정으로 중얼거린다.

아니, 송 작가님이 왜…….

내 말이.

설마…….

오영은 차마 머릿속에 떠오른 생각을 입 밖에 내지 못한다.

만에 하나 송 작가가 협박범이라면 말이야.

협박범. 오영이 하고 싶었던 말을 곽강이 대신 소리 내준다.

진짜 송 작가가 협박범이라면 솔직히 난 한오름 배우가 사라진 것도 송 작가와 관련이 있는 게 아닌가 싶거든. 새벽에 곤히 잠들어서 아무 기척도 못 느꼈다는 말을 어떻게 믿겠어? 몰래 서재에 들어갔다 나온 걸 내가 다 봤는데. 작가님은 한오름 배우의 실종이 협박범과 아무 상관 없을 거라고 하시지만 난 아무래도 영 찜찜해.

그럼 송 작가가 오름 씨를 납치했을 거라는 말이야?

'오름 씨도 강이처럼 뭔가 목격한 걸까. 그래서 범인이 해꼬지한 걸까.' 그렇다면 큰일이라는 생각에 오영의 목소리 톤이 높아진다.

당장 경찰에 신고부터 해야겠어.

곽강의 추리 덕에 불안감이 높아진 오영은 문득 최악의 상황을 떠올리고는 자오가 범인인지 아닌지 따지는 것보다 오름의 행방을 찾는 것이 우선이라는 결론을 내린다.

아니, 아니…….

반면 곽강은 눈을 동그랗게 뜨고 자신을 올려다보는 오영의 모습에 저도 모르게 설렌 나머지 되레 주뼛거린다.

그, 그게…… 그냥 좀 의심스럽다는 거지……. 나도 확신이 있는 게 아니라…….

그리고 재빨리 오영의 관심을 자기에게로 돌린다.

근데 생각해봐, 누나. 한오름 배우가 송 작가한테 당한 거라면, 나는 가만두겠어? 내가 자기를 의심하는 티를 팍팍 냈으니 벼르고 있겠지.

뭐? 너를?

오영에게 생각할 틈을 주지 않으려는 생각으로, 곽강이 더 능글맞은 어조로 밀어붙인다.

당연하지. 당연히 나도 타깃이겠지. 누나, 나 무서워. 나 오늘 별채에서 자면 안 돼?

오영이 자기 말에 어떻게 반응할지 뻔하지만 곽강은 짐짓 뻔뻔하게 군다. 납치니 뭐니 의혹을 제기한 바람에 오영이 잔뜩 긴장해버린 듯하니 허접한 농을 쳐서라도 오영을 안심시키려는 의도 또한 다분하다.

하루만 재워줘. 바닥에서 얌전히 잘게, 응?

그만…….

오영이 어금니를 꽉 깨물고 나직이 말을 뱉자 그제야 곽강의 얼굴에 자연스러운 미소가 번진다. 자기 말에 발끈하는 오영을 볼 때마다 곽강은 어린 시절로 돌아간 듯 즐거워진다.

씨알도 안 먹히는 소리는 이제 그만하고.

오영의 명을 받들겠다는 의미로, 곽강이 두 손을 들어 보인다.

아무튼 누나, 궁금한 게 한두 가지가 아니야. 협박문을 쓴 이유도 궁금하지만, 굳이 왜 어제 위험을 무릅쓰고 또 작업실에 들어갔는지 그것도 너무 궁금하지 않아? 이제는 보는 눈도 많은데.

이모가 흔들리지 않는 거 같으니까, 한 번 더 협박문을 남긴 걸까. 그렇다면 이모가 말씀하셨을 거······.

오영은 이내 고개를 젓는다.

아니야. 이모 성격에 파티를 망치기 싫어서 말씀 안 하신 걸지도 몰라.

이제 와서 파티는 무슨. 이런 분위기에.

그래도 내일 신작 소개는 해주신댔잖아. 이모도 노력하시는 건데, 어떻게든 분위기는 맞춰드려야지.

문득, 출간 기념 파티뿐 아니라 이런저런 소소한 파티마저도 어쩌면 이번이 마지막일 수 있다는 데에 생각이 미치자 오영의 얼굴이 급격히 어두워진다. '이럴 줄 알았으면 이모가 파티에 부를 때마다 군말 없이 참석할걸.' 오영은 자책한다.

사실 난 뭐, 파티 따윈 처음부터 중요하지 않았어.

눈치 빠르게 오영의 표정을 살핀 곽강은 자신도 할 말이 있다는 듯 입을 뗀다.

내가 여기 온 이유는…….

곽강은 잠시 망설이다가 주머니에 손을 넣으며 말한다.

아니다. 그건 나중에 얘기하기로 하고. 그것보다, 별채에 가면 책상 서랍 좀 찾아봐. 내가 거기 뭘 좀 두고 왔으니까.

별채 책상 서랍에? 뭘 뒀는데?

흐응…… 가만 보면 눈치가 꽤 없어. 척하면 척이지. 암튼, 보면 알아.

일찍이 화랑에게도 눈치 없다는 종종 소리를 듣곤 했던 오영은 자기보다 나이 어린 곽강에게서도 핀잔을 듣자 괜스레 주눅이 든다. 곽강은 미소를 띤 채 "꼭 확인해, 꼭" 하고 거듭 강조하고는 몸을 비스듬히 뒤로 돌려 자오의 방 쪽으로 시선을 던진다.

도대체 왜 서재에 몰래 들어간 걸까.

손님 중에 범인이 있을지도 모른다는 희탄의 말을, 오영은 믿고 싶지 않았다. 점점 친분이 쌓여가는 사람들을 의심하고 싶지 않은 마음도 있었지만 한편으로는 화랑이 상처받을까 걱정이 되었기 때문이다. 애정하여 믿고 초대한 이들 중

한 명이 협박범이라니. 사실이라면 얼마나 충격적인 일인가. 오영은 화랑이 그런 일을 겪지 않길 바랐다. 건강에 적신호가 켜진 지금은 더욱더. 하지만 이제 곽강의 목격담으로 상황은 완전히 달라졌다. 설사 자오가 협박문을 쓴 범인이 아니라 하더라도 자오가 몰래 화랑의 서재에 숨어든 이유만큼은 확실히 밝혀야 할 것이다. 그런데 그때,

어? 영이 씨. 아직 안 가셨네요.

자오가 방문을 열고 나온다.

아…… 이제 막 가려던 참이었어요.

오영과 곽강이 당황스러워하는 눈빛을 서로 주고받는다.

송 작가님은 왜 다시 나오셨어요?

책 한 권 골라 방에 가져가서 읽다가 자려고요.

오영의 질문에 태연히 답하며 자오가 책 더미 앞으로 다가간다. 하지만 책을 고르기 전에 먼저 자신을 매혹한 부이의 그림 앞에 멈추어 서서 눈을 내리뜬 채 잠시 감상의 시간을 가진다.

그거 아세요?

오영과 곽강을 쳐다보지도 않은 채, 자오가 말을 잇는다.

류 조사원님이 그러더라고요. 이 집의 초대 주인은 부이라

고. 부이로 봐도 무방하다고.

오영이 고개를 끄덕인다. 오영 역시 그리 생각해왔기 때문이다. 아주 오래전부터, 이 집에 드나든 지 얼마 안 되었을 무렵부터 오영은 이미 그런 믿음에 강렬히 사로잡혔다. 저택에 깃든 부이의 기운을 알아채지 못할 정도로 어리석다면 이 집을 탐할 자격조차 없다고.

그때 자오가 마치 오영의 생각을 읽은 듯이 묻는다.

이 저택의 주인이 되려면 어떤 자격이 필요한 걸까요?

오영은 자오가 이 집에서 오영 자신이 느껴온 이상한 기운을 비슷하게 느끼고 있는 거라 가늠한다. 어쩌면 협박문을 쓴 범인일지도 모르는 자가 저택에 관해 자신과 비슷한 감상을 지니고 있다고 생각하니 기분이 이상해진다. '지금 따져 물어야 할까.' 오영이 망설이는 눈빛으로 곽강을 쳐다본다. 곽강 역시 아직 아무 확신이 없는 표정이다. '하긴 강이도 긴가민가하니 나에게만 몰래 얘기했겠지.' 조금만, 조금만 더 살펴볼 시간이 필요하다고 여긴 오영은,

글쎄요.

애매한 단답형 대답을 던지며 말을 아낀다. '이 저택의 주인이 되기 위한 자격이라.' 오영은 자신이 저택을 포기했음을

상기하며 속으로 '이 집을 가지는 건 정말 어려운 일이지'라고 되뇐다.

밤이 무르익자 요란했던 번개와 천둥의 기세가 한풀 꺾인다. 그러나 빗줄기만은 여전히 별채의 지붕을 드세게 때리고 있다. 침대에 누운 오영은 책상 서랍을 확인해보라던 곽강의 당부를 까맣게 잊은 채 고양이 호텔에서 보내준 옹이의 사진과 영상을 반복해서 보고 있다. 자오에 대한 생각을 멈추지 않으면 오늘 밤 잠을 이루지 못할 거라는 생각에 옹이를 취침 도우미로 삼은 것이다. 남한수가 미리 손쓴 덕에 화목 난로의 땔감이 잘도 타오르고 있으니 잠에 빠져드는 건 시간문제. 환기를 위해 비가 다소 들이치는 걸 감수하고 사방에 난 작은 창문을 모두 살짝 열어두었지만 방 안의 공기는 훈훈하기 그지없다.

'옹아, 언니가 미안해. 너랑 이 저택에서 살고 싶다는 로망은 아마 이룰 수 없을 거야.'

로망은 그저 로망일 뿐이라고 자조하며, 꿈속에서나마 옹이와 함께 저택에서 한가로이 노닥거리고 싶은 마음에 핸드폰을 끄고 베개에 머리를 묻는다. 적당한 아늑함. 난로가 화

7 아무 일 없을 거예요.

르르 불타오를 때마다 한 번씩 창틈 사이로 불어오는 찬 바람이 잠자리를 기분 좋게 만들어준다. 덕분에 눈이 소르르 감긴다. 어쩐지 옹이가 진짜로 꿈에 나올 것만 같다.

얼마나 그렇게 잤을까. 오영의 꿈에, 오영이 바라던 대로 옹이가 나타난다. 두툼한 발과 긴 꼬리 그리고 탄력 있는 수염. 보기만 해도 마음이 따뜻해지는 옹이의 오렌지빛 풍성한 털은 여전히 보드랍다. 그리고 늘 그랬듯 옹이의 감각은 매우 날카롭다. 화들짝 귀를 쫑긋 세우는 옹이의 몸짓에 오영도 함께 놀란다. 일어나. 꿈결에 목소리가 들린다. 일어나. 당장 일어나. 처음 듣는 목소리. 오영과 옹이는 함께 귀를 기울인다. 눈을 떠. 밖에 누가 왔는지 봐. 목소리가 알려준다. 일어나야 한다고. 누가 찾아왔다고. 어서, 어서, 어서 일어나. 안 그러면 너…… 죽어.

헉하고 숨을 들이쉬며 오영이 벌떡 상체를 일으킨다. 그제야 목소리가 또렷이 들린다.

영이 씨! 문 열어요!

또렷한 정도가 아니라 아주 우렁찬 소리다.

영이 씨! 영이 씨!

오영은 정신을 가다듬는다. 목소리의 정체를 알아채고도

믿어지지 않는다. 아직 꿈이라기엔 너무도 생생하게 울려 퍼지는 목소리. 하지만 그 목소리가 누구의 목소리인지 알기에 외려 더욱 꿈을 꾸는 것처럼 느껴진다. 오영은 부스스 자리에서 일어나 꿈결을 헤매는 것 같은 걸음을 걷는다. 마치 아직도 발치에 옹이가 있는 듯하다.

로하 씨?

문을 열자 냉기가 훅 엄습한다. 잠에서 갓 깼을 때 느꼈던 얼굴의 열기가 찬 기운에 확 가라앉으니 오영은 그제야 실내 온도가 잠들기 전과 같지 않음을 알아챈다.

괜찮아요, 영이 씨?

어둠 속에서 로하가 묻는다. 손과 무릎, 신발에 진흙이 잔뜩 묻은 채로 허연 입김을 내뿜고 있다.

네? 네…… 근데 괜찮냐는 질문은 내가 해야 할 것 같은데…….

금방이라도 찢어질 듯한 얇은 우비. 오영이 저도 모르게 로하의 팔을 잡아끄는데,

어디 봐요.

로하의 커다란 두 손이 오영의 얼굴을 덮친다. 단단한 손바닥으로 오영의 두 뺨을 더듬고, 부드러운 손등으로 오영의 이

마를 짚는다.

괜찮은 거죠? 어지럽거나 메스껍거나, 그렇지 않아요?

빗물에 차게 식은 손이 어쩌면 이렇게 뜨거울까. 오영은 달뜬 목소리로 홀린 듯 답한다.

조금……?

'당신 손의 온기 때문에요.' 오영은 말을 삼킨다. 그리고 자신의 대답에 큰 비극을 접한 것 같은 얼굴을 하고 있는 로하를 안심시키기 위해 급히 덧붙인다.

아니에요, 아니에요. 나 말짱해요. 아무렇지도 않아요.

그때 오영의 달뜬 신열을 가라앉혀주겠다는 듯, 로하의 뒤에서 빗방울을 실은 바람이 밀려든다. 로하는 급히 문을 닫으려는 오영을 막는다.

안 돼요, 영이 씨.

네?

빨리 환기해야 해요.

환기라니요? 분명 창문을 열어두었는데…….

로하가 성큼성큼 걸음을 옮겨 창문을 연다. 원래 열려 있던 것을 더 여는 게 아니라 애초에 닫혀 있던 것을 활짝 열어낸다.

아니, 창문이 왜 다…….

모든 창문이 빈틈없이 닫혀 있다.

더 빨리 왔어야 했어요. 더 빨리 왔어야 했는데…….

빠른 몸놀림으로 창문을 하나하나 열어내며 로하가 후회가 막심한 듯 중얼거린다. 오영은 어찌하여 창문이 전부 닫혀 있는지, 어찌하여 로하가 지금 자기 눈앞에 있는 것인지 헤아릴 겨를이 없다. 오직, 로하가 자기 자신을 탓하는 모습만이 아리게 다가온다.

오영이 물기 머금은 목소리를 내뱉는다.

괜찮아요, 로하 씨.

창문을 모조리 열어낸 로하는 이제야 오영의 모습이 제대로 시야에 들어온 듯이 멈칫 움직임을 멈춘다.

로하 씨.

잠옷 속을 파고드는 선득한 기운에도 불구하고 오영의 명치에 부드러운 간지럼이 인다. 저택을 떠도는 기운이 그 어느 때보다 강하게 오영을 휘감아 안았는데도 오영은 자기 목소리를 잃지 않으려는 듯 계속 로하를 부른다.

로하 씨.

심장 가까이에서 울리는 듯도 하고 저 멀리 까마득히 울려

7 아무 일 없을 거예요.

퍼지는 듯도 한 목소리. 오래전 로하의 영혼에 밴 듯한 목소리가 오영의 입술 사이로 흘러나온다.

아무 일 없을 거예요.

오영은 자신이 왜 괜찮을 거라고 말하는지 알지 못한다. 로하를 향해서, 로하를 떠올리면서, 괜찮다고, 괜찮을 거라고 말하는 것. 그저 그것이 지극히 당연한 듯이 느껴진다.

다 괜찮을 거예요.

로하는 문득 오영의 목소리가 자신을 지켜주고 있다는 느낌에 사로잡힌다. 귀신도 홀릴 법한 무구한 주문으로 자신을 지켜주고 있는 것 같다고. 지금껏 그래왔던 것 같다고.

영이 씨……

오영의 하얀 잠옷에 빗물이 들러붙는다. 젖은 옷의 표면으로 여린 실루엣이 드러날수록 밖에서 불어드는 비바람이 거세어진다. 소용돌이치는 울음소리. 허공의 메아리. 로하의 시선이 치마 아래로 드러난 가느다란 발목에 이른다. 잔떨림이 이는 발목. 오영은 줄곧 몸을 떨고 있었다. 오영 자신도, 로하도 알아차리지 못했을 뿐이다.

이젠 내가 지켜줄게요.

로하의 서약에 오영의 눈동자에 설핏 빛이 감돈다. 오영은 그제야 아뜩한 한기를 느낀다.

어서 여기서 나가죠.

로하가 바들바들 어깨를 떠는 오영에게 다가서며 말한다.

저택으로 가요, 영이 씨.

로하가 오영의 어깨에 담요를 덮어준다. 오영은 담요 위를 감싼 로하의 팔에 몸을 맡긴다. 아무 일 없을 거라는 말은 이제 로하가 할 차례다.


누가 창문을 일부러 닫았다고?

화랑이 가슴에 손을 얹고 떨리는 목소리로 묻는다. 자정을 훌쩍 넘긴 시각. 잠에서 깬 사람들이 모두 거실에 모여 있다.

네. 연통에서 연기가 나오는 게 보이길래 무슨 사정인지 영이 씨가 오늘도 별채에서 묵는구나 싶었는데, 그때 어떤 자가 창문 근처에서 서성이는 걸 봤어요. 제가 "누구십니까? 거기서 뭐 하시는 겁니까!"라고 소리치자 황급히 도망가더군요. 처음엔 그자를 잡아야겠다는 생각밖에 안 들었어요. 그래서 정신없이 뒤쫓았습니다.

'손과 무릎, 발에 묻었던 진흙이 그 때문이었구나.' 오영은 어깨에서 흘러내리는 담요를 추어올리며 로하의 옆모습을

7  아무 일 없을 거예요.

가만히 바라본다. 당시 추격전을 회상하는 듯 물끄러미 자기 손바닥에만 시선을 두고 있던 로하가 천천히 오영을 향해 고개를 돌린다.

하지만 곧 영이 씨의 상태를 확인하는 게 먼저라는 생각이 들었어요.

로하의 속눈썹이 살포시 떨린다. 어쩐지 오영의 마음이 다 떨려온다. 오영은 어느새 곁에 다가온 못의 등만 괜스레 말없이 쓰다듬는다. 못은 무슨 일이 있었는지 다 안다는 듯 목을 길게 빼고 옹골찬 머리로 오영의 손등을 비비댄다.

판단 잘하셨어요. 빨리 확인해서 정말 다행이에요.

빠르게 차를 끓여 온 홍진이 오영과 로하에게 찻잔을 건네주며 말한다. 이에 희탄도 말을 더한다.

화목 난로는 연통 발화도 조심해야 하지만 환기도 철저히 신경 써야 하지요. 자칫 일산화탄소에 중독될 수 있으니까요. 오늘처럼 저기압인 날엔 특히 위험하고요.

오영은 따뜻한 장미차를 훌쩍이며 희탄의 설명에 작게 고개를 끄덕인다. 분명 자신이 빠짐없이 열어둔 창문을 누군가 고의로 닫아놓았다. 로하가 아니었으면 어찌 되었을지, 생각만 해도 아찔하지 않을 수 없다.

그놈 얼굴은? 누군지 보긴 한 건가.

곽강이 로하에게 따지듯 묻는다. 속상한 마음을 표현하는 방식이 역시나 유별나다.

너무 어두웠습니다. 체격으로 보아 남자 같기는 한데…… 그것도 확신할 순 없죠.

로하는 고개를 저으며 대답한다.

맞습니다. 체격만으로는 알 수 없죠.

희탄이 로하의 말을 거든다. 아무리 그래도 오영의 목숨을 구해준 사람인데, 곽강이 너무 버릇없이 군다고 여긴 것이다. 그러자 곽강이 타깃을 오영으로 바꾸어 응석받이처럼 투덜댄다.

것 봐. 내 방에서 잤으면 이런 일 없었잖아. 내 말대로 했으면…….

이제 와서 그런 말 하면 뭐 해?

곽강을 향해 덤덤히 대꾸한 오영이 바로 로하를 바라보며 보드라운 미소를 짓는다.

그리고 일은 무슨. 로하 씨 덕분에 아무 일도 안 생겼는데.

로하의 눈빛이 너울거린다. 미소를 짓고 있지 않은데도 환히 웃고 있는 것처럼 느껴진다.

그때 자오가 말한다.

그런데 로하 씨, 그 시간에 저택을 찾아올 만큼 급한 용건이 있으셨던 건가요?

지금 이 자리에 오영과 로하 사이에 오가는 기류를 눈치채지 못한 사람은 없다. 다만 감정적으로 가장 덜 흔들린 사람을 꼽는다면 송자오일 것이다. 평소라면 희탄이 조사원의 기질을 발휘하여 물었을 법한 질문이 자오의 입에서 나오자, 희탄이 멈칫 자세를 고쳐 잡는다. 사실 희탄은 조금 전 곽강이 표현한 정도의 몇 배, 아니 몇십 배로 속상해하면서, 오영을 구한 사람이 나였다면 얼마나 좋을까 하는 생각을 반복하는 중이었다. 오영을 구해낸 일로만 따지자면, 희탄이 로하에게 느끼는 감정은 질투보다는 부러움에 가깝다.

아, 그게, 저…….

모두의 시선이 로하에게 집중된다.

그…….

로하는 선뜻 대답하지 못한다. 주먹 쥔 손으로 입을 가리고 밭은기침만 콜록댄다. 그런 로하를 가장 수상쩍은 표정으로 보고 있는 사람은 곽강이다.

뭐야. 진짜 별채 앞에서 서성이는 놈이 있었던 건 맞아?

곽강은 줄곧 로하가 오영의 환심을 사기 위해 자작극을 벌인 게 아닌가 의심하고 있었다. 상당한 억측이긴 하나 이 집에 발을 들인 뒤부터 자꾸 이상한 일들이 생기니 정황상 맥연히 떠올려볼 수는 있는 생각이다. 그걸 굳이 면전에 대고 지껄이는 것이 딱 곽강다운 행동일 뿐.

강이 너, 무슨 그런 무례한 말을 해?

오영이 참지 못하고 나선다.

잘 알지도 못하면서…….

내가 뭘 모르는데?

곽강이 어이없다는 표정으로 오영과 로하를 번갈아 쳐다본다. 오영은 괜스레 찻잔의 손잡이를 매만지며 작은 소리로 웅얼거린다.

……늦어도 온다고 했다고.

뭐?

곽강이 제대로 말하라는 듯 양미간에 주름을 잡는다. 그 모습에 오기가 뻗친 오영은 눈을 한 번 꾹 감았다 뜨고는 또박또박 힘주어 말한다.

로하 씨가, 늦어도 돌아온다고 했다고. 그래서 온 거라고. 비가 쏟아져도, 한밤중이어도 다시 온 거라고! 됐냐!

거실에 정적이 흐른다. 로하는 얼굴을 붉히며 고개를 푹 숙인다. 오영과 눈씨름 하듯 맞대고 있는 곽강의 목덜미가 꿈틀하고, 한 방 크게 얻어맞은 듯 멍한 표정을 짓고 있는 희탄의 등덜미엔 마른땀이 흐른다. 자오는 미세한 흥미가 드러난 얼굴을 하고 있고, 홍진은 무언가 딴생각에 빠져 있는 듯한 표정을 짓고 있다. 모두 정적의 동조자가 되어 속절없이 혹은 기꺼이 침묵을 지킨다.

그런데 그때,

큭.

살얼음처럼 얇게 두른 침묵의 껍데기를 깨고 화랑이 우스꽝스러운 웃음소리를 낸다.

크큭…… 음흐흐…….

화랑의 웃음소리가 점점 더 커진다. 화랑은 자신을 쳐다보는 사람들의 시선에도 아랑곳하지 않고 눈물까지 찔끔 흘려가며 웃는다.

어쩌면…… 이렇게…… 깜찍할 수가…….

이렇듯 요란하게 웃는 화랑의 모습을 처음 본 오영은 눈만 깜빡깜빡하며 화랑을 쳐다본다.

언니, 괜찮아요?

괜찮지, 그럼. 이보다 더 괜찮을 수가 없지.

웃느라 아픈 배를 움켜쥔 화랑이 홍진을 향해 다른 손을 내저어 보인다. 이윽고 웃음이 가라앉자 화랑은 힘이 쏙 빠진 듯 소파 등받이에 몸을 기대고 한 손으로 머리를 받친 채 오영을 바라본다.

이모……?

무슨 말을 어떻게 해야 할지 모르겠다는 듯한 순진한 표정. 화랑은 그런 오영이 어여뻐 죽을 것만 같다. '영이가, 마침내.' 화랑의 가슴이 환희로 가득 찬다. 마치 화랑 자신이 사랑을 시작한 듯 벅차오른다. 지금 이 순간만큼은 머릿속에서 저택을 물려받을 자격이니 뭐니 하는 이상한 속삭임이 들려와도 내치고 싶다. 단호히 막고, 뿌리치고 싶다. 오영이 갓 품은 이 설렘을 지켜주기 위해서.

미안. 미안해요. 내가 너무 채신머리없이 웃었지.

화랑이 전혀 민망해 보이지 않는 태도로 사과를 한다.

다들 이런저런 생각이 많을 텐데, 오늘은 그만 쉬기로 해요. 할 말들은 내일 마저 하고. 영이는 내 방에서 나랑 같이…….

그 순간, 암전. 완벽한 어둠이 시야를 덮는다. 놀란 못이 날카로운 울음소리를 내며 어디론가 사라진다.

7 아무 일 없을 거예요.

뭐야, 결국 정전이야?

핸드폰의 손전등 기능을 켜며, 곽강이 한숨을 쉰다.

샹들리에 깜빡깜빡할 때부터 불안하더라니까…… 어라? 핸드폰도 안 터지네?

곽강이 손에 쥔 핸드폰을 허공에서 이리저리 옮겨대는 바람에 손전등 불빛을 받은 사람들의 얼굴이 희푸른 유령 얼굴처럼 보인다.

으, 이거 좀 으스스한데. 정전에 핸드폰도 먹통이라니.

날이 밝으면 정원사 남 씨를 부를게요.

홍진의 말에 화랑이 고개를 끄덕이는데,

쿵쿵.

문 두드리는 소리가 울린다.

뭐야. 이 시간에 또 누구야.

오소소 소름이 돋은 곽강이 긴장한 목소리로 중얼거린다.

오름 씨? 오름 씨 아닐까요?

내내 오름을 걱정하고 있었던 오영이 희망하는 바를 말하자,

에이, 설마 이 시간에.

곽강이 고개를 젓는다. 그러자 화랑이 오영의 편을 들며 말한다.

나갈 때도 마음대로였으니 돌아올 때도 그러지 않으리란 법이 없지…….

화랑도 오영처럼, 문을 두드리는 자가 오름이기를 바라고 있다. 이때 세 사람의 입씨름을 더 듣고 있을 필요가 없다는 듯 홍진이 나선다.

제가 가볼게요.

오영은 타박타박 현관으로 향하는 홍진의 뒷모습을 가만히 바라보며 오늘따라 홍진이 이상하게 차분해 보인다고 생각한다. 홍진의 차분한 태도가 억지로, 그리고 간신히 꾸며낸 것임을 모르는 오영은 '예 비서님이 이모의 병을 알고 상심이 큰가 보다'라고만 추측할 뿐이다.

누구세요?

이윽고 홍진이 문을 연다. 어둠과 비바람 사이로 익숙한 실루엣이 보인다.

뭔데. 누군데.

곽강이 현관을 향해 손전등 불빛을 비춘다. 그러자 잔뜩 인상을 찌푸린 늙수그레한 얼굴이 허옇게 번쩍인다.

7  아무 일 없을 거예요.

# 8
## 내가 더 빨리 죽일 수 있었는데

 남한수를 본 홍진의 몸이 굳는다. 남한수가 왜 여기 있는가. 왜 자신이 부르기 전에 왔는가. 홍진은 당황하여 잠시 할 말을 잃는다. 남한수는 그런 홍진이 재미있다는 듯 쳐다본다. 회색 눈알에 애증 섞인 동요가 일고, 홍갈색의 피부를 칼로 그은 듯한 주름이 미세하게 씰룩댄다.

 전기 나가지 않았어?

 남한수가 집 안으로 쓱 들어선다.

 우리 집 전기도 좀 전에 나갔어. 저택도 걱정되어 와봤지.

 남한수가 벗어 건넨 검은 우비를 얼결에 받아 든 홍진은 엄습하는 물비린내에 자기도 모르게 숨을 참는다. 답답함. 지독한 답답함에 숨쉬기가 버겁다. 당장 남한수를 채근하여 자초

지종을 캐물을 수 없으니 더욱 답답증이 도진다.

왜, 불만이야? 얼굴이 왜 그래. 나 그냥 갈까?

아무리 답답해도 지금 당장 홍진이 아무 말 못 한다는 걸 알기에, 남한수는 더욱 뻔뻔하게 군다.

한수 씨, 그게 무슨 말이에요. 이렇게 와줘서 너무 고맙지.

화랑이 자리에서 일어나 남한수를 반기자 곽강이 두 손을 들어 올리며 남한수의 빠른 출동에 놀라워한다.

와, 진짜 빨라. 아파트 관리실보다도 빠르잖아.

남한수는 핼끗 곽강을 한번 쳐다보고는 화랑을 향해 말한다.

보일러실에 가서 비상 발전기 좀 확인해보겠습니다.

그래요. 부탁해요.

주머니에서 작은 손전등을 꺼내어 든 남한수가 저벅저벅 주방 옆에 난 문으로 향한다. 홍진은 남한수가 어떤 속셈으로 저택에 찾아왔는지 가늠해보지만 한편으로는 그의 헛짓이나 의도에 대해 알고 싶지 않다고 생각한다. 그리고 반지하 계단 아래로 사라지는 그 뒷모습을 노려보며 남한수를 영원히 지하 창고에 묻어버리고 싶다는 충동을 느낀다. 홍진은 지하실이 검은 물속에 잠기는 상상을 한다. 발전기를 돌리던 남한수의 몸에 스파크가 튀는 장면을 상상하기도 한다. 사람을 사지에 내몰아 죽음에 이르게 하는 상상을 하는 것은 홍진의 은밀하고도 오래된 버릇이다. 현실에서 한 번도 이루어낸 적이 없을 뿐.

언제나 미수에 그치는 홍진을 비웃듯 남한수는 살아 돌아온다. 죽음이라는, 홍진의 이루어지지 않는 바람으로부터 뚜벅뚜벅 걸어온다. 홍진의 농든 어둠을 아는 자. 곪아 터진 누르께한 액체를 쭉쭉 빨아주던 자. 병균 가득한 잇몸을 내보이며 함께 떠나자고 히죽 웃던 자. 홍진은 눈을 질끈 감는다.

발전기 상태가 좀 이상하네. 여기저기 좀 살펴보겠습니다.

남한수가 손전등을 휘휘 돌리는 바람에 거실에 있는 사람들이 차례로 눈살을 찌푸린다.

천천히 하십시오. 어차피 잠은 다 잤는걸요.

희탄이 한 손으로 눈을 가리며 남한수를 향해 말한다. 젖은 잠옷 차림으로 바들바들 떨며 저택에 들어선 오영을 본 순간부터 이미 희탄은 예감하고 있었다. 갖은 수를 다 쓴다 해도 오늘 잠을 자기는 글렀다는 것을.

어…… 이 방은 불이 들어오네요.

1층 복도 끝, 화랑의 침실에서 남한수의 목소리가 들려온다.

이상하네. 왜 이 방만 불이 들어오지, 거참. 내려가서 다시 한번 살펴보겠습니다.

남한수가 재차 거실을 향해 분별없이 손전등을 흔들어댄다. 송곳처럼 눈을 찌르고 사라진 불빛 뒤로 화랑이 고갯짓을 해 보이지만 남한수는 이미 지하 창고로 내려간 뒤다.

배선에 문제 생긴 거 아니야?

불안 어린 한숨을 뱉는 곽강과 달리 오영은 이 상황에 되레 반색하며 화랑을 향해 말한다.

그래도 다행이에요, 이모. 이모라도 먼저 들어가서 좀 쉬세요. 조금이라도 눈을 붙여야 체력을 유지하죠.

어떻게 나만 혼자…….

그러잖아도 자리에 눕고 싶었던 화랑은 애매한 사양의 뜻과 망설이는 표정을 함께 내비친다.

이모가 들어가서 편히 쉬셔야 여기 남은 사람들이 더 편히 쉴 수 있다는 거 모르세요?

맞습니다, 작가님. 저희는 전기 작업 마무리되는 거 보고 쉴게요. 먼저 주무시는 게 좋겠어요.

로하가 오영의 말을 거든다. 화랑은 오영과 로하의 말에 고개를 끄덕이는 사람들을 휘둘러본 후 겸연쩍은 미소를 지으며 대답한다.

다들 어쩜 이렇게 상냥하고 너그러운지. 그럼 집주인은 먼저 들어가 쉴게요.

같이 가요, 이모. 잠자리 봐드릴게요.

오영이 화랑을 따라 자리에서 일어선다. 서둘러 일어나느라 어깨에서 떨어진 담요를, 화랑이 다시 오영의 몸에 걸쳐준다.

영아, 누가 보면 웃겠다. 이거, 과한 보살핌이야. 나 아직 그정도로 아프지 않다고.

그리고 눈을 찡긋하며 덧붙인다.

넌 로하 씨 옆에 있으렴.

이모…….

오영이 난처한 시선을 살포시 떨구어 로하에게 보내자 로하가 엷게 달아오른 눈빛으로 오영의 시선을 감싸안는다.

'아주 잘 어울리는 한 쌍이야.' 화랑은 흡족한 미소를 지으며 침실로 향한다. 그러자 기다렸다는 듯이 홍진이 화랑의 뒤를 따른다. 마치 화랑의 잠자리를 봐주는 일은 이제 영원히 자신의 몫이라고 여기는 듯하다. 오영의 시중을 마다했던 화랑은 그런 홍진을 그냥 내버려둔다. 그건 긴 세월 화랑이 홍진을 대하는 방식이었으므로.

언니, 영이 걱정은 말고 오늘은 푹 주무세요.

홍진이 침대 헤드에 몸을 기대고 앉은 화랑에게 수면제를 건넨다. 침대 아래에는 바늘과 가시가 초롱초롱히 눈을 빛내며 얌전히 발을 모으고 앉아 있다. 불빛을 쫓아 들어온 것이다. 홍진은 고양이들이 침대 위로 뛰어오를까 봐 경계 중이다.

영이는 똑똑하고 강한 아이야. 내가 걱정하지 않아도 잘 살아낼 아이지. 하지만 영이를 걱정하는 건 내 몫인걸. 알잖니. 보연을 보내고 나서 영이는 내 걱정의 전부가 되었어.

골골거리는 바늘과 가시를 다정한 눈빛으로 내려다보며 화랑이 넋두리하듯 말한다. 똑똑하고 강한 아이. 수십 년 전 홍진의 앞에서 오영의 모, 금보연을 두고 한 표현과 똑같다.
"보연은 특별해. 저 애의 특별함을 지켜주기 위해 난 무슨 일이든 할 거야. 워낙 똑똑하고 강한 아이라 내 도움 따위 필요 없겠지만. 그래도 어쩌겠어. 보연을 걱정하는 일이 내 커다란 즐거움 중의 하나가 되어버렸는걸."

홍진은 물병의 물을 유리잔에 따르며 말한다.

알고말고요. 그치만 언니, 내 걱정의 전부는 언니인 거 알죠?

홍진은 자기의 말이 화랑에게 가닿지 않음을 알고 있다. 보연과 오영을 향한 화랑의 맹세는 날카로운 창끝이 되어 홍진의 심장을 찔러대지만 홍진이 수백수천 번 소리 낸 고백은 사막의 얼음처럼 화랑에게 닿기도 전에 녹아버리고 만다. 이것은 저택에서 걸어 나오던 화랑과 처음 마주친 아홉 살, 찬란한 햇빛에 눈이 멀 것만 같았던 5월의 어느 날부터 시작된 홍진의 암묵적 자해다. 하릴없는 자해의 고통과 그로 인한 고독을 견뎌내는 것만이 화랑의 곁에 있을 수 있는 방법임을 일찌감치 깨달은 홍진은 무려 50년 동안 그 어리석은 짓을 계속해왔다. 화랑을 손 닿지 않는 곳에 올려두고 화랑이 추구하는 귀족적 삶과 화려한 은둔을 보필하는, 딱하고 아둔한 짓을.

네가 있어서 다행이야, 진아. 너에게 어찌 보답해야 할지 모르겠어.

보답이라니요. 우리가 그런 사이예요? 그런 말 하면 섭섭해요.

그래, 그래. 알았다.

화랑은 피곤한 얼굴로 낮게 웃으며 수면제를 입에 털어 넣는다. 그리고 홍진이 건넨 유리잔을 받아 물과 함께 삼킨다.

 정말이지, 이상한 일이 한둘이 아니야.

 고쳐 뉜 베개에 화랑이 머리를 기댄다.

 아무래도 송 작가에게 협박문 소재를 허락한 건 취소해야겠어. 마음이 안 좋아서 허락하긴 했지만…….

 머리가 어지러운 듯 관자놀이를 짚은 화랑은 나릿한 말투로 말을 잇는다.

 역시 이 이야기는 내가 써야…….

 언니.

 홍진이 이불을 덮어주며 말을 끊는다.

 은퇴한다고 하더니, 벌써부터 새 작품 들어갈 생각하는 거예요?

 출간을 안 한다는 거지, 글을 쓰지 않겠다는 건 아니니까.

 못 말리겠다는 듯, 홍진이 고개를 젓는다. 하지만 홍진은 알고 있었다. 화랑은 날마다 서재에 들어갈 것이다. 문을 닫고, 책상에 앉을 것이다. 책상에 앉아 펜을 들 것이다. 매일 쓰는 분량은 원고지 스무 장에서 열 장으로 줄어들고 열 장에서 세 장으로 줄어들 것이다. 급기야는 한 장도 못 채우는 날이

닥칠 것이다. 그러나 쓴다. 화랑은 쓴다. 쓰고야 말 것이다.

그것은 화랑이 이 저택에 발 디딘 순간 화랑에게 주어진 운명이자 기꺼이 받아들인 숙명이다. 걸신들린 듯 저택의 책을 읽던 아이는 쓰지 않고는 못 배기는 어른이 되었고, 이제는 책상 위에 쓰러져 죽는 것을 복으로 여기는 노인이 되어간다.

'나는 언니가 겪어온 시간을 모두 지켜본 유일한 사람이야.' 홍진은 자부한다. 화랑은 보연이 그 역할을 해주길 바랐지만 보연은 너무 일찍이 세상을 떴다. 더는 그 사특한 목소리로 세상 사람들을, 화랑을 미혹할 수 없게 되었다. 보연의 귀신 들린 듯한 목소리! 홍진이 몸서리친다. 보연에 대한 화랑의 지나친 마음만 아니었다면 홍진은 보연의 목소리를 좋아했을지도 모른다. 홍진의 마음속엔 실제로 움트지 않은 씨앗이 있었다. 보연은 홍진이 매력을 느끼기에 충분한 사람이었으니까. 양질의 영양분, 햇빛과 물만 있었더라도 호감의 씨앗은 제대로 발아했을 것이다. 하지만 그것은 일어나지 않은 일, 그리고 돌이킬 수 없는 일이다. 씨앗은 음습한 땅속에서 그대로 썩어버렸다. 홍진은 보연을 질투했다. 미워했다. 보연이 죽었으면. 보연이 죽었으면. 보연이 죽었으면. 홍진은 보연이 죽기 한참 전부터 썩은 내 나는 바람을 품었다. 그러자 보연이 정말로 죽어버렸다. 놀라웠다. 다만 놀라웠을 뿐 슬프지는 않았다. 하나도 슬프지 않았다. 날벼락 같은 비보에 애곡으로 실신한 화랑을 간호하며 홍진은 생각했다. '내가 더 빨리 죽일 수 있었는데. 내가……'

그때였다.

진아……? 나 몸이 좀…….

언니?

돌연 화랑의 가슴이 크게 한번 들썩인다. 바늘과 가시가 새끼 참새처럼 입을 벌리고 귀를 찌를 듯이 뾰족하게 울어댄다.

언니! 왜 그래요. 언니!

놀란 홍진이 다급히 화랑의 상태를 살핀다. 호흡곤란. 순식간에 파랗게 질린 얼굴. 전형적인 쇼크 증상이다.

설마 봉독……? 봉독이 왜…….

홍진의 시선이 반사적으로 물병과 물잔에 가닿는다. 하지만 이내 퍼뜩 정신을 차리고는 "에피네프린!"이라고 외친다. 벌떡 자리에서 일어난 홍진이 미친 듯이 거실로 향한다.

무슨 일이에요? 왜 그래요, 예 비서님?

다급히 달려오는 홍진을 보고 오영이 묻는다. 홍진은 오영의 목소리가 들리지 않는다는 듯이 "에피네프린, 에피네프린을……" 하고 중얼거리며 오영이 앉아 있는 소파 옆 적갈색 서랍장 앞에 무릎을 꿇고 앉는다. 그 모습을 본 오영이 상황을 간파한다.

설마, 이모 쇼크 증상 온 거예요?

그 순간 오영의 눈에 들어온 것은 충격을 받아 떨고 있는 홍진의 얼굴이다. 망연자실한 표정. 그것은 있어야 할 것이 없는 텅 빈 서랍 때문이다.

왜 그러시죠? 무슨 일입니까?

홍진의 뒤에 송자오가 서랍을 내려다보고 서 있다. 희탄과 곽강도 진작에 몸을 일으켰다.

예 비서님, 서랍에 왜 주사기가 없죠? 어디 다른 데 두었나요?

자초지종을 파악할 여유가 없음을 직감한 오영은 일단 에피네프린 자가 주사기를 찾는 것에 집중하고자 한다. 반면 홍진은 완전히 집중력을 잃은 모습이다.

아니야…… 아니야…….

홍진의 눈동자가 마구 흔들린다. 오영의 말을 듣고 있는 것 같지 않다. 극심한 혼란으로 몸이 굳은 홍진의 입술 사이에서 맥없는 소리만 새어 나온다.

난 주사기를 치우지 않았어…….

변명조의 중얼거림이다.

분명히 난 안 치웠다고…….

'안 되겠어.' 보다 못한 오영이 자리를 박차고 일어선다.

이모, 이모!

화랑의 침실로 뛰어가는 동안 오영의 심장은 두려움으로 터질 것만 같다.

이모!

단숨에 달음질하여 침대 앞에 다다른 오영의 눈에 기도가 막힌 듯 쌕쌕거리는 신음만 간신히 내뱉는 화랑의 모습이 들어온다.

안 돼…….

그대로 두면 몇 분 지나지 않아 유명을 달리할 것이다. 오영은 서둘러 침대 옆 협탁을 살핀다. 협탁 위에는 물병과 물컵, 브로치 두 개만 놓여 있다. 협탁의 서랍과 창가에 놓인 서랍장도 마구잡이로 뒤진다. 심지어 이동식 옷걸이에 걸린 가운 주머니까지 샅샅이 뒤진다.

없어…… 없어…… 예 비서님! 주사기 어디 있어요! 도대체 어디……!

황급히 뒤따라온 곽강과 희탄의 뒤로 홍진이 벌벌 떨며 서 있다. 그 모습을 본 오영은 화가 솟구친다. '왜 아무것도 하지 않는데! 왜 아무것도 하지 못하는데!' 사실 오영은 자기 자신에게 화를 내는 것이다. '이모가 눈앞에서 죽어가는데, 아무것도 할 수 있는 게 없다니.' 무력감과 함께 눈물이 차오르는 찰나,

영이 씨!

뒤늦게 나타난 로하가 사람들을 헤치고 다가온다. 때마침 오영의 눈에서 눈물이 똑 떨어지자 상기된 로하의 얼굴이 더욱 선명하게 오영의 시야 안에 들어온다.

영이 씨, 이거…….

로하가 손에 쥔 것을 내보인다. 오영의 눈이 회동그랗게 커진다. 에피네프린 자가 주사기. 로하가 화랑의 목숨을 구할 약물을 가지고 나타난 것이다. 오영은 급히 주사기를 받아 들고는 화랑의 몸을 반쯤 덮고 있던 이불을 걷어 젖힌다. 그리고 화랑의 허벅지 바깥쪽에 정확히 주사기를 꽂는다. "천천히 숫자를 세는 거야." 오영은 화랑이 했던 말을 떠올린다. "1부터 10까지. 10초 안에 나는 살아날 거야." 주사기 사용법을 알

려주며, 화랑은 그렇게 자신의 부활을 예언했었다.

1, 2, 3, 4…….

오영이 간절히 숫자를 읊는다.

5, 6, 7, 8, 9, 10.

주사기를 허벅지에서 뗀 오영은 바로 주사를 놓은 자리를 힘주어 문지른다. "한 번 더 기다려. 또 다른 10초 안에 우린 다시 눈을 마주치고 웃게 될 거야." 화랑의 예언이 맞아떨어지기를 바라며 오영은 화랑의 얼굴에서 시선을 떼지 못한다. '제발, 이모. 제발.' 화랑이 파킨슨병에 걸렸다는 걸 알고 나서도 오영은 오로지 희망만을 품고 있었다. '이모는 아직 체력도 좋은 편이잖아. 병도 초기에 발견했고 진행 속도도 느린 편이라 하고. 새로운 치료제가 나올지도 모르는 일이고.' 오영은 낙관과 씩씩함으로 마음을 무장하고는 화랑이 완쾌하는 날까지 곁에 있어주리라 굳게 다짐했다. 이렇게 허망하게 화랑을 떠나보내는 건 생각해본 적조차 없었다.

10초 지났어요, 이모.

오영이 울먹인다.

또 한 번의 10초가 지났다고요.

주사 부위에서 손을 떼고, 오영은 화랑의 이마를 쓰다듬는다.

이모…….

털썩, 화랑의 가슴 위로 오영이 얼굴을 묻는다. 어깨 위로 로하의 손길이 느껴지지만 당면한 상실이 너무 거대하여 그 어떤 위로도 제대로 받아들일 수 없다. 오영은 그대로 무너진다. 흐느낌과 함께 무너진다. 화랑의 따뜻한 가슴 위에서. 아직 따뜻한 가슴 위에서. 온기가 생생한 가슴 위로 오영의 눈물이 흐른다. 그 눈물은 화랑의 가슴골에 고여 그 가슴의 생명력으로 데워진다. 화랑의 가슴이 품은 생명력……. 그렇다. 화랑의 가슴은 식을 준비가 전혀 되어 있지 않다. 심지어 다시 뜨겁게 될 태세를 갖추고 있다. 이를 선언이라도 하듯 화랑의 가슴이 요란하게 들썩인다.

이모!

화랑이 눈을 뜬다. 숨을 쉰다. 오영을 바라본다.

작가님, 괜찮으세요?

곽강이 가슴을 쓸어내리며 다가서지만 화랑의 시선은 오영에게 고정되어 있다.

이모…….

아직 기쁨을 채 표현하지도 못하고 눈물만 흘리고 있는 오영을 화랑이 따뜻한 미소로 품는다.

내가 말했잖아. 10초 안에 우린 다시 눈을 마주치고 웃을 거라고.

이모, 정말 무서워 죽는 줄 알았다고요.

오영의 얼굴에도 그제야 미소가 번진다. 바늘과 가시가 침대 위로 폴짝 뛰어오르자 화랑과 오영의 얼굴에 더욱 진한 미소가 번진다. 그런데 화랑의 기사회생에 스스로도 의아할 정도로 안도를 느끼는 사람이 있었으니,

이게 어떻게 된 일이죠? 왜 갑자기 쇼크 상태에 빠지신 겁니까?

바로 송자오다. 송자오는 기쁨을 애써 숨기고 묻는다.

누가 손을 쓴 게 아니고서야…….

자오의 말에 공교롭게도 모두의 시선이 동시에 홍진을 향한다. 홍진이 손을 썼다고 생각하는 사람은 한 명도 없다. 다만 이 자리에서 뭔가 작은 실마리라도 말해줄 수 있는 사람은 역시 홍진뿐이라고 생각하는 것이다.

언니…….

홍진은 여전히 문밖에 서 있다. 경직된 몸의 잔떨림. 오영에게도 느껴질 정도의 긴장감이다.

물병에…… 물병에 봉독이…….

화랑은 짐작하고 있었다는 듯 고개를 끄덕이며 이마를 짚는다. 물론 화랑이 눈치챈 사실은 약을 먹느라 마신 물에 봉독이 들어 있었다는 것뿐. 누가 물에 봉독을 탔는지, 화랑은 전혀 알지 못한다.

난 아니에요…….

홍진이 낮게 중얼거리며 양손으로 치마를 꽉 움켜쥔다. 홍진의 말이 뜻밖이라는 표정으로, 화랑이 홍진을 다독이듯 말한다.

진아, 당연히 넌 아니지. 그런 말을 왜 해.

맞아요, 예 비서님. 아무도 예 비서님을 의심하지 않아요.

아무 말도 듣기 싫다는 듯, 혹은 아무 말도 들리지 않는다는 듯 홍진은 눈을 질끈 감는다.

내가 아니야……. 이번엔 내가 아니야……. 내가 아니라…….

그럼 누가 그랬습니까?

송자오의 목소리에 은은한 노기가 깃들어 있다.

내가 아니라 남한수라고! 남한수가 그랬다고!

몸에 잔뜩 힘을 준 채, 홍진이 소리친다. 홍진의 폭로에 경악한 사람들이 잠시 정적에 머무는 사이,

예홍진! 이 멍청한!

묵직한 총성 뒤로 남한수의 고함이 들려온다. 놀란 바늘과 가시가 펄쩍 뛰어올랐다가 냉큼 침대 아래로 숨는다.

자신 없으면 그냥 얌전히 있으랬지! 나 혼자 알아서 한다고!

남한수는 냉암한 얼굴로 천장을 향해 쐈던 엽총의 총구를 예홍진의 등을 향해 겨눈다.

나 혼자 망할 것 같아?

자신을 향해 천천히 뒤돌아선 홍진에게 남한수가 씨부렁댄다.

내가…… 하지 말라고 했잖아, 한수 씨.

홍진은 여전히 치마를 꼭 쥐고 있다. 치마를 쥔 손이 센바람에 솔잎 떨리듯 달달 떨린다. 하지만 홍진이 두려워하는 사람은 남한수가 아니다.

한수 씨 혼자 멋대로 한 짓이잖아.

오직 화랑만이 홍진을 두렵게 만들 수 있다. 누구보다 그 사실을 잘 알고 있는 남한수는 그래서 더욱 화가 치민다.

예홍진, 너……!

남한수가 홍진의 이마에 총구를 겨누자 오영을 비롯한 사람들이 일제히 "헉" 하고 숨을 참는다. 남한수의 굵은 검지는 금방이라도 방아쇠를 당길 것만 같다. 하지만 남한수는 이내 의미심장한 미소를 지으며 천천히 총구를 옮긴다.

무슨 짓이야, 한수 씨!

홍진이 사색이 되어 소리친다. 남한수의 총구가 향한 곳은 홍진의 어깨 너머로 보이는 화랑의 침실이다. 남한수가 홍진을 밀치고 성큼 걸음을 내딛어 화랑을 조준한다.

미쳤어?

여전히 몸의 떨림이 가시지 않은 채지만 홍진은 눈에 불을 켜고 남한수를 막아선다. 남한수가 홍진의 역린을 건드린 것이다. 감히 화랑에게 총구를 겨누다니.

그래, 미쳤다. 나 원래 이런 놈인 거 모르고 만났어?

남한수는 성정이 투박하고 잔인한 사람이다. 어릴 적부터 한수를 알아온 홍진도 그것을 모르지 않는다. 두 사람은 우늬수 마을에서 함께 자란 동네 오빠 동생 사이로, 화랑이 세 번째 결혼을 끝내고 저택으로 거처를 옮긴 후부터 은밀히 통정하고 지냈다. 홍진이 남한수를 사랑한 것은 아니었다. 그저 몸과 마음의 욕구를 해소할 데가 필요했을 뿐. 아무에게도 내보이지 못한 본성을 거리낌 없이 드러낼 수 있는 곳. 남한수는 홍진에게 그런 곳이 되어주었다. 어둡디어두운 동굴. 바닥을 알 수 없는 우물. 마음 놓고 헤맬 수 있는 땅굴. 비록 홍진에게조차 거칠게 굴고 잔정 따위 기대할 수 없는 인간이지만 대신 남한수는 지극히 단순했다. 이런 자가 어떻게 교도소 한 번 들락거린 적이 없나 싶을 정도로 뒷일을 생각하지 않고 행동했다. 기가 찰 정도의 단순함이었지만 홍진은 남한수의 그런 점이 마음에 들었다. 그래서 그 강퍅한 기질을 적당히 관리해주었다. 화랑의 심기를 맞추는 데 도가 튼 홍진에게 남한수를 쥐락펴락하기란 두부에 바늘 꽂듯 쉬운 일이었다. 남한수가 홍진을 만나기 전까지 전과가 없었던 건 순전히 운발이었지만 홍진을 만난 후 전과자가 되지 않은 건 오로지 홍진 덕분이었다. 홍진이 남한수를 위해 그리했던 것은 아니지만. 자신이 남한수를 생각하는 것보다 남한수가 자신을 생각하는 마음이 더 크다는 사실을 처음부터 알고 있었던 홍진은 남한수의 단순함을 이용했다. 가혹할 정도로 무시로.

한수 씨, 진정해. 일단 총부터 내려놓고……. 

시끄러워!

한수 씨, 제발…….

'내 말 좀 들어, 빌어먹을!' 속생각을 드러내지 않는 데 능숙한 홍진은 그동안 그래왔듯 능란하게 한수를 만류하면서도 한편으로는 바짝 타들어가는 입술을 슬그머니 깨문다. 상황이 걷잡을 수 없이 나빠질 것 같다는 불길한 예감 때문이다.

이렇게까지 할 거 있어? 그냥 원하는 걸 가져가면 되잖아.

남한수가 바로 대꾸를 하지 않는 게 좋은 신호라고 판단한 홍진은 냉큼 뒤를 돌아보며 화랑을 향해 묻는다.

그쵸, 언니? 한수 씨가 뭘 원하든 가져가게 둘 거죠? 아무도 막아서지 않을 거죠?

한수가 원하는 게 뭔지 가늠조차 하지 못하면서도 화랑은 조용히 고개를 끄덕인다. 그게 무엇이든 여기 있는 사람들의 안전보다 중요하지는 않음을 알리는 무언의 고갯짓이다.

것 봐. 언니도 괜찮다고 하잖아. 어차피 총 든 사람한테 덤빌 사람도 없어.

남한수를 살살 달래며, 홍진은 낮에 그와 나눴던 통화를 떠올린다. "화랑이 오영한테 저택을 물려주기 전에 오영을 죽여버리겠어." 제대로 된 계획 없이 섣불리 나서지 말라는 홍진의 만류를 무시한 채 남한수는 자기 생각에 취해 계속 지껄였다. "어차피 제갈가든 김가든 그쪽 사람들은 이 저택에 조금도 관심 없어. 화랑의 병세가 심해진다고 해도 누구 하나 여기까지 찾아올 것 같아? 오영만 사라지면 돼. 오영만 사라지면 된다고." 흥분한 남한수와 말이 통하지 않을 것 같자, 홍진은 자기도 모르게 언성을 높였다. 바로 이 순간을 자오가 목격했던 것이다.

깔끔하게 원래 목적만 이루고 떠나면 돼, 한수 씨.

'망할 놈, 그만 입 닫고 얼른 사라져.' 남한수 때문에 오후 내내 머릿속이 복잡했던 홍진이 간절한 목소리로 애원한다.

한수 씨, 제발.

……좋아, 그럼.

한수의 대답에 홍진은 그제야 안도의 한숨을 내쉰다.

다들 허튼짓하면 끝장이야.

남한수는 총신을 오른쪽으로 기울여 방 안의 사람들을 겨누며 윽박지른다.

어이…… 뭘 원하는지는 몰라도 사람은 해치지 말라고.

곽강이 양팔을 번쩍 들어 올리며 평소보다 작은 목소리로 말한다.

시끄러워! 입 다물고, 한 명씩 차례대로 나와.

그치만 아저씨, 이모는 아직 함부로 움직이면 안 돼요. 병원에 가서 추가 조치를 받아야 한다고요.

오영의 호소에 남한수는 오영을 향해 총구를 겨누며 성질을 낸다.

입 다물랬지! 업든 끌든 어떻게 해서라도 데리고 나와. 그 대단하신 작가님은 내가 인질로 모실 테니까.

그게 무슨……!

오영이 발끈하자 화랑이 다급히 자리에서 일어선다.

알았네, 알았어. 영아, 나 괜찮아. 부축만 좀 해주면 움직일 수 있어.

오영은 남한수를 노려보며 화랑의 거동을 돕는다. 오영을 따라, 로하도 화랑을 곁부축한다.

아, 도대체 뭘 원하는 건데.

거실로 나온 곽강이 역시나 작은 소리로 투덜거리자, 뒤따라 선 희탄이 말을 아끼라는 의미로 곽강의 어깨를 툭 친다. 지금은 바짝 몸을 낮추는 편이 낫다고 여긴 것이다. 하지만 남한수는 이제 곽강의 주절거림 따위엔 관심 없다는 듯 뒤늦게 거실에 들어선 화랑을 향해 묻는다.

비밀번호 뭐야?

비밀번호……?

그래. 지하 창고 비밀번호.

그제야 화랑은 깨닫는다. 남한수가 원하는 것. 그것은 바로 지하 창고에 있는 부이의 그림이다. 백 점에 달하는 부이의 작품들.

그림이 탐나서 이러는 거라고?

당신 같은 부자에게야 그깟 그림 따위 별거 아니겠지. 그런데 당신이 지하실에 처박아놓은 그 그림들이 나 같은 사람한테는 노다지나 다름없다고.

화랑을 향해 이죽거리는 남한수의 눈동자에서 불꽃이 튄다. 그토록 경멸하는 부자가 되지 못해 안달 난 나머지 자기 자신마저 태워버릴 것만 같은 불꽃이다.

그림을 손에 넣는다 해도, 어떻게 팔려고? 훔친 그림을 팔 방도는 있나?

그건 나랑 홍진이 다 알아서 할 거니까 걱정 말고.

한수의 말에 화랑의 시선이, 아니 모두의 시선이 홍진에게로 향한다.

무슨 헛소리야!

홍진이 파르르 몸을 떨며 소리친다.

언니, 나는 한수 씨랑 한패가 아니에요. 동조한 적 없다고요.

안절부절못하는 홍진을 보며 남한수가 재미있다는 듯 한쪽 입꼬리를 올리고 웃는다.

그렇게 말하면 섭섭하지, 홍진.

홍진은 눈을 질끈 감으며 남한수가 주절댔던 계획을 떠올린다. 화랑의 병증이 악화하여 거동이 힘들어지면 그때 함께 부이의 그림을 훔쳐내자고. 그러니 어떻게든 화랑을 구워삶아 비밀번호를 알아내라고. 그러기 위해선 오영이 죽어야 했다. 오영이 있는 한 오영의 눈을 피해 부이의 그림을 빼돌리는 건 불가능할 테니까. 그런데 예정보다 서둘러야 하는 상황이 되었으니, 화랑이 손님들이 찾아오기 직전에야 "상속 절차를 마무리하게 파티를 마무리할 즈음에 변호사를 불러줘"라고 일렀기 때문이다. 만약 오영이 저택의 법적 주인이 된다면 그때 가서 오영을 죽인들 일이 생각보다 골치 아파질 수 있었다. 그러자 남한수가 자기만 믿으라며 큰소리쳤다. 믿을 사람을 믿어야지, 남한수를 믿는 게 아니었는데.

홍진은 남한수가 한심하기 짝이 없었다. 그렇게 허세를 부리더니 결국 볼품없이 실패하지 않았는가! '오영 하나도 제대로 처리하지 못하다니.' 오영을 죽이는 데 실패한 남한수는 금세 또 화랑을 죽이려 들었다. 홍진에게 알리지 않고 멋대로 저지른 짓이었다. 아마도 화랑이 죽고 어수선한 틈을 타 그림을 빼돌릴 생각이었을 것이다. 남한수의 말대로 김가와 제갈가 사람들은 저택은 물론 부이의 그림에도 별 관심이 없기에 그리 터무니없는 생각은 아니었다. 게다가 화랑의 죽음은 오영을 크나큰 충격과 슬픔에 빠져들게 할 테니 잘만 하면 오영의 눈을 가릴 수도 있을 터였다. 물론 홍진이 돕는다는 가정하에 말이다.

난 진짜 아니에요. 난 말렸다고요.

홍진의 말은 사실이다. 수화기 넘어 남한수가 오영 살해 계획을 알렸을 때, 홍진은 사정하기도 하고 화를 내기도 하며 남한수를 제지하려 애썼다. 도무지 남한수의 머리에서 나온 계획을 신뢰할 수가 없었기 때문이다. 제발 남한수가 말을 알아먹기만을 바라며, 하려면 제대로 해야 한다고, 좀 더 시간을 갖자고 설득했는데…… 결국 이렇게 되었다. 남한수는 홍진이 생각했던 것보다 훨씬 몰상식하고 충동적이고 제멋대로인 인간이었다.

설마 날 의심하는 거예요? 아니죠? 언니, 나 믿죠?

'가닿지 않고 있구나. 역시 내 말은 언니에게 가닿지 않아.'
바람벽 같은 화랑의 표정을 보며 홍진은 철렁 심장이 내려앉는 듯하다.

 난 억울해요…….

 덧없는 읍소라는 것을 홍진도 안다. 화랑은 이미 홍진 그리고 남한수와 연루된 지난 시간을 빠르게 복기하며 자신이 무엇을 놓쳤는지 가늠하고 있다. 한번 의심하려고 들면 끝없는 의심이 가능하다. 홍진은 신뢰를 회복하기 어려울 것이다.

 난 정말 억울하다고요.

 하지만 홍진은 진정으로 억울한 자가 아니다. 억울한 자가 될 수 없다. 거듭된 미수로 진범이 된 자. 그게 홍진이었다.

 불쌍하다, 불쌍해.

 이런 홍진을 비웃으며 남한수가 이죽댄다.

 그놈의 언니, 언니…… 난 언제나 뒷전이었지. 근데 지금 봐봐. 너의 그 대단한 언니가 널 보는 눈빛을. 너도 이제 끝났어. 다 끝났어. 나와 함께 가자, 홍진.

 미친 소리 작작해.

 홍진이 경멸조로 쏘아붙인다.

 너야말로 그러다가 미쳐. 홍진 넌 나랑 같이 있을 때 가장 너다운 모습으로 있을 수 있다고, 네가 네 입으로 그랬잖아?

그림을 팔면 나도 이제 부자야. 그러니까…….

작작 좀 하라고!

홍진이 귀를 막고 소리친다.

제발 얼른 그림 챙겨서 꺼져! 꺼져달라고!

남한수의 눈동자가 흔들린다.

남한수 네까짓 게! 네까짓 게 나랑 무슨 사이라도 된다는 거야? 관심 좀 줬다고 주인 찾은 개처럼 꼬리 흔든 건 너잖아! 근데 이젠 날 물려고 들어?

남한수에게서 몸을 돌린 홍진이 화랑 쪽으로 한 발 다가서자, 화랑 옆에 있던 오영과 로하가 막아선다.

언니, 저놈 말 믿지 말아요. 우리가 어떤 세월을 함께했는데, 설마 내가 언니를 해치려고 했겠어요?

그러자 남한수가 싸늘하게 코웃음 치며 끼어든다.

그래. 오늘 물에 봉독을 탄 건 나지. 맞아. 그건 내가 한 짓이야.

그럼 저택에 전기가 나간 것도 남한수 씨가 손쓴 겁니까?

내내 말없이 상황을 지켜보던 희탄이 드디어 입을 뗀다.

그뿐일까. 핸드폰 중계기 전원도 내가 내렸지. 내가 아니면 누가 그랬겠어?

정전 상황을 확인한다는 구실로 작가님 방에 들어가서 준비해 온 봉독을 탔군요. 거실 협탁 서랍에 있던 자가 주사기는 미리 치워두었을 테고요.

어깨를 으쓱한 남한수가 홍진을 향해 비열한 미소를 날리며 말한다.

그 주사기가 사연이 많아. 일전에도 한번 치워둔 적이 있었거든. 일이 실패하는 바람에 다시 돌려놓긴 했지만…….

남한수……!

홍진이 한수의 입을 막으려 다급히 소리친다.

무슨 일을 실패했다는 거예요, 아저씨?

오영의 물음에 남한수는 홍진을 노골적으로 쳐다보며 이죽댄다.

왜, 겁나?

남한수의 한쪽 입꼬리가 비스듬히 올라간다.

장미 가시에 봉독을 묻혀서 네가 사랑해 마지않는 언니를 죽이려 했다는 게 들통날까 봐 겁나냐고!

그건 실패한 게 아니야!

홍진이 비명과도 같은 소리를 내뱉는다.

실패가 아니라…… 내가 멈춘 거야. 도저히 할 수가 없어서,

일부러 내가 먼저 가시에 찔린 거라고······.

그게 무슨 말이에요, 예 비서님?

오영이 믿기지 않는다는 투로 묻자 홍진은 돌연 공격적인 눈빛으로 오영을 쏘아본다.

이게 다 너 때문이야, 오영.

네?

너만 없었으면! 너만 이 저택에 발을 들여놓지 않았으면!

진아······.

화랑이 복잡한 표정으로 홍진을 부른다. 그런 화랑을 바라보는 홍진의 눈에 눈물이 차오른다.

오영에게 이 저택을 물려주겠다고 하는 언니의 말을 들은 순간······ 너무 화가 났어. 왜? 왜 오영이야? 저택을 물려줄 정도로 오영을 아낀다고? 오영은 되는데 난 왜 안 돼? 오영도 가질 수 있는 저택을 왜 난 가질 수 없어?

저택은 핑계일 뿐이다. 화랑이 없는 저택은 홍진에게 미완의 영조물에 불과하다. 홍진을 화나게 한 것은 오영을 아끼는 화랑의 마음이었다. 금보연에 이어 보연의 딸까지. 도대체 화랑이 왜 이 두 사람에게 꼼짝달싹 못 하고 전심으로 애정을 구걸하는지 이해할 수 없었다. 40여 년 전 홍진은 보연이 미운 나머지 보연을 죽이고 싶었다. 화랑이 입만 열면 금보연 타령을 해댔기 때문이다. 홍진은 보연을 본 적도 없으면서 보연이 사라졌으면 했다. 그러다 보연이 저택을 방문한 날, 마침내 기회를 잡았다. 검은색 원피스를 곱게 차려입고 나타난 보연을 보며 이야말로 귀신이 선사한 기회라고 생각했다. 우늬수 마을에서 나고 자란 홍진이기에 말벌집이 어디 있는지 잘 알고 있었다. 검은색 옷을 입은 등산객들이 말벌에게 공격당한 경우도 숱하게 보고 들었다. 그래서 보연을 우늬숲으로 데리고 갔다. 아무것도 모르는 보연은 홍진을 잘 따랐다.

그때 보연을 죽였어야 했어!

열일곱의 보연이 죽었으면 지금의 오영도 없었을 것이다.

벌떼에 쏘여 죽게 내버려뒀어야 했다고!

홍진은 두고두고 후회했다. 막상 보연이 벌떼에게 쫓기자 마음이 약해져서 구해준 것을 매일같이 후회했다.

그게…… 무슨 말이니, 진아?

화랑의 얼굴이 굳어진다.

내가 보연을 죽일 뻔했어. 그리고 언니도 죽일 뻔했지. 화가 나서 견딜 수가 없었거든. 너무 화가 나서…….

비극의 절정에 이르러서야 홍진은 이 모든 일의 시작점이 오영도 보연도 화랑도 아닌 자기 자신이었다는 사실을 깨닫는다.

언니한테 너무 화가 났다고…….

화랑이 "영이에게 저택을 물려줄 생각이야"라고 말했을 때, 홍진은 오영보다 화랑이 더 미워졌다. 그래서 남한수에게 부탁해 봉독을 구했고, 그 봉독을 화랑이 가장 좋아하는 장미꽃인 레이디스 보이스의 가시에 발라두었다. 얼마 전부터 장미를 다듬을 때마다 어김없이 가시에 손을 찔리는 화랑을 눈여겨보고 계획한 일이었다. 물론 홍진은 화랑이 파킨슨병에 걸렸을 거라는 생각은 꿈에도 하지 못했다. 손을 찔릴 때마다 나이 탓을 하는 화랑의 말을 철석같이 믿었기 때문이다.

맙소사, 진아…….

화랑의 믿을 수 없다는 표정. 홍진은 절규한다.

왜! 왜 나는 안 되는데!

하지만 모든 것이 끝났다는 절망 속에서도 홍진은 후회하지 않는다. 화랑을 만나고, 화랑을 사랑하고, 화랑을 돌보고, 화랑을 죽이지 않은 모든 시간을 후회하지 않는다. 시간을 되돌린다 해도 홍진은 화랑을 죽이지 않을 것이다. 죽이고 싶지만 죽일 수 없어서 대신 자기 손을 찌를 것이다.

나는 도대체 언니한테 뭐야? 범인으로 생각할 수조차 없는, 시시한 존재?

홍진의 눈에서 눈물이 줄줄 흘러내린다. 화랑은 노기를 누르며 홍진을 바라본다.

너에게 남길 것은 따로 넉넉히 마련해두었는데…….

하지만 무엇을 남겼어도 홍진에겐 부족했을 것이다. 홍진이 가지고자 했던 것은 단 하나, 오직 화랑의 순정이었기에.

그때 다시 한번 총탄의 굉음이 울려 퍼진다.

절절하다, 절절해.

남한수가 비꼬듯 말하며 총신을 흔든다.

진실을 알게 해주었으니 감사하는 의미로 알려주쇼. 비, 밀, 번, 호.

총을 또 쏠 필요는 없어요, 한수 씨. 감사의 뜻은 아니지만, 어차피 알려주려고 했으니까.

화랑의 입술 사이로 옅은 한숨이 새어 나온다.

비밀번호는…… 오영오영이에요.

오영오영?

황당해하는 남한수의 시선을 정면으로 느낌과 동시에 화랑은 달뜬 오영의 눈빛이 오른쪽 뺨에 와닿는 것을 느낀다.

오영오영…… 그래, 왜 아니겠어. 당연히 오영오영이겠지. 이렇게 쉬운 걸 여태 눈치채지 못했다니, 우습기 짝이 없군. 안 그래, 홍진?

홍진이 아랫입술을 꽉 깨문다. 남한수는 만족스러운 얼굴로 창고 문을 향해 걸음을 옮긴다. 그리고 잠금장치의 비밀번호를 누른다. 이윽고 문이 열린다.

자, 한 명씩 내려가서 그림을 옮겨.

백 점이 넘는다며. 그걸 다 옮겨 오라고?

곽강이 눈치 없이 투덜대자 희탄이 제발 입 좀 다물라고 웅얼거리며 곽강의 옆구리를 찌른다.

홍진 넌 팬트리에서 비닐을 가져와서 그림을 내오는 대로 포장해.

홍진을 향해 고갯짓한 남한수가 총구로 화랑의 등을 찌르며 말을 잇는다.

작가님은 나랑 같이 있자고. 다들 조금이라도 허튼짓하려고 했다가는 작가님 심장에 구멍 나는 수 있으니 주의하라고.

등을 떠밀린 화랑은 힘없이 움직여 소파에 앉는다.

자 자, 나머지는 다 창고로 내려가.

화랑이 그림을 내어주기로 결정한 이상 고분고분 따르는

수밖에 없음을 모두 알고 있다. 결국 오영과 로하를 선두로 희탄과 곽강, 송자오도 창고 앞으로 이동한다.

제가 먼저 내려갈게요.

계단을 내려간 로하는 얼마 안 가 자기 키의 절반 정도 되는 크기의 정사각형 그림을 들고 나온다. 그림을 건네받은 홍진은 말없이 그림을 포장한다. 로하에 이어 오영이, 희탄이, 곽강과 송자오가 창고로 향한다. 그리고 다시 로하의 차례. 침묵 속에서 계단을 오르내리는 일이 반복된다. 고된 일이지만 속히 이 상황을 끝내고 싶다는 생각은 모두 똑같은지라 한 명도 게으름 피우는 사람이 없다. 트럭에 가서 비닐을 더 가져오라는 남한수의 명령에도 고분고분 따른다.

날씨가 더 안 좋아졌어요.

밖에 나선 오영이 로하의 옆에 바짝 붙어 서며 속삭인다. 뒷문 근처에 주차된 트럭까지 고작 몇 걸음이면 닿을 거리지만 파도처럼 몰아치는 비바람에 눈을 뜨기가 힘들 정도다.

영이 씨, 이거라도 입어요.

로하가 점퍼를 벗어 오영의 어깨에 걸쳐놓고는 아이를 다루듯 한 팔 한 팔 조심스럽게 잡아 소매에 끼운다.

서둘러.

번개와 천둥이 시차를 두고 찾아오기를 거듭하자 남한수가 초조한 목소리로 닦달한다.

한가한 짓 하지 말라고.

인질들에게 한가할 틈은 허용되지 않는다. 하지만 위기를 함께 하는 두 사람의 로맨스는 바쁜 틈을 비집고 몸체를 부풀린다. 오영은 하얀 입김 너머 로하의 몸짓을 눈에 새기고, 로하는 장대비 사이 오영의 낯빛을 눈여겨 살핀다. 그렇게 서로가 서로를 안쓰러워하기도 하고 믿음직스러워하기도 하는 동안 밤의 절반이 훌쩍 지나고, 비닐에 쌓인 그림들은 거실에서 트럭으로 모조리 옮겨진다.

좋았어.

로하가 마지막 그림을 트럭에 싣자 쾌조의 마무리를 자신한 남한수는,

홍진아, 홍진아.

음흉한 미소를 띤 채 홍진을 돌아본다.

마지막 제안이야. 나랑 같이 가자.

……싫어.

홍진이 몸서리치며 대답한다.

끝까지 멍청하군.

세상에서 자기가 가장 똑똑하다는 듯 남한수가 오만하게 눈을 부라린다. 홍진이 괘씸하기 짝이 없다는 눈빛이다. 하지만 이내 트럭에 가득 실린 그림들을 떠올리며 마음의 평정을 찾는다. 치정의 번뇌를 잊게 해주는 돈에 대한 탐욕. 사포와 같던 남한수의 낯짝에 돌연 기름기가 돌고 광대가 번들거린다. 남한수는 득의양양해하며 주변을 돌아본다. 후련한 기분으로 돌아보는 듯도 하고 뭐 놓친 것이 있나 싶어 확인하는 듯도 하다.

그래, 그렇지. 이것도 챙겨 가야지.

남한수가 책 더미 앞으로 다가선다. 정확히는 책 더미 앞에 놓인 부이의 그림으로 향한다. 책을 읽고 있는 부이의 자화상. 하지만 남한수는 그림을 보고 있으면서도 보고 있지 않다. 그림의 내피에 이를 수 없는 자에겐 그림도 의미를 드러내지 않는 법. 그 어떤 방법으로 그림을 손에 넣어도 남한수와 같은 자는 결코 소유할 수 없을 것이다.

그런데 그때,

그건…… 그 그림 하나는 남겨주십시오.

자오가 나선다. 하지만 자오를 응원하는 사람은 없다. 모두 만류하는 표정으로 자오를 쳐다본다.

그렇게 말하니 더더욱 챙겨 가야겠군. 귀한 그림인가 본데.

남한수가 허리를 굽히고 그림을 들어 올리려 하지만 좀처럼 가뿐히 들어 올리지 못한다. 제아무리 기골이 장대해도 남자 둘이 들어야 하는 것을 혼자 들기란 쉽지 않다. 하지만 남한수는 무슨 고집이 생겼는지, 재차 혼자 힘으로 그림을 들어 올리려 한다. 우악스럽게, 포악하게. 그림을 들어 올린다. 단 한 번도 저택 밖으로 나가본 적 없는 그림을. 누군가가 가장 사랑했던 그림을. 훔치려 한다. 훼손하려 한다. 능욕하려 한다.

네 이놈!

남한수는 환청을 듣는다. 송곳처럼 귀에 꽂힌 소리가 환청이라 믿는다.

네 이놈!

눈앞이 번쩍번쩍하다. 번개로 세상이 명멸한다. 곧이어 천둥이 친다. 뇌음이 세상을 집어삼킨다.

네 이놈!

벼락이 내리꽂힌다. 창밖의 이팝나무가 반으로 쪼개진다. 쪼개진 나무가 쓰러지면서 창문을 박살 낸다. 유리 파편이 사방으로 튄다. 구석에 숨어 있던 고양이들이 뭐에 씐 듯 뛰쳐

나와 날뛰기 시작한다. 가장 흥분한 것은 검은 털을 바짝 세우고 앵앵대는 침이다.

저리 가!

남한수가 소리를 지르며 침을 향해 발을 들어 올린다.

저리 가라고! 이 재수 없는……!

안 돼!

오영이 움직인다. 남한수가 또 침을 깔아뭉개기 전에 몸을 던진다. 그런데 그 순간 오영보다 빠르게 남한수를 향해 달려든 것은 새끼를 위해선 위험을 마다하지 않는 어미 고양이 못이다.

으악!

못이 남한수의 손등을 문다. 날카로운 송곳니로 손등에 구멍을 낸다. 지난날 구멍을 냈던 자리에 또다시 구멍을 낸다. 놀란 남한수가 그림을 떨어뜨린다. 하필 자기 발등 위로 떨어뜨린다. 천박한 외마디 비명이 터져 나온다. 남한수의 몸이 휘청거린다. 중심을 잃고 뒤로 쓰러지려는 찰나 남한수는 어리석은 본능에 따라 양팔을 내뻗는다. 책 더미의 책을 자기 쪽으로 끌어당긴다. 책이 얼마나 무서운 줄도 모르고.

와르르 책이 쏟아져 내린다. 산사태처럼 무너져 남한수의 총과 몸을 깔아뭉갠다. 짓이겨진다. 비루한 몸뚱이가 짓이겨진다. 책의 모서리에 찔리고 종이의 단면에 쓸리고 장엄한 무게에 으깨진다. 신난 고양이들이 목청을 높인다. 천둥소리에 가시가 돋는다. 벼락에 꽃이 핀다. 무지한 존재 위에 언덕이 생긴다. 책으로 만들어진 봉분이.

죽었겠지?

곽강이 벙벙한 얼굴로 중얼거린다. 다들 보고도 믿지 못하겠다는 듯 어리둥절해하기는 마찬가지다. 오영은 저도 모르게 로하의 손을 꼭 잡는다. 그리고 귀신에 홀린 것처럼 읊조린다.

저 속에서 살아나올 수 있는 사람은 없어.

# 9
# 편폐*

 오영은 틀렸다. 책의 물성에 기인한 비극은 사실 웃을 수 없는 희극에 가깝다. 남한수는 죽지 않았다. 책 더미는 남한수를 충분히 깔아뭉갠 후 숨을 붙여두었다. 봉분을 해체하는 작업, 즉 남한수의 몸을 덮은 책들을 옮기는 작업을 마뜩해하는 사람은 없었으나 그렇다고 생사를 확인하지도 않고 그대로 둘 수는 없는 노릇. 희탄이 먼저 나서자 다들 마지못해 따른다. 그리하여 마침내 남한수의 몸이 드러나고,

 아직…… 살아 있습니다.

 희탄이 모두에게 공표한다. 남한수의 숨과 맥을 확인한 사

---

\* 편백되게 특별히 사랑함.

람들의 마음에 아쉬움과 안도감이 나란히 찾아든다. 가장 냉소적인 반응을 보이는 사람은 홍진이다. 찢어지고 멍든 남한수의 얼굴을 내려다보는 홍진의 얼굴은 싸늘하기만 하다.

이제 어떡하지?

곽강이 오영을 쳐다보며 묻지만 오영도 선뜻 대답을 내놓지 못한다. 그때 이른 새벽 푸른빛이 내려앉은 바깥 풍경에 시선을 두었던 로하가 핸드폰을 확인하며 말한다.

비는 좀 사그라들었는데 핸드폰이 불통이니 병원으로 옮겨야겠네요.

아, 뭐야. 이 망할 놈을 우리가 직접 병원으로 실어 날라야 한다고?

곽강이 힘들어죽겠다는 듯 인상을 찌푸린다. 곽강뿐 아니라 모두의 얼굴에 피곤한 기색이 역력하다. 그중에서도 녹초가 된 사람은 당연히 화랑이다.

정말 믿을 수 없는 하루였어.

화랑이 소파에 털썩 기대어 앉으며 한숨을 토해내듯 말한다. 급격히 피곤해하는 화랑을 보니 오영은 불현듯 걱정이 밀려온다.

이모, 얼른 채비해서 병원에 가요. 병원에 가서 추가 조치를 받아야…….

나는 됐다. 제때 주사를 맞은 덕에 괜찮아졌어.

손을 내저은 화랑은 마침 생각이 떠오른 듯 로하를 보며 묻는다.

그런데 참…… 주사기는 어떻게 찾은 거예요, 로하 씨?

아…… 그건 찾은 게 아닙니다.

그럼?

실은 저도 봉독 알레르기가 있습니다. 그래서 항상 주사기를 휴대하고 다니지요. 벌을 키우는 일을 하다 보면 아무래도 위험한 상황이 종종 생길 수 있으니까요.

봉독 알레르기가 있는 사람이 양봉원을 운영한다고?

뭐 이런 사람이 있냐는 듯, 곽강이 로하를 쳐다본다. 그옆에 이미 전후 사정을 다 알고 있다는 표정으로 로하를 바라보고 있는 오영 때문에 곽강은 더욱 속이 시끄럽다. 반면 오영과 로하를 바라보는 화랑의 얼굴엔 인자한 미소가 번진다.

책이 위험한 줄 알면서 책과 사랑에 빠지는 사람이 있듯 벌이 위험한 줄 알면서 벌과 사랑에 빠지는 사람도 있는 거지.

그런데 그런 화랑을 빤히 쳐다보던 송자오가 갑자기 큭큭 괴상한 웃음을 흘린다.

'위험한 줄 알면서도 사랑에 빠진다'라…….

자오의 실소는 계속된다. 무례한 웃음이지만, 화랑은 담담하게 자오가 무슨 말을 할지 기다린다.

그 끝이 어떨지 생각해본 적은 있습니까, 제갈화랑 작가님?

공격적인 눈빛으로, 자오가 화랑을 맞본다. '뭐야, 아직 뭐가 더 있는 거야?' 심상치 않은 분위기를 느낀 오영이 다시 반사적으로 긴장 상태에 돌입하려는데,

송 작가…… 아니, 시호야.

'시호? 이모가 방금 송 작가를 시호라고 부른 건가?' 오영의 관심은 이제 화랑에게 적개심을 드러낸 자오보다 그를 자오가 아닌 다른 이름으로 부른 화랑에게 쏠린다. 어쩐지 슬퍼 보이는 화랑의 얼굴. 오영은 자오를 바라보는 화랑의 눈빛에서 안타까이 일렁이는 연민의 감정을 읽는다.

설마 했는데…… 역시 다 알고 있었군.

자오의 목덜미에 힘이 들어간다.

알고 있었으면서, 왜…….

왜 아무 말도 하지 않았느냐고?

화랑이 자리에서 일어나 말을 잇는다.

파티가 끝나고 우리 둘만의 시간을 가지고 싶었어. 대화로 오해를 풀고 싶었단다. 시호야, 난 네 아버지를 버리지 않았어. 네 아버지는……

거짓말!

시호야.

아버지를 죽이고, 날 버렸잖아! 단 한 번도 날 찾아오지 않았잖아!

자오의 외침이 꿀렁인다. 고개를 떨군 채 어깨를 떠는 자오를 향해, 화랑이 조심스럽게 다가간다.

미안하다, 시호야. 널 보러 가지 않아서 미안해.

화랑의 건조한 시야에 잔뜩 성이 난 어린아이가 들어온다. 눈앞 장성한 남자의 모습에 사랑을 달라 떼쓰던 열한 살 아이의 모습이 겹친다. 여느 어머니처럼 화랑이 자신을 다정히 재워주기만을 바랐던 작달막한 소년의 모습이. 하지만 송자오든 송시호든 화랑은 여전히 그의 어머니가 되어줄 자신이 없다. 다만 이 순간만큼은 열한 살 송시호의 슬픔에서 벗어나지 못한 송자오를 가여이 여기고 품어주고 싶을 뿐이다.

그런데 화랑이 미처 팔을 뻗어내기도 전에,

작가님! 작가님!

쾅쾅 현관문이 울린다. 난데없는 소리에 놀라 다들 멀뚱멀뚱 현관만 쳐다보는데 돌연 익숙한 몸놀림으로 나서는 사람이 있으니, 바로 홍진이다. 홍진은 마치 아직도 자신이 화랑의 비서인 줄 아는 듯 그리고 앞으로도 변함없으리라 믿는 듯 수십 년간 몸에 밴 습성대로 움직인다.

오름 씨?

문밖에 서 있는 사람은 놀랍게도 오름이다. 오름은 문이 열리자마자 우산을 내팽개치고 뛰어 들어온다.

작가님!

오름의 등장과 함께 새벽의 비 내음이 훅 밀려들어 온다. 단박에 홍진을 밀치고 자오를 제친 오름이 와락 화랑의 품으로 달려든다.

얼마나 걱정했는지 몰라요.

'걱정? 누가 누굴 걱정했다는 거야. 걱정은 자기가 끼쳤지.' 자신을 밀어내고 화랑에게 안긴 오름을 쳐다보는 홍진의 얼굴에 파르르 경련이 인다. 마지막의 마지막 순간까지 홍진은 화랑의 주변인을 의식할 것이다. 화랑을 사랑하는 사람들, 그리고 화랑이 사랑하는 사람들을 경계할 것이다. 살아서 수문장을 자처했던 홍진은 죽어서도 기꺼이 수문신으로 거듭날 것이다. 그 마음이 영원히 보답받지 못할 것을 받아들이지 못한 채. **하지만 때로 어떤 귀신은 끝내 사람을 이기지 못한다.**

얼마나, 얼마나 걱정했는지 몰라요.

젖은 머리카락을 화랑의 가슴에 비비며 오름이 어리광을 피우듯 말한다. 마치 자신은 순정에 대한 보답을 받아내고야 말겠다는 듯이. 귀신이든 사람이든 덤벼보라는 듯이. 홍진은 그런 오름의 뒤에서 작고 작고 또 작아져서 마침내 사람도 귀신도 아닌 무엇이 된다.

열흘 뒤. 화랑의 저택에 다시 손님들이 모여든다. 폭우로 망가진 장미 정원은 정원사의 손길이 닿지 않아 여전히 엉망이다. 두 동강이 나서 쓰러진 이팝나무는 정원에 방치되어 있고, 이팝나무가 부순 창문은 커다란 비닐 장막으로 겨우 가려져 있다. 얼핏 보면 폐가처럼 보이기도 하지만 담벼락 아래 아무렇게나 방치된 장미 덩굴 위로 쏟아지는 찬란한 햇빛과 사람이 관리하지 않은 수풀이 더 좋다는 듯 뛰어다니는 고양이들 덕분에 저택엔 아직 잔잔한 활기가 흐른다.

작가님! 이거 제가 유럽에서 공수한 빈티지 와인입니다. 은퇴 번복하신 거, 감사드리는 마음에서…….

곽강이 알토란 같은 얼굴에 싱글벙글 웃음을 가득 담고 와인을 건넨다.

계속 쓰겠다는 말은 아니라고 했지. 한 편만 더 쓸 거야, 딱 한 편만.

에이, 쓰다 보면 또 다음 작품도 쓰고 싶어지실걸요?

능청스럽게 구는 곽강을 흘겨보는 화랑의 입 주변으로 호수에 물결이 일듯 가는 주름이 진다. 화랑도 힘닿는 데까진 곽강을 돕고 싶다. 다만 자신에게 남은 시간이 얼마나 되는지 알지 못할 뿐이다.

글쎄다. 그럴지도 모르지.

손님들을 따라 들어온 바늘과 가시가 가볍게 몸을 날려 화랑의 양 옆자리를 꿰찬다. 화랑이 양손으로 두 고양이의 정수리를 쓰다듬으며 말한다.

어쨌든 한 편을 더 쓰든 두 편을 더 쓰든, 은퇴 선언을 번복한 건 민망하구나. 그래도 어쩌겠니. 이번 일을 겪고 나니 쓰지 않고는 배겨내지 못하겠는걸 어떡하겠어.

곽강과 오영, 로하, 희탄 그리고 오름을 휘둘러보는 화랑의 얼굴에 겸연쩍어하는 기색이 역력하다.

늙은이의 변덕에 외려 다들 기뻐해줘서 정말 고마워요.

별말씀을 다 하세요. 작가님이 번복해주셔서 저희가 감사하죠.

화랑의 옆 소파 팔걸이에 걸터앉은 오름이 화랑의 어깨에 손을 올리며 말한다. 화랑의 곁이 제자리라는 듯 구는 건 오름만이 아니다. 바늘과 가시가 화랑의 옆자리만으로는 성에 안 찬다는 듯 아예 화랑의 무릎 위로 올라앉는다. 화랑의 무릎을 자기들의 애착 방석 정도로 여기는 게 분명하다.

게다가 오늘 드디어 지난번에 못 한 신작 소개도 해주신댔잖아요. 얼마나 기대가 되는지 몰라요.

오름의 눈동자가 초롱하게 빛난다. 곽강은 출판사 대표로서 마땅히 자신이 해야 할 말을 새치기당했다는 생각에 눈을 가늘게 뜨고 오름을 쳐다본다. '이렇게 종잡을 수 없는 사람은 처음이란 말이야.' 좌중을 압도하는 카리스마와 무게감으로 연기자로서 탄탄한 입지를 구축한 사람이 실제로는 어떻게 이리도 즉흥적이고 격정적이고 파행적인지.

오름이 문을 두드리며 되돌아온 날, 곽강을 비롯한 사람들은 입을 떡 벌리고 오름의 모험담에 귀를 기울였다. 귀만 기울였다 뿐인가. 홀로 무대에 올라 열연을 펼치는 일인극 배우 같은 오름에게서 한시도 눈을 떼지 못했다.

"내 어린 시절과 청춘은 제갈화랑의 세계 속에서 빚어졌어요. 이 저택에서 선생님을 처음 뵈었을 때 깨달았죠. 내가 있을 곳은 여전히 그리고 영원히 선생님의 세계 안이라는 걸."
화랑을 향한 자신의 뜨거운 마음을 절절히 고백하고, 그 고백이 어떻게 거절당했는지 토로하고, 그 때문에 얼마나 고통스러웠는지 표현하고, 어찌하여 저택을 뛰쳐나갈 수밖에 없었는지 변명하고, 껌껌한 밤 길을 잃고 헤매던 시간을 소름 끼칠 정도로 잘 묘사하고, 갑자기 쏟아진 폭우에 온몸이 쫄딱 젖은 채 논두렁에 쓰러져 정신을 잃어가던 순간을 재연하고, 새벽녘 오름을 발견한 동네 주민의 집으로 몸을 옮기게 된 과정을 연출하고, 그 집에서 누렸던 따뜻한 환대와 가족 같은 분위기에 취했던 순간을 감동 실화처럼 설파하더니 "그래도 제 마음을 작가님 곁에 두고 와서 돌아오지 않고는 견딜 수 없었어요"라고 털어놓으며 눈물을 흘리던 오름.

곽강이 오름을 독특하다 여기는 것도 어찌 보면 당연하다. 그리고 솔직히 곽강은 화랑 역시 범상하진 않다고 생각한다. 공평한 사랑을 주지 못할 바에는 오름의 마음을 단호하게 거부하는 편이 낫다는 게 곽강의 생각이다. 하지만 화랑은 돌아온 오름을 받아주었다. 곽강의 눈에는 애매해 보이는 처신이었다.

이때 어깨에 올려진 오름의 손등을 가볍게 토닥이며, 화랑이 말한다.

다음 작품을 쓰기 시작한 것도, 신작 소개를 할 기운이 생긴 것도 다 우리 영이 덕분이지. 영이가 저택으로 들어와서 손을 보태준 덕에 컨디션이 빠르게 회복되었고, 매일 하던 대로 다시 글을 쓸 수 있게 되었으니까.

오영은 뿌듯한 표정을 숨기지 못한다. 화랑이 죽을 고비를 넘긴 그날 이후, 오영은 바로 짐을 싸 들고 저택으로 들어왔다. 화랑을 혼자 둘 수가 없었기 때문이다. 남한수는 응급 치료를 받은 뒤 경찰로 넘겨졌고, 홍진은 저택에서 쫓겨난 뒤 남한수와 함께 조사받고 있었다. 오영은 지금이야말로 화랑의 옆에 있어야 할 때라고 조금의 주저함도 없이 판단했다. 아무 보답도 바라지 않았다. 물론 오영이 저택에 둥지를 튼 이상 저택의 분위기는 이전과 같지 않았다. 우선 저택 거실은 고양이들에게 완전히 점령당했다. 항상 현관문을 열어두어 못과 침, 바늘과 가시가 제 집 드나들 듯하는 것은 물론이고, 옮겨 온 지 하루하고도 반나절 만에 적응을 마친 옹이가 부이의 자화상 아래 초록색 빈티지 소파에 터줏대감처럼 자리를 잡고 앉아 버티는 것도 이제는 어찌할 수 없는 일이 되어버렸다.

덕분은요, 뭘. 제가 하고 싶어서 한 일인데.

화랑은 오영이 방학 때마다 저택을 찾던 시절, 여름과 겨울마다 저택에 감돌던 묘한 생명력을 다시금 느끼고 있다. 오영은 저택의 음기와 잘 융화되는 사람이었다. '어쩌면 내가 정체 모를 소리를 듣는 것처럼 오영도 다른 사람들은 느끼지 못하는 이 집의 기운을 느끼는 건지도 몰라.' 오영의 예민한 감각은 보연으로부터 물려받은 것. 화랑은 문득 보연이 몹시도 그리워진다. 보연과 주고받았던 마음이 절절히 그리워진다. 두 사람의 마음은 결코 우정이라는 단어에 갇힌 적이 없었다. 마음을 단어 안에 가두려는 노력은 어리석은 인간이기에 할 법한 애처로운 시도일 뿐이다.

요즘은 말도 부쩍 예쁘게 하고.

'영이 네가 저택에 들어오고 나서야 비로소 이 저택이 완성되었어.' 화랑이 애정이 담뿍 담긴 눈으로 오영을 바라본다. 공평하게 내어줄 수 없는 마음. 공평하게 나누어줄 수 없는 사랑. 화랑은 영원히 편애할 것이다. 화랑의 애정은 언제나 한쪽으로 치우칠 것이다. 화랑의 세계에서, 공평한 사랑은 사랑이 아니다. 오직 편폐만이 화랑의 사랑을 완성시킨다.

이렇게 예쁘게 말할 날도 얼마 남지 않았어요. 지금 정신이 없어서 그렇지, 곧 잔소리 들어갈 거라고요.

오영은 상긋 웃으며 대꾸하고는 희탄을 쳐다보며 화제를 바꾼다.

그나저나 희탄 씨, 분명 새로운 소식을 가지고 오셨겠죠?

희탄이 고개를 끄덕인다.

남한수는 그림을 팔 수 있는 루트를 진짜로 확보해놓은 상태였다고 하더군요. 오래전부터 저택의 그림에 대한 소문을 듣고 관심을 가지고 있던 수집가가 업자를 써서 남한수에게 접근하도록 한 거죠. 업자는 남한수를 잘 구슬려서 말도 안 되는 헐값에 그림을 몽땅 사 가려고 했고요.

희탄이 수소문한 결과를 알려주자, 로하가 묻는다.

영이 씨가 묵던 별채 창문을 닫은 것도 남한수가 한 짓이었습니까?

네. 다 자백했답니다. 심지어 오름 씨의 방 창문도 자기가 깨뜨렸다고 하더래요. 영이 씨가 방을 옮기면 계획이 틀어지니까요.

으으, 분명 으스대면서 떠벌렸겠지. 자기가 얼마나 대단한 계획을 세웠는지 자랑하려고.

남한수의 뻔뻔한 얼굴이 눈에 훤히 그려진다는 듯 곽강이 이를 갈며 머리를 흔든다. 희탄은 그런 곽강을 보고 피식 웃으며 열흘 만에 보니 반가운 느낌도 없지 않다고, 앞으로 좀 더 보고 살아도 괜찮을 것 같다고 생각한다. 물론 곽강이 괜찮은 일감만 제공한다면 말이다.

그럼 이제…….

이윽고 곽강에게서 눈을 뗀 희탄이 화랑을 쳐다보며 말한다.

마지막으로 남은 의문은 작가님이 풀어주셔야겠죠. 그래서 오늘 저희를 다시 저택으로 부르신 거 아닌가요?

바늘과 가시의 등을 번갈아 어루만지던 화랑이 조심스럽게 입을 뗀다.

맞아요. 앞서 못 했던 신간 소개는 겸사겸사하는 거고…… 아직 저에겐 해명할 게 남아 있죠. 그래서 실례를 무릅쓰고 이렇게 또 여러분을 초대했어요.

화랑의 말을 들을 준비가 되어 있다는 의미로 오영이 두 손을 모은다. 로하와 오름, 곽강과 희탄도 화랑의 옆얼굴을 내려다보며 고양이처럼 귀를 쫑긋한다. 모두 아직 들을 이야기가 있기에 흔쾌히 한자리에 모인 것이다.

 송자오 작가는…… 내 전남편의 아들이에요.

작게 갸르릉 소리를 내는 바늘의 정수리를 살살 문지르며 화랑이 말을 잇는다.

 내 결혼 생활은, 그러니까 세 번의 결혼 생활 모두, 어떤 면에선 아주 나빴어요. 고작 1년밖에 유지하지 못한 세 번째 결혼이 특히 나빴고요. 나는 내 일이 너무 중요한 사람이었고, 남편은 내가 너무 중요한 사람이었거든요. 나는 남편의 사랑이 부담되었어요. 갑갑하기도 했죠. 하고 싶은 일이 아주 많은 청춘이었고, 활력이 넘쳤으니까요. 그 사람이 내어준 품이 아늑한 울타리가 아니라 답답한 담장처럼 느껴졌지요. 우리는 사사건건 대립했어요. 얼마 안 가 나는 그가 나를 과보호하고 있다고 확신했고, 그의 속박에서 벗어나길 바랐어요. 물론 그 사람은 그런 나를 용납하지 못했고요. 그렇게 긴장이 팽팽해지던 어느 날 남편이 결국 본색을 드러내더군요. 물리적으로 나를 구속하려 든 거죠. 더 이상 참을 수 없었던 나는 그대로 집을 나와버렸어요. 그렇게 이혼하고 3년 뒤 남편이 도심의 호수에서 실족사했다는 소식을 들었죠. 만취한 채로요.

이번엔 가시가 갸르릉 소리를 낸다. 화랑은 잠시 가시의 엉덩이를 토닥여주고는 다시 입을 연다.

전해 들은 바로는 이혼 후 술을 입에 대기 시작했다고 해요. 야심 차게 사업을 벌였다가 크게 실패하는 바람에 그 후로는 그야말로 술독에 빠져 살았고요. 송 작가는 아버지가 망가져가는 과정을 홀로 지켜보았을 거예요. 자기 아버지가 내게 한 짓을 모르니, 당연히 나에 대한 원망이 커졌겠죠. 급기야는 내가 자기 아버지를 죽음으로 몰고 간 장본인이라고 여기게 되었을 테고…….

말도 안 된다는 듯이 바늘과 가시가 동시에 갸르릉 소리를 내자 화랑은 이제 둘의 엉덩이를 동시에 토닥여준다. '잘못한 게 누군데 제대로 알아보지도 않고 이모를 협박한 거야.' 오영은 화랑을 학대한 송자오의 부친과 화랑을 협박한 송자오에게 화가 치민다. 다행히 옆에 선 로하가 손을 꼭 잡아준 덕분에 간신히 성질을 죽이고 묻는다.

그럼 처음부터 송 작가가 누구인지 알아보신 거예요?

아니…….

화랑이 고개를 젓는다.

내가 이혼했을 때 송 작가는 열한 살이었어. 그 뒤로는 만난 적이 없었지. 게다가 자오는 필명이고. 처음엔 전혀 눈치채지 못했어. 아마 송 작가는 내가 자신을 알아보지 못해서 더욱 화가 났을 거야. 짧은 결혼 생활이었지만 날 무척 잘 따르던 아이였거든. 어릴 적부터 책을 워낙 좋아해서, 저택에 데려와 책 구경을 시켜준 적도 있었지. 그치만…… 솔직히 당시 난 아이를 돌볼 준비가 안 된 사람이었어. 남편과 싸우느라 아이에게 제대로 신경 쓰지도 못했고. 이혼하고 나서는 남편과 관련 있는 건 다 피하고 싶었어. 설령 그게 아직 보살핌이 필요한 어린아이라고 해도 말이야.

해묵은 죄책감. 그리고 어쩔 수 없었다는 자기변호의 피로감. 화랑의 표정과 말투에서 드러나는 복잡한 감정을 이해하지 못하는 사람은, 적어도 이 중엔 없다.

그런데 류 조사원이 서재를 봐도 되겠느냐고 물었을 때…… 서재 책꽂이에 진열되어 있던 액자가 엎어져 있던 게 퍼뜩 생각났지. 방을 나설 땐 그걸 보고도 아무 생각 없었는데, 갑자기 머릿속에 불이 켜지듯 떠오르는 사람이 있더라고. 엎어진 액자 속에 들어 있던 건 송 작가의 어린 시절 사진이었거든. 그래서 바로 송 작가의 본명을 찾아봤어. 아주 쉽게 찾을 수 있더구나. 마치 알아봐달라고 하는 것처럼 말이야. 송시호라는 이름을 본 순간…… 진즉 풀었어야 할 퍼즐이 비로소 맞춰지는 느낌이 들었지.

자오 씨가 왜 그 액자를 엎어놓았을까요?

홧김에 그런 게 아닐까. 송 작가 눈에는 보란 듯이 전시되어 있는 걸로 보였겠지. 나는 세 번의 결혼을 후회하지 않는다는 의미로 사진을 잘 보이는 곳에 둔 거지만 송 작가는 내가 위선적이라고 생각했을 거야.

아! 그래서 송 작가가 서재에 몰래 들어갔던 거구나! 액자를 다시 원래대로 세워놓으려고!

곽강이 눈을 반짝이며 오영을 쳐다보자, 오영이 사람들을 향해 설명조로 말한다.

강이가 몰래 서재에 들어갔다 나오는 자오 씨를 봤거든요.

홧김에 액자를 엎어놨다가 뒤늦게 깨닫곤 액자를 원래대로 세워놓으려고 했나 보군요.

그럴 수도 있겠지. 하지만 서재에 들어갔다면 액자가 다시 세워져 있는 걸 봤을 거야. 송 작가는 내가 어디까지 눈치챘는지, 무슨 생각을 하는지 긴가민가했겠지.

자오는 계속 화랑을 자극하려 들었다. 협박문으로 자극하고, 오영에게 관심이 있다는 마음에도 없는 말로 화랑을 자극

했다. 화랑은 어쩌면 자오가 일부러 액자를 엎어놓은 건지도 모른다고 생각한다. 자기를 버리고 떠난 사람이 뒤늦게라도 자신을 알아봐주길 바라며 한 행동이라고. 하지만 이 생각은 침묵에 부치기로 한다.

희탄이 팔짱을 끼며 고개를 끄덕인다.

그런데 류 조사원님은 언제부터 자오 씨를 의심하셨던 거예요?

제가 현관 앞에서 어느 쪽 조명 서랍에 열쇠를 보관하는지 물었던 것을 기억하시나요, 영이 씨?

네, 그럼요. 제가 오른쪽에 보관한다고 말씀드렸죠.

맞습니다. 직접 오른쪽 서랍을 열어 열쇠가 들어 있는 걸 보여주시기도 했지요. 영이 씨가 들어가고 나서 저는 왼쪽 조명의 서랍을 열어보았습니다. 그런데 서랍에 물이 차 있더군요. 뜻밖의 발견이었죠.

그게 왜 뜻밖이죠? 오른쪽 서랍도 젖어 있긴 마찬가지였잖아요.

호기심을 마음껏 드러내는 오영의 모습은 여전히 희탄의 마음을 흔들기에 충분하다. 희탄은 밭은기침 몇 번으로 마음을 가다듬고는 조목조목이 설명을 시작한다.

그날 새벽에 비가 내렸죠. 서랍에 물이 차 있다는 건 누군가 그 서랍을 열어보았다는 뜻입니다. 오른쪽 서랍보다 왼쪽 서랍에 물이 더 차 있는 건, 누군가 왼쪽 서랍을 먼저 열었다가 그대로 둔 채 오른쪽 서랍을 열었기 때문이죠. 오른쪽 서랍에서 열쇠를 꺼낸 뒤 오른쪽 서랍을 바로 닫고 그다음에 왼쪽 서랍을 닫은 겁니다. 즉 범인은 열쇠가 조명 장식의 서랍에 있다는 건 알지만 어느 쪽에 들어 있는지 모르는 사람인 거죠. 그래서 양쪽 서랍을 다 열어봐야 했던 거예요.

아…… 아까 이모가 송자오 작가를 저택에 데리고 온 적이 있다고 하셨잖아요?

그제야 실마리를 잡았다는 듯 반색하며 묻는 오영을 향해 화랑이 고개를 끄덕여 보인다.

아마 송 작가는 화랑 작가님이 조명 장식 서랍에서 열쇠를 꺼내는 모습을 인상적으로 보았을 겁니다. 워낙 오래전 일이라 어느 쪽이었는지는 기억나지 않았겠지요.

그치만 그 얘기는 우리 모두 조금 전에야 들었는데…… 어떻게 다른 사람이 아닌, 송 작가를 의심하신 거예요?

그다음 날, 이네스 홀의 전집에서 송 작가의 사인을 찾았거든요.

자오 씨의 사인이요?

희탄의 말이 뜬금없다고 느낀 사람들은 어리둥절한 표정으로 희탄의 설명만 기다리고 있다. 잠시 뜸을 들인 희탄이 이윽고 다시 입을 연다.

저택에 온 첫날부터, 송 작가는 유독 이네스 홀의 전집에만 관심을 보이더군요. 어쩐지 호기심이 일어서 송 작가가 보지 않을 때마다 이네스 홀의 책을 한 권 한 권 살펴보았습니다. 그러다가 『유령』이라는 소설의 간지에 "송시호"라는 사인이 있는 걸 보았어요. 아이가 쓴 것 같은, 어설픈 사인이었습니다. 그래서 저도 화랑 작가님이 하신 것처럼 송자오 작가에 대해 검색해보았지요.

아이가 쓴 것 같은 사인이라…… 송 작가가 저택을 방문했을 때 낙서했던 거겠군요.

송 작가에게는 낙서보다 더 큰 의미의 행동이었을 겁니다. 이네스 홀을 좋아한다는 말은 진심처럼 보였거든요. 좋아하지 않았다면 그렇게 열심히 사인을 찾지 않았겠지요. 송 작가는 과거의 추억을 찾고 있었던 거예요.

부이의 그림을 좋아하듯 이네스 홀의 소설을 좋아했나 보네요.

오영의 말에 희탄이 다정한 미소를 지으며 고개를 주억인다.

송 작가는 열한 살 때 딱 한 번 방문했던 이 저택에 대해 꽤 강렬한 인상을 품고 있었던 게 분명합니다. 영이 씨 말대로, 부이의 그림도 이네스 홀의 전집도 송 작가에게 강한 영향을 끼쳤을 거예요. 본인도 말했다시피 원체 성향이 예민한 데다가, 부모님의 불화로 마음고생을 하고 있던 때이니 특정 자극에 더욱 격렬히 반응했겠죠. 아마도 송 작가는 이 저택에서 이네스 홀을 처음 읽고는 언젠가 자신도 그와 같은 소설가가 되고 싶다는 마음으로 전집 중 한 권에 사인을 남겼을 겁니다. 그런데 열쇠를 보관하는 곳이 벽 조명에 달린 서랍인 건 기억하지만 좌우 어느 쪽인지 기억하지 못했듯 이네스 홀의 책에 사인을 한 건 기억하지만 정확히 어느 책에 사인을 했는지는 기억이 나지 않았던 겁니다. 20년도 더 된 일이니까요.

희탄은 이제 마무리할 차례라는 의미로 자세를 바로잡는다.

저는 줄곧, 범인이 왜 벽 조명 서랍에 열쇠를 보관한다는 건 알면서 어느 쪽에 보관하는지는 모르는지에 대해서 생각하고 있었습니다. 그런데 범인이 열한 살 때 열쇠 보관 장소를 보았다고 가정하니 의문이 풀리더군요. 오래된 일이라 기억이 흐릿했던 거예요. 하지만 오른쪽인지 왼쪽인지는 중요하지 않았죠. 둘 다 열어보고 찾으면 그만이니까요. 그렇게 송 작가는, 예 비서님이 장을 보기 위해 저택을 나선 뒤 그리고 화랑 작가님이 집필을 위해 서재에 들어가기 전, 그러니까 새벽 5시에서 8시 사이에 저택에 숨어들어 협박문을 놓고 간 거죠.

흐음…… 제법이네.

곽강이 검지로 코밑을 문지르며 희탄을 쓱 쳐다본다.

뭐, 이 정도면 믿고 일을 맡겨도 되겠어.

곽 대표님과 함께 일할 수 있다면 저야 영광이지요.

희탄이 씩 웃어 보이자 곽강은 다시 새침한 표정으로 돌아간다. '이 녀석이 얄밉게 나올수록 이상하게 더 능글맞게 굴고 싶어진단 말이야.' 희탄은 히죽이 웃으며 덧붙인다.

그런데 곽 대표님, 사실 전 협박문을 본 순간 범인이 누구인지 눈치채고 있었답니다.

말도 안 돼. 어떻게?

곽강의 눈이 똥그래진다.

다들 아시다시피, 저는 냄새에 아주 민감합니다. 실은 협박문이 적힌 종이에서 백리향 냄새를 맡았어요. 송자오 작가가 쓰는 향수 냄새죠. 대부분의 사람들은 자기 체취를 흘리고 다니는 데 별로 경계심이 없습니다. 송 작가도 협박문을 쓸 때 장갑 정도는 착용했겠지만, 체취까지는 신경 쓰지 못했겠죠.

뭐야, 그럼 처음부터 다 알고 있었다고?

그렇습니다. 하지만 제가 개인적으로 감각한 것을 증거로 들 수는 없으니까요.

희탄이 어깨를 으쓱하며 말하자 곽강이 놀람 반 놀림 반을 실은 말투로 중얼거린다.

그야말로 개코 조사원이네…….

바로 그런 말을 듣기 싫어서 아무 말 하지 않은 겁니다.

희탄과 곽강의 대화를 빙그레 웃으며 바라보던 화랑이 천천히 자리에서 일어서며 말한다.

이번에 정말, 류 조사원에게 신세를 많이 졌어요. 송 작가가 협박문을 쓴 범인이라는 사실을 모두 있는 자리에서 밝히고 싶지 않아서 진실을 감추었는데…… 알고도 모른 척해주어서, 고마워요.

아닙니다. 범인을 대하는 작가님의 너그러운 태도를 보고 오히려 제가 많이 배웠습니다.

너그럽긴요.

화랑이 깊은 한숨을 쏟아내고는 말을 잇는다.

하루빨리 송 작가를 다시 만나 오해를 풀고 싶은 마음뿐이에요. 그날 이후로 연락 두절이니 답답하기 그지없네요.

이모, 걱정하지 마세요. 마음이 정리되면 분명 연락해올 거예요.

오영은 송자오가 이대로 화랑을 떠나지 않을 거라고, 그러기엔 화랑과 이 저택에 너무 많은 미련을 가진 사람이라고 확신한다.

그래, 그러면 좋겠는데…….

이제 자오에 대한 생각은 그만하고 싶다는 듯 화랑이 머리를 흔든다.

그나저나…….

화랑은 곧바로 화제를 바꾼다.

류 조사원도 참 매력적인 사람인데…….

화랑의 눈에 아쉬움이 넘쳐흐른다. 희탄은 문득 화랑이 자신을 초대하며 했던 말을 떠올린다. "내가 세상에서 가장 사랑하는 아이가 류 조사원의 마음을 훔치려 들 거예요." 그 말이 그리도 달콤하게 느껴졌던 이유는 그동안 오직 화랑의 입을 통해서만 들어본 적 있는 오영이라는 존재가 이미 희탄의 마음속에 확실히 자리 잡고 있었기 때문일 것이다.

하지만 영이 씨에게 유혹당하기엔 부족했죠.

희탄은 넉살 좋게 웃어 보이며 오영을 바라본다. 지난 열흘간 애써 정리한 마음을 오영을 향해 멋지게 선보이고 싶은 마음에 있는 힘을 다해 아량 있는 미소를 지어 보이며 바지 주머니 속 브로치를 만지작거린다. 어쩔 도리 없는 헛헛한 마음은 떠나기 전 저택 어딘가에 몰래 남겨두어야겠다고 생각하면서.

네? 그게 무슨…….

오영이 당황하여 희탄과 화랑을 번갈아 쳐다본다.

흥. 누군 부족했는지 몰라도 난 아니야. 내 매력을 누나가 못 알아본 거지.

이번엔 곽강이 나선다.

뭐? 알아듣게 얘기해.

곽강은 부러 더 짓궂은 표정을 지어 보인다.

저택이 탐나면 끝까지 해봤어야지, 시시하게. 열심히 하는 모습을 보였으면 내 마음을 덥석 손에 쥐여줬을 텐데 말이야.

'누나가 끝까지 했으면 나도 포기하지 않았을 거야.' 곽강은 마음속 말을 꾹 삼켜낸다.

뭐야. 언제부터 알고 있었어?

곽강이 피식 웃으며 화랑을 쳐다본다. 그리고 역시 초대에 응하길 잘했다고 생각한다. 비록 오영의 마음을 얻진 못했지만 살면서 두 번은 경험하기 힘든 경험을 함께했으니 오영도 자신을 보는 눈이 달라졌을 거라 믿는 것이다. '아직도 나를 무서운 꿈이나 꾸고 울어대는 오줌싸개로 보진 않겠지.' 곽강은 어린 오영이 그보다 더 어린 자신의 손을 이끌고 아무도 몰래 화장실에 데려다주었던 것을 기억한다. 저택에 놀러 왔던 날. 기고만장한 도련님 행세로 오영을 실컷 괴롭히고는 거실의 초록색 소파에서 깜빡 잠이 들었던 한낮. 곽강은 홀연히 꿈에 찾아든 무시무시한 귀신 때문에 바지를 적셨다. 오영은 어쩔 줄 몰라 하며 훌쩍이는 곽강을 "이 저택에선 어른들도 한 번씩은 귀신 꿈을 꾸는걸!" 하고 달래며, 그러니 오줌을 쌌다고 전혀 부끄러워할 필요 없다고 강조했다.

그래도 누나, 이 저택을 선택하지 않은 건 잘했어. 솔직히 자본주의적 가치는 전혀 없는 집이잖아. 물려받아봤자 관리비만 엄청나게 깨질 거라고.

곽강은 오영의 질문에 대한 대답 대신 농담을 내놓는다. 그러자 오름이 가세하여 오영을 놀린다.

작가님이 영이 씨가 순진하다고 해도 안 믿었는데…… 아무리 그래도 스물아홉에 순진해봤자 얼마나 순진할까 싶었거든요. 근데 작가님 말이 맞는 것 같아요.

그러고 화랑의 팔짱을 끼며 돌연 애교를 부린다.

근데 작가님, 전 일편단심이었던 거 알죠? 애초에 전 영이 씨한테 마음을 뺏기지 않을 자신이 있었다고요. 파티 초대에 응한 것도 순전히 작가님이랑 시간을 보내고 싶었기 때문이니까.

그제야 상황을 눈치챈 오영이 주위를 휘둘러보며 묻는다.

결국 오영이 대답을 듣고 싶은 사람은 로하뿐임을 알기에 다들 입을 꾹 다물고 있다.

영이 씨……

오영이 로하를 똑바로 쳐다본다.

로하 씨는 도대체 왜 파티에 참석했던 거예요?

오영은 로하의 진의를 의심하고 싶지 않다. 하지만 다른 사람과 한마음 한뜻으로 자신을 속였다고 생각하니 섭섭한 기분이 든다. 오영 자신도 저택을 차지하기 위해 로하를 비롯한 사람들을 속였으면서 말이다.

저는…….

로하가 부드러운 눈빛으로 오영을 바라본다. 지난 열흘간 날마다 저택에 찾아와 오영을 바라보던 다정한 눈빛 그대로.

영이 씨를 보고 싶었습니다.

그러니까, 왜 나를…… 나에 대해 아무것도 모르면서…….

왜 제가 영이 씨에 대해 아무것도 모른다고 생각하나요.

네?

옅은 숨을 들이마신 로하가 사랑 고백을 하듯 이야기를 시작한다.

아주 오래전부터, 영이 씨를 알고 있었어요. 양 갈래로 머리를 땋은 영이 씨가 양봉장에 놀러 왔을 때부터. 벌들을 무서워하지 않고 벌들 사이에서 춤추듯 빙글빙글 돌던 영이 씨의 모습을 선명히 기억하고 있어요. 벌에 쏘여 기절했다가 깨어났을 때 나를 내려다보던 영이 씨의 얼굴도…….

갑작스러운 청혼을 받은 사람처럼, 오영이 두 손을 들어 올려 입을 가린다. 머릿속 필름이 저절로 되감긴다. 괜찮아. 괜찮을 거야. 소년을 향해 외던 소녀의 목소리. 그것이 자신의 목소리임을 깨달은 오영은 나뭇잎 사이로 빛줄기가 새어 내려오던 우늬숲 한복판에 서 있던 소녀로 되돌아간다. 그리고 벌의 정령이 깨워준 소년의 눈동자를 들여다본다.

로하 씨가 그 아이였군요.

로하가 고개를 끄덕인다. 감탄과 반가움. 오영의 얼굴에서 느껴지는 감정들이 로하를 감싸안는다. 덕분에 로하는 오래도록 혼자 오영을 그려온 나날들을 보상받는 듯한 기분이 든다. 연인이 선사하는 달콤한 만족감. 이 만족감은 지난날들보다 더 긴 시간 동안 로하에게 머물 것이다. 메마른 강바닥에 벌들만 춤출 때까지. 오직 벌들만 춤추는 그날까지 로하를 사로잡을 것이다. 로하는 그렇게 오영의 충성스러운 꿀벌이 될 것이다.

두 사람, 정말 사랑스럽지 않나요?

화랑이 오름과 희탄, 곽강을 돌아보며 말한다. 화랑은 진즉 로하를 마음에 두고 있었다. 아무도 몰래 병원에 데려다줄 수 있느냐는 화랑의 청을 기꺼이 들어주었던 그때부터 이미. 병명을 알고 충격을 받은 화랑을 진심으로 위로해주었을 때부터 이미. 화랑이 본 로하는 다정하고 포용력 있는 사람이었다. 아무에게도 알리지 말아 달라는 말에 끝까지 묵묵히 비밀을 지켜준 것도 어찌나 믿음직스러운지.

너무나 잘 어울리는 커플이야…….

로하야말로 오영에게 딱 어울리는 사람이라고, 이제 화랑은 백 퍼센트 확신한다. '나에게 필요한 건 바로 이 확신이었어.' 화랑은 마음을 굳힌다. 그리고 선언한다.

나는 영이에게 이 저택을 상속할 생각이에요.

이모……!

일순간 정적이 돈다. 사람들은 이 정적을 심각하게 여기지 않는다. 곧 지나갈 가벼운 침묵이라 생각한다. 하지만 저택의 공기는 흔들리고 있다. 괴괴한 무음이 순식간에 공간을 압도하고, 오직 고양이들만이 이를 감지한다. 제각기 이름을 따라 못처럼 침처럼 바늘처럼 가시처럼 털을 바짝 세우고 까마득한 정적 속 천둥소리를 듣는다. 사람의 귀에는 들리지 않는 소리가 울려 퍼진다. 옹이가 귀를 쫑긋 세우고 괴음에 귀를 기울인다. 오영에게 저택을 물려준다니! 망령이 든 것인가! 자격이 되지 않는 사람에게 저택을 물려준다니! 망령이 든 것인가! 망령이 든 것인가!

이모, 전 받을 수 없어요. 모두의 마음을 훔치지 못했으니, 자격이 없잖아요.

그래도 오영은 아직 제정신을 붙들고 있다. 분수를 아는 것이다. 저택을 가지기 위해 해야 할 일을 하지 않았으니 저택을 손에 넣지 못함이 마땅한 법.

자격은 충분해. 너에게 가장 중요한 사람의 마음을 훔쳤잖니.

아니다! 아니야! 그건 충분치 않다! 하나도 충분치 않아! 가장 중요한 사람의 마음을 훔치는 것만으로는 부족하고 또 부족하다. 내가 사랑하는 사람이 나를 사랑하게 만드는 게 뭐 대단한 일이란 말인가. 파멸과 절망을 감수할 만한 선택! 그런 선택이야말로 대단한 것이다. 사랑을 농락해서라도 원하는 것을 얻는 것! 그것이야말로 대단한 일이란 말이다.

저택을 관리할 충분한 돈도 함께 물려줄 거다. 원래는 홍진에게 남기려 했던 돈이지만……. 아무튼 이 저택과 저택 관리 비용을 제외하고는 모두 기부하기로 했다. 그러니 앞으로 날 보살펴야 할 거다. 난 이제 보살핌받을 각오가 된 무일푼 병든 늙은이라고.

늙은이! 늙은이! 망령된 늙은이! 아무리 천둥이 쳐도 화랑의 귀엔 들리지 않는다.

자, 그럼 이 얘긴 여기까지 하고…… 이제 신간 소개를 해볼까요?

화랑이 기세를 이어간다. 협탁 위에 놓인 원고를 집어 들고는 소매를 걷어 올리며 분위기를 휘어잡는다. 자격이 없어! 오영은 이 저택을 가질 자격이 없어! 횡횡 화랑의 귓속으로 바람을 불어 넣지만 화랑은 꿈쩍도 하지 않는다. 더는 빈틈을 보이지 않는다. 천둥소리를! 바람 소리를! 불호령을! 속삭임을! 모두 무시한다. 자연스럽게 무시한다. 이윽고 지금 이 순간 오직 자신의 목소리만 존재한다는 듯이 화랑이 소리를 낸다.

이 소설은 부이에 대한 이야기입니다.

# 10
# 발칙하라 이르니

 나에 대한 이야기. 아주 오래전부터 사람들은 나에 관해 얘기하기를 좋아했다. 내가 살아 있을 때부터. 보드랍고 고운 숨만을 품던 어린 시절부터 나를 두고 온갖 말을 쏟아냈다. 제 아비 잡아먹고 태어난 계집이라고, 그래서 때깔이 저리도 좋다고, 거죽만 좋지 내실이 어디 있냐고 그래도 얼굴이 아까우니 일찌감치 기생이 되는 게 낫겠다고. 엄마는 그런 말들이 나를 해칠 수 없다고 했다. 하지만 나는 말의 힘을 알고 있었다. 말하는 이들에겐 힘이 부여된다. 그들이 나를 어떻게 보는지에 따라 나는 또 다른 나를 낳는다. 나는 그렇게 생겨난 나를 해칠 수 없다. 오직 그렇게 생겨난 나만이 나를 해칠 수 있다. 그러니 엄마는 틀렸다. 그런 말들은 나를 해친다.

나는 상처 입은 맨발로 세상에 나왔다. 일종의 뻔한 비유다. 어떤 사람들은 꽃신을 신고 태어나고 어떤 사람들은 고무신을 신고 태어나고 어떤 사람들은 짚신을 신고 태어나고 나 같은 사람들은 버선도 양말도 없이 태어난다. 나는 그중 가장 열악한 조건을 가지고 태어났기에 어릴 적부터 곧잘 쓰러지고, 뭘 먹으면 번번이 체하거나 토하고, 햇빛 아래에선 무시로 어지럼증이 일고, 조금만 추워도 덜덜 오한이 일었다. 엄마의 보살핌 없이는 홀로 설 수 없는 아이. 아이는 불안했다. 나이가 들수록 더 불안해졌다. 무엇으로든 불안을 표출하지 않으면 견딜 수 없었다. 그래서 붓을 들었다. 그림을 그렸다. 불안해하는 나의 모습을 그렸다. 언젠가는 엄마의 품을 떠나야 한다는 걸 아는 얼굴. 언젠가는 엄마가 곁을 떠나게 된다는 걸 아는 얼굴. 내 얼굴을 그렸다. 물감이 떨어지면 흙을 개서 그리고 종이가 떨어지면 치마폭에 그렸다. 사람들은 내 그림에 감탄하면서도 내가 미쳤다고 말했다. 환쟁이 여자를 누가 데려가겠느냐고 혀를 찼다. 그럴 때마다 엄마는 "기생이 되든 첩살이를 하든 환쟁이가 되어 혼자 늙어 죽든 상관하지 마쇼!"라고 소리쳤다. 동네에서 가장 덩치가 큰, 팔척장신 최

씨도 움찔할 정도로 기개 넘치는 호통. 하지만 나는 엄마가 죽어가고 있다는 걸 알았다. 엄마가 앓고 있는 병이 언젠가 엄마를 쓰러뜨릴 것을 알고 있었다. 그러면 나는 혼자가 될 터였다.

하지만 그 전에 김춘이 찾아왔다. 김춘은 내 그림이 정말 멋지다고 말했다. 아름답고, 신비스럽고, 독특하다고 했다. 나는 김춘의 말이 완전한 거짓이라고는 생각하지 않았다. 김춘은 내 그림을 좋아했다. 다만 나를 좋아하는 것만큼 좋아하진 않았을 뿐이다. 나는 김춘이 나를 바라보는 눈빛에서 기회를 보았다. 김춘이 진정으로 아름답고, 신비스럽고, 독특하다고 느끼는 대상은 내 그림이 아니었다. 나를 두고 하는 말이었다. 내 외모의 어떤 부분이, 내 몸가짐의 어떤 부분이, 내 표정의 어떤 부분이 김춘을 자극한 게 분명했다. 그제야 김춘을 제대로 훑어보았다. 잘 차려입은 중년의 남자. 큰 키에 마른 몸. 어딘지 모르게 지치고 피곤해 보이는 인상. 짧은 손톱. 지루했다. 흥미로운 구석이 없었다. 짧게 자른 손톱 빼고는 무엇 하나 내 마음에 꼭 들지 않았다. 지루해! 지루해! 너무나도 지루한 남자야! 나는 지루함으로 몸부림치는 나 자신을 어르고 달래며 김춘에게 다가갔다. 김춘을 손에 넣고자 했다. 부드럽게 끌어당기고 냉정하게 내치고. 호기심을 보이며 다가서다가 갑자기 열의가 식은 듯이 굴고. 그건 결코 즐거운 일이 아니었다. 때로는 아주 불쾌한 일이었다. 사랑하지 않는 사람을 유혹하는 것은 심장을 떼어놓지 않으면 할 수 없는 일이다. 그러나 해야 했다. 해내야 했다. 시간이 별로 없었다. 엄마가 내 곁을 떠나기 전에 나를 보살펴줄 사람을 찾아야 했다. 다행히 김춘은 내 손바닥 위에 제 발로 걸어 들어왔다. 마치 내가 유혹해주길 기다렸다는 듯이. 자신의 거짓되고 허무한 인생을 오직 나를 통해서만 구원받을 수 있다는 듯이.

김춘은 나를 숭배했다. 이제 김춘은 나의 것이었다. 김춘의 육신. 김춘의 영혼. 모두 내 손 안에 있었다. 김춘의 가족들은 나를 경멸했다. 김춘의 부인은 돈봉투를 내던졌고, 김춘의 매형은 나를 겁박했고, 고작 아홉 살이었던 김춘의 딸은 나를 향해 침을 뱉었다. 그들 집안이 나의 유언을, 내 그림을 세상에 공개하지 말라는 내 유언을 받든 것은 사실 김춘의 딸이자 화랑의 모친인 김공숙이 내게 품은 증오 덕이다. 김공숙은 결코 내 그림을 세상에 선보일 생각이 없었던 것이다.

나는 나를 둘러싼 증오로부터 멀리 떨어져 있고 싶었다. 그래서 나만의 요새이자 나만의 은신처를 구상했다. 나를 지켜줄 단단하고 정교한 벌집. 그 벌집은 김춘이 만들어줄 터였다. "저택을 지어요. 조용한 곳에, 아주 큰 저택을." 내가 김춘에게 명했다. "당신이 오고 싶을 때 언제든지 와요. 언제나 그 자리에서 당신을 기다릴게요." 내가 김춘을 홀렸다. 김춘은 바로 행동했고, 엄마가 돌아가시던 해에 이 저택을 완성했다.

나는 이 저택에서 83년을 살았다. 살아서 8년을 살고, 죽어서 75년을 살았다. 육신을 가지고 살던 8년은 행복하지 않았다. 엄마 대신 김춘을 얻었지만, 김춘의 사랑은 엄마의 사랑처럼 내가 진정 원하던 것이 아니었다. 김춘은 내 환심을 사려고 저택 곳곳에 사치품을 들여왔다. 하지만 김춘이 누리는 부가 단지 떳떳한 일만 해서 얻은 게 아니라는 사실을 나는 진즉 눈치채고 있었다. 저택이 사치품으로 채워질수록 기분은 더욱 가라앉았다. 김춘이 선물을 가득 들고 찾아오는 날엔 괴롭기 그지없었다. 나는 억지로 웃다가 곧잘 화를 내곤 했다. 그럴 때마다 김춘은 어쩔 줄 몰라 하며 더 많은 선물을 안겨주었다. 선물, 선물, 끝도 없는 선물! 김춘이 떠나고 홀로 저택에 남겨진 나는 선물에 둘러싸인 채 그림을 그렸다. 초라하기 그지없는 자화상이었다. 그제야 깨달았다. 맙소사. 나는 김춘의 것이었다. 김춘이 나의 것이 아니라, 내가 김춘의 것이었다. 나의 갸륵한 꿀벌이 지은 벌집에 내가 갇혀버린 것이다. 나를 지켜주는 달콤한 벌집이 나를 가뒀다. 옴짝달싹할 수 없다. 이 벌집을 떠나면 나는 죽는다. 내게 주어지는 영양분을 먹지 않고는 살아갈 수 없다. 나는 완벽하게 나의 꿀벌에게 의지하기 때문이다. 그건 나의 약점이었다. 치명적인 약점. 그리고 세상은 그런 약점을 가만히 두고 보지 않는다.

저 여자가 살기 위해 한 짓을 보라! 사람들이 수군거렸다. 마을의 소문은 아주 쉽게 담장을 넘었다. 너 나 할 것 없이 먹고 살기 힘든 때에 처자식 있는 남자를 홀려서 궁궐 같은 집을 짓고 팔자 좋게 그림이나 그리며 사는 저 여자를 보라고. 마을 사람들이 하는 말이 나를 물어뜯었다. 나는 소리쳤다. **내가 한 짓이 어때서! 당신들이 한 말에 진실이 들어 있잖아! 나는 살기 위해 한 거야! 살기 위해서!** 물론 내 소리는 담장을 넘지 못했다. 누구에게도 가닿지 않았다. 그래서 일기를 썼다. 하루 종일 일기만 쓸 때도 있었다. 자오가 사랑에 빠졌던 나의 자화상을 기억하는가. 그 그림은 책을 읽는 모습을 그린 게 아니다. 일기를 쓰는 순간을 그린 것이다. 명민한 희탄은 내 손에 쥐어진 연필을 보고 정답을 맞힐 뻔이라도 했지만 자오는 자기 틀에 갇힌 해석만 내놓았을 뿐이다. 나는 처음부터 희탄이 마음에 들었다. 희탄이 나에 관해 조사한답시고 저택을 휘젓고 다닐 때도 기분이 썩 나쁘지만은 않았다. 조사를 하면 할수록 나를 이해해준다고 느꼈기 때문이다. 하지만 오영은 지루하기 짝이 없는 로하를 선택했다. 오영의 선택은 참으로 얌전하다. 괘씸할 정도로 얌전하다. 그렇게 얌전하기만 해서야 어찌 원하는 것을 얻을 수 있을까.

나는 내 안의 모든 발칙한 말들을 일기장에 담았다. 살기 위해 발칙해져야 했던 모든 순간들을 기록하다가 나의 발칙함을 정당화하는 말들이 생겨나고 마침내 이 땅의 여성들은 모두 발칙해져야 한다고 주장하는 말들이 터져 나왔다. **발칙해져라! 발칙해져라! 마땅히 발칙해져라! 발칙해져야만 살아남을 수 있다!**

내가 예측하지 못한 건 전쟁이었다. 그 누가 전쟁이 터질 거라고 생각했겠는가. 전쟁은 모든 것을 잡아먹는다. 사람들 해치는 말도 잡아먹고 말의 힘을 휘두르는 사람도 잡아먹고 발칙한 여자도 잡아먹는다. 아비규환 속에서 서로가 서로를 잡아먹게 한다. 나는 마을 사람들이 곧 곡괭이와 낫을 들고

쳐들어올 것을 알았다. 그들은 담을 부수고 저택에 불을 지를 것이다. 나를 능욕할 것이다. 그리 둘 수는 없었다. 그 전에 내가 먼저 행동에 나서야 했다. 나는 이팝나무 아래에 일기장을 묻고 검고 구불거리는 가지에 목을 맸다. 내가 미쳐서 그랬다고? 내가 환청과 환각에 시달리고 망상증을 앓았다고? 그럴 수도 있을 것이다. 그렇다고 해도 이상할 것이 없다. 나는 자처해서 내 그림에 고립되었고, 내 일기장에 고립되었다. 여왕벌은 벌집에 고립된 존재다. 제정신으로 사는 것이 그리고 제정신으로 죽는 것이 어려운 존재. 그러니 적어도 미쳤다는 말은 나를 해치지 않는다. 지루한 것보다는 미치는 게 낫다. 그렇게 나는 유령이 되었다.

이 집은 한참 동안 비어 있었다. 나는 외로운 유령이었다. 너무 외로운 나머지 김춘의 혼이 나를 찾아오지 않을까 기다릴 정도였다. 어쩌면 내가 김춘에게 언제나 이 저택에서 기다리겠다고 한 말이 나를 옭매고 있는 건 아닌가 하는 생각도 들었다. 그러지 않고서야 내가 왜 이 저택의 지박령이 되었겠는가. 유령은 목을 맬 수도 없다. 그저 비존재로 존재하는 수밖에 없다. 나는 몸부림쳤다. 끔찍한 외로움에 몸부림쳤다.

화랑을 만나기 전까지는.

화랑은 발칙한 소녀였다. 보자마자 알 수 있었다. 반가운 마음에 화랑의 귀에 대고 속삭였다. 너의 생은 발칙함으로 가속될 것이다. 오직 자기 자신만을 위해서 숱한 남자들을 농락할 것이다. 실제로도 농락하고 글로도 농락할 것이다. 화랑은 그리 살았다. 당연히 나는 점점 더 화랑이 마음에 들었다. 화랑을 이 저택에 들여앉히고 싶었다. 그래서 조금 욕심을 부렸다. 화랑의 세 번째 남편이 저택에 방문했던 날 그의 머릿속에 의심을 불어넣었다. "화랑이 네 것이 될 수 있을 것 같아? 네가 화랑을 온전히 소유한다고 생각해? 화랑을 네 뜻대로 할 수 있을 것 같아?" 애초에 잘못된 질문들을 덥석 물고 그는 질문보다 더 잘못된 대답을 내놓았다. 천성이 옹졸하고 그늘진 자였다. 어차피 화랑이 그를 떠나는 건 시간문제였다. 나는 그 시간을 조금 앞당겨주었을 뿐이다.

타고난 역마살에도 불구하고 화랑은 결국 다시 저택으로 돌아왔다. 내 품으로 들어왔다. 우리는 한동안 즐거운 시간을 보냈다. 뜨겁고 차가운 계절에는 오영을 맞이했고, 따뜻하고 시원한 계절에는 단둘이 이야기를 나누었다. 나는 화랑에게 내 말을 들려주었다. 누구의 말도 아닌 내 말. 내가 화자인 말.

내 시점의 말. 화랑은 내 말을 들어주는 나의 유일한 친구였다. 그런데 갑자기 병에 걸리다니.

저택을 또 비워둘 수는 없었다. 또다시 외로운 귀신이 되고 싶지 않았다. 어떻게 해서든 저택의 주인을 찾아야 했다. 그렇다고 아무에게나 저택을 줄 순 없고. 자격이 있는 사람을 찾아야 했다. **저택을 가지기 위해서 발칙해질 수 있는 자.** 나는 오영이 그런 사람인지 확인해보고 싶었다. 저택의 기운을 곧잘 감각해내는 오영이 저택의 주인이 된다면 어떨지도 궁금했다. "오영을 시험해 봐." 보들보들한 미풍이 불어오던 5월의 어느 날 아침. 얼핏 잠에서 깬 화랑의 귀에 대고 속삭였다. "오영에게 이 저택을 물려주자." 화랑이 뒤척였다. 나는 다시 바람을 불어넣었다. "그런데 과연 오영에게 자격이 있을까?"

이제 와서 고백하자면, 오영을 선택한 건 나의 실수였다. 앞서 말했듯, 오영은 조금도 발칙하지 않다. 밍밍하고 순하고 맛없다. 영의 모, 보연보다도 시시하다. 보연은 그래도 나를 위해 노래를 지어 바쳤는데. 저택을 방문했던 날 내가 불어넣어준 영감을 허투루 쓰지 않고 멋진 노래를 만들어주었는데. 하지만 오영은 제 어미의 반의반도 못 따라간다. 그냥 죽게 내버려둘걸. 별채에서 잠든 채로 영원히 깨어나지 못하게 할 걸. 일어나라고, 일어나야 한다고, 고작 이런 녀석을 살리려고 그렇게 소리쳤다니. 그토록 매혹되었던 저택을 손에 넣을 기회가 주어졌는데 어떻게 그렇게 끝까지 지루하게 굴 수 있는지! 지루해! 지루해! 나는 지루한 걸 참을 수 없어! 오영의 선택은 터무니없이 지루했다. 결국 사랑이라니. 기어코 사랑이라니.

그나마 재미있었던 건 남한수를 책 더미 아래 깔아뭉갤 때였다. 어찌나 통쾌하던지! 남한수는 자신이 책의 무게에 쓰러졌다고 생각하겠지만 사실 남한수를 쓰러뜨린 건 말의 힘이었다. 사람을 해치는 말의 힘. 그건 모두 내 입에서 나온 말들이었다. 남한수에 대한 말. 남한수를 해치는 말. 오직 내 시점으로 저주처럼 토해진 말. 하지만 남한수는 영원히 모를 것이다. 아무것도 이해하지 못한 채 여생을 살아갈 것이다. 불가해한 지옥에서 거듭 실수하고 거듭 벌 받을 것이다. 내 친구 화랑을 죽이려 들었으니 그 정도 형벌은 감수해야 하리라.

그나저나 화랑이 오영에게 저택을 물려주겠다고 선언한 건 아직도 이해되지 않는다. 내 속삭임도, 외침도 통하지 않는다니. 설마 오영 때문일까. 오영이 내 목소리를 무력하게 만든 걸까. 어쩌면 귀신을 이기는 존재가 이 집을 차지하게 된 건지도 모르겠다. 저 지루하기 짝이 없는 오영에게 나를 이길 발칙한 힘이 있는 건지도…… 그렇다면 차라리 좋다! 제발 그리해다오. 나에게 발칙하게 대들어다오. 나를 지루함에 노여워하게 하지 말고 괘씸함에 서운해하게 해다오. 이 저택의 영구한 주인으로서 이르니.

결국 일곱 개의 증표는 모두 한데 모일 것이다. 화랑의 목걸이에 달린 증표는 물론이고 곽강이 별채에 남겨둔 증표, 희탄이 벽등 서랍에 넣어둔 증표, 오름이 화랑의 침실 협탁 위에 올려둔 증표, 그리고 머지않은 미래에 자오가 들고 올 증표까지. 로하의 증표는 이미 영원한 맹세와 함께 오영에게 바쳐졌으니 말할 것도 없고. 그렇게 이곳에 모인 증표는 나의 그림처럼 영원히 저택을 떠나지 않을 것이다. 마지막 오영의 증표와 함께 모두 내 손에 쥐어질 것이다.

그러니 이 저택은 오직 나의 것이다. 오영이 데리고 온 오렌지색 고양이가 마치 이 집의 주인인 양 떡 버티고 자리한 것이 조금 거슬리기는 하지만 고양이는 귀신의 살갑지 않은 벗일 따름이지, 귀신의 소유물을 탐내는 마물은 아니니 내버려두기로 한다. 하여 이 저택은 온전히 나의 것! 영원히 나의 것! 나의 것이다! 다만 이 무궁한 시간이 나를 참을 수 없이 지루하게 만들 뿐.

나는 지루해하기엔 너무 오래된 귀신이다.
그러니 이 저택에 머물러 가는 찰나삼세의 주인들이여.
조금만, 조금만 더 발칙해다오.
조금만 더.

# 11
## 전지적 시점

 이 소설은 전지적 유령 시점이다. 소설을 쓰기 위해 이 저택에 머무르는 동안 류 조사원의 도움으로 부이에 대한 조사를 끝마친 뒤 나는 이 소설이 반드시 부이의 시점으로 쓰여야 한다고 확신했다. 부이는 이 저택의 시작점이다. 내 조부의 어리석은 사랑의 결과물이자 참담한 과오의 부산물인 이 저택은 부이의 말 한마디로 지어졌다. "언제나 그곳에서 당신을 기다릴게요." 물론 그 말은 거짓이었다. 부이는 나의 조부 김춘을 사랑하지 않았다. 이것은 모든 기록과 회고록, 증언들을 토대로 내가 내린 결론이다. 나는 이 결론에 도달하고 나서야 비로소 소설을 쓰기 시작했다. 이 저택 곳곳에 서려 있는 부이의 흔적을 느끼며 부이가 스스로 한 말에 옭매여 이곳을 떠나지 못하고 있다고 상상했다. 항상 타인의 말이 자신을 해친다고 믿어온 여자가, 끝내 자신의 말로 스스로를 해치게 된 것이다. 상처받고 업신여김을 당하던 여자들이 종국엔 자기 자신을 상처 주고 업신여기는, 일종의 자해의 결말로 치닫는 경우를 얼마나 많이 보아왔는지 생각해보면 나의 소설적 상상이 완전히 황당무계한 것만은 아니지 않을까.

조부의 행적이 밝혀진 뒤 나는 선대에 축적한 재산을 반환하자고 가족들을 설득했지만 부끄럽게도 실패하고 말았다. 하여 부이의 목소리로 소설을 쓰는 것으로 기꺼이 발칙한 일원이 되려 한다. 물론 어떤 방식으로든 늘 그래왔으니 새삼스러울 것은 없다. 하나 더해, 내 알량한 재능으로 벌어들인 재산도 모두 기부할 생각이다.

부이를 비롯하여, 소설에 나오는 인물들의 이름은 모두 실명이다. 당연히 모두에게 미리 양해를 구하고 허락을 받았다. 단 내가 빌린 것은 그들의 이름과 직업뿐이다. 성격과 외모, 말투, 행동 등은 모조리 완전히 창작된 것이다.

먼저 금보연은 멀쩡히 살아 있는 내 친구다. 보연은 지금 시인이지만 어릴 적에는 가수가 되고 싶어 했다. 하지만 나는 보연이 시인이 되길 잘했다고 생각한다. 이유는 밝힐 수 없지만 다들 추측하는 그 이유가 맞다. 같은 이유로 보연도 내가 발레리나의 꿈을 일찌감치 접은 것을 다행이라고 생각할 것이다.

화랑 출판사의 곽강 신임 대표는 막내 도련님 같은 스타일과는 거리가 먼 사람으로 촉망받는 정계의 재원이자 이 바닥에서는 모르는 사람이 없는 미스터리 소설 마니아다. 그는 내 소설에 등장하는 것을 화랑 출판사 대표가 응당 겪어야 하는 통과의례라고 여기고 있다. 그의 아버지 곽영천 대표는 벌써 여러 번 내 소설의 얼토당토아니한 인물들에게 자기 이름을 빌려주었기 때문이다. 부자의 아량에 깊이 감사한다.

송자오 작가는 남성이 아니라 여성이고 필명을 쓰지 않는다. 나는 결혼을 두 번 했으니, 송자오 작가가 내 세 번째 남편의 자식일 리도 없다. 물론 송자오 작가가 내 의붓자식이었다면 분명 아낌없이 사랑을 주었을 것이다. 내가 아는 한 송자오 작가를 싫어하는 사람은 없다. 만약 있다면 그건 그 사람이 이상한 사람일 것이다. 그만큼 좋은 사람이다. 나처럼 글을 쓴답시고 예민하게 굴지도 않는, 유순한 사람. 얼마 전 출간된 송자오 작가의 본격 미스터리 소설 『일곱 조각 퀴즈』가

꼭 베스트셀러로서 많은 사람들에게 사랑받기를 바란다.

한오름 배우는 아예 자신이 원하는 캐릭터를 내게 꼼꼼히 설명해주었다. 혹시라도 이 소설이 영화화된다면 자신이 연기하고 싶다면서. 최대한 한오름 배우가 말한 내용을 반영하려고 노력했지만 마음에 들어 할지는 잘 모르겠다. 부족한 부분은 한오름 배우가 훗날 자신의 빼어난 연기력으로 채워주기를 염치없이 바랄 뿐이다.

류희탄 조사원은 나와 나이가 동갑이다. 다방면으로 활동해온 탐정으로, 오랜 시간 내 집필을 도왔다. 내가 이 소설에 당신을 등장시켜도 될까요 하고 물었을 때 기뻐하던 그의 모습이 떠오른다. 류 조사원은 소설 속에서나마 회춘할 수 있다는 점에 진심으로 감격해했다.

예홍진과 남한수의 경우는 조금 조심스러웠다. 아무리 캐릭터를 가공한다고 해도 현실의 이름과 직업을 빌려다 쓰는 것이니 충분히 언짢게 느낄 수 있기 때문이다. 게다가 두 사람은 실제로 부부다. 그런데 이렇듯 기이한 관계로 그려놓았으니……. 하지만 놀랍게도 둘 다 흔쾌히 수락해주었다. 홍진과 한수는 원래도 너그럽고 유머러스한 사람들인데 이번에도 내가 이들의 성품에 빚졌다. 홍진은 되레 소설 속 예홍진이 단 한 번도 살인에 성공하지 못한 것에 대해 불만을 표하여 나의 걱정을 무색하게 했고, 한수는 소설 속 남한수를 왜 살려두었느냐고 성토하여 나를 어리둥절하게 했다. 한수의 생각인즉 소설 속 남한수는 아무리 봐도 죽어 마땅한 놈이라는 것이다.

하지만 나는 이 소설에서 아무도 죽이고 싶지 않았다.

미스터리 소설에서 살인 사건이 발생하지 않는다니, 시시하게 느껴질 수도 있다. 그런데 이 나이가 되고 보니 알겠다. 오래도록 좋은 것들은 결국 다 조금은 시시한 것들이다. 나는 그런 소설을 만들어 오영과 범로하에게 선물해주고 싶었다. 소설 속에서 이들이 사랑을 느끼고 완성해나가는 과정도 모두 꿀벌들이 합의에 이르듯 순조롭길 바랐다.

영이와 로하는 오컬트 동호회에서 만났지만 실은 둘 다 호러물을 매우 무서워하는 귀여운 커플이다. 호러 영화를 볼 때마다 매번 열 손가락 사이로 보는 것이 무슨 재미가 있나 싶지만 덕분에 나는 이 두 사람과 영화를 보는 시간이 무척 즐겁다. 오컬트를 좋아한다는 것만 제외한다면 소설 속 오영과 로하는 실제 오영과 로하와는 완전히 다르다. 소설 속의 인물들보다 훨씬 더 사랑스럽다는 점만 언급하고, 나머지는 독자의 상상에 맡기겠다. 영이와 로하는 곧 결혼식을 올린다. 결혼식은 이 저택에서 치를 예정이다. 장미꽃이 만개하고 고양이들이 노니는 정원에서, 모두의 축하를 받으며. 그날 나는 온 마음을 다해 축사를 읊을 것이다. 괜찮다고, 괜찮을 거라고. 서로가 있으니 다 괜찮을 거라고. 마음을 담은 주문은 분명 효력이 있다. 더욱 놀라운 건 진심으로 주문을 외우면 상대의 미래가 눈에 선히 그려진다는 점이다. 나는 둘이 함께할 빛나는 미래를 믿어 의심치 않는다. 그러니 행복을 의심하지 말고 나아가길. 이 소설을 두 사람에게 바친다.

마지막으로 한마디.

나는 이제 그만 부이가 이 저택을 놓아주었으면 좋겠다. 더는 내 귓바퀴를 간지럽히고 목덜미를 선득하게 하지 않았으면 좋겠다. 병자인 나를 가련히 여겨서라도 이제 그만했으면 좋겠다. 나는 더 이상 발칙하게 굴 기운이 없다. 다만 사랑 속에 안주하고 싶다. 하지만 부이는 그것을 모른다. 진정한 사랑은 시시해 보일 수 있으나 절대 지루하지 않다는 것을 모른다. 사랑이 지루하다는 편견을 가진 유령에게 언제 사랑을 제대로 사랑할 기회가 주어졌던가. 나는 그런 부이에게 깊은 연민을 느낀다.


> 5월의 서재
> 창가에 놓인 레이디스 보이스를 감상하며
> 제갈화랑

* 소설 속 양봉원 이름인 춤추는 벌이라는 표현과 꿀벌에 대한 내용은 『꿀벌의 민주주의』(토머스 D. 실리 지음, 하임수 옮김, 에코리브르 펴냄)를 참고했습니다.

## 작가의 말

 언젠가는 꼭 아름다운 저택을 배경으로 한 소설을 쓰고 싶었습니다. 평소 공간에 대한 관심이 많기도 하고, 상상으로나마 오랜 로망을 실현해보고 싶었기 때문입니다. 하지만 소설을 쓰고 나서 저는 이 소설이 저택에 관한 소설이 아닌, 사람에 관한 소설이라는 것을 깨달았습니다. 더 정확히 말하자면 이 소설은 여자들에 관한 이야기입니다. 사랑을 둘러싼 여자들의 이야기요.

 저는 이런 이야기를 쓸 때 정말 즐겁습니다. 여자들의 어떤 복잡미묘하고 아름다운 부분들은 그야말로 끊임없이 저를 매혹시키거든요. 설령 그것이 음습하거나 괴팍한 성정이라

해도, 혹은 이루 말할 수 없이 어리석은 행동이라 해도요. 제 머릿속에는 그런 여성들이 아주 많이 존재합니다. 이 소설에 나오는 인물들처럼 우리의 친구나 적이 되기도 하고, 동경의 대상이 되기도 하고, 때로는 나 자신이 되기도 하는 여자들. 고풍스러운 저택 안에 이같은 여자들을 모아놓고 사랑을 탐하게 하는 작업을 어떻게 즐기지 않을 수 있을까요. 퍼즐 조각 맞추듯 이야기를 다듬었던 퇴고 과정까지도 충분히 행복했습니다. 부디 독자님들도 즐거이 이 소설을 품어주시길 바랄 뿐입니다.

아낌없는 응원과 조언을 주셨던 고혜원 매니저님, 감사합니다. 연재와 단행본 출간의 기회를 주신 밀리의 서재에도 감사를 전합니다.

사랑이 최고임을 무시로 일깨워주는 나의 사람들에게 이 책을 바칩니다.

진짜 '작가의 말'을 남기며,
허진희

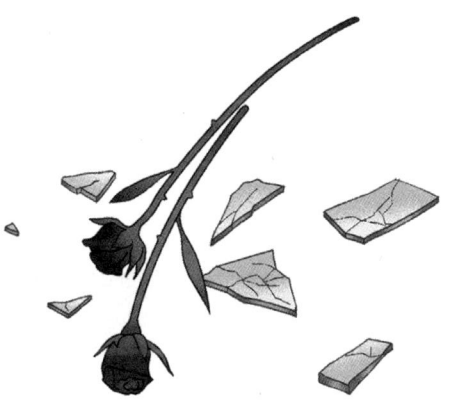

# 영의 상속

**1판 1쇄 인쇄** 2025년 08월 07일
**1판 1쇄 발행** 2025년 08월 14일

**지은이** 허진희
**발행인** 박현진
**본부장** 김태형
**책임편집** 고혜원
**책임마케팅** 이유림
**오리지널사업팀** 이지향, 김가연, 나은경, 박지수, 이민해, 이유진, 한미리
**디자인** *Hye.*
**일러스트** 김라온
**제작** 세걸음
**펴낸 곳** ㈜kt 밀리의서재
**출판등록** 2017년 1월 5일(제2017-000008호)
**주소** 서울특별시 마포구 양화로45, 18층(서교동 메세나폴리스 세아타워)
**메일** contents@millie.town
**홈페이지** http://www.millie.co.kr
ISBN 979-11-6908-499-4 (03810)

*이 책은 ㈜kt 밀리의서재가 저작권자와의 계약에 따라 발행한 것이므로
본사의 서면 허락 없이는 어떠한 형태나 수단으로도 이 책의 내용을 이용하지 못합니다.